SASHA GREY

X

EROTISCHER ROMAN

Aus dem amerikanischen Englisch
von Carolin Müller

WILHELM HEYNE VERLAG
MÜNCHEN

Die Originalausgabe erschien 2018 unter dem Titel *The Mismade Girl* by Cleis Press, an imprint of Start Midnight, LLC, New York.

Unter www.heyne-hardcore.de finden Sie das komplette Hardcore-Programm, den monatlichen Newsletter sowie alles rund um das Hardcore-Universum.

Weitere News unter www.heyne-hardcore.de/facebook

FSC www.fsc.org MIX Papier aus verantwortungsvollen Quellen FSC® C083411

Verlagsgruppe Random House FSC® N001967

Printed in Germany
Redaktion: Marcus Jensen
Umschlaggestaltung: Designomicon
Satz: Satzwerk Huber, Germering
Druck und Bindung: CPI books GmbH, Leck
ISBN: 978-3-453-27036-7
www.heyne-hardcore.de

Für euch alle.

Prolog

Wissen ist Macht.

Zumindest wird das behauptet. Wieder so ein hübscher Spruch, der einen ködern oder verurteilen soll, der einem selbst die Last der Verantwortung für die eigenen Entscheidungen zuschiebt, der einem die Handlungsmacht aufbürdet. Wenn man sich nicht selbst schlaumacht, dann ist alles, was passiert, die eigene Schuld, weil man sich entschieden hat, lieber unwissend zu bleiben, stimmt's? Das will man uns glauben machen, damit wir uns an die eigene Nase fassen, wenn etwas schiefläuft, anstatt das System umzustürzen.

Doch dann heißt es wieder, Unwissenheit sei ein Segen, und diese Sichtweise erscheint einem verdammt reizvoll, wenn man schon zu vieles gesehen hat, zu viel weiß, zu viel getan hat und sich nach einem Ausweg sehnt. Aber wenn man diese Linie einmal übertreten hat, kann man nie mehr wirklich zurück. Die Büchse der Pandora lässt sich nie mehr schließen, wenn man ihren Deckel auch nur einen Spaltbreit geöffnet hat, um einen harmlosen, kleinen voyeuristischen Blick hineinzuwerfen. Erfahrung kann nicht ungeschehen gemacht werden. Wenn man also hineinschaut, dann muss man diesen Weg weiter beschreiten, für immer verändert durch die Erkenntnis – obwohl niemand das Wissen sehen kann, das sich unter unserer Haut eingebrannt hat, in unseren Köpfen und Herzen.

Wissen *ist* Macht. Die Anwendung dieses Wissens bedeutet Weisheit, aber es macht die Dinge auch komplizierter, denn was tut man jetzt mit all dem Gelernten? Angriff oder Verteidigung, Waffe oder Schild? Unser Wissen kann uns aktive Macht verleihen oder passive Stärke. Die Entscheidung liegt bei uns.

Vor drei Jahren ließ ich einen hochragenden Monolithen in der Wüste zurück, nachdem ich eine Menge über die Welt herausgefunden hatte ... und über mich selbst. Ich verlor mich im Leben einer Toten, einer Provokateurin namens Inana Luna, deren Mission es gewesen war, Kunst mittels sexueller Metaphorik und durch Handlungen zu schaffen, die die Grenzen der Sexualität verschieben sollten.

Ich stieß wieder auf die Juliette Society.

Ich hatte einen traumhaft unwirklichen Dreier mit DeVille und seinem Doppelgänger.

Ein USB-Stick gelangte in meinen Besitz, mit der Einladung, meinen Weg der Selbsterkenntnis noch ein wenig fortzusetzen – denn darum ging es. Ich musste mich bloß dazu entschließen.

Obwohl ich damals nicht ahnte, dass ich damit eine bestimmte Richtung einschlug, entschied ich mich dafür, Inanas Geschichte zu erzählen, anstatt meine eigene mehr zu leben. Ich beschloss, allen zu berichten, wer sie wirklich war, wer Frauen wie sie, die wahren Provokateurinnen, wirklich sind – und warum wir sie heute brauchen. In diesem Moment war mir ihre Geschichte wichtiger als meine eigene Reise tiefer in den Kaninchenbau der Juliette Society, auch wenn ich ihren Namen für meine Zeitungsreportage aus naheliegenden Gründen außen vor ließ.

Es war meine eigene Entscheidung, nicht sofort einen Blick auf den Inhalt des USB-Sticks zu werfen. Und als ich nach Hause zurückfuhr, um meinen Artikel abzugeben, verschwand er wieder aus meinem Besitz – ein Zeichen der Juliette Society, dass unsere gemeinsame Zeit vorbei war. Ich war von der Route abgewichen, als ich mich dazu entschied, Inanas Geschichte zu erzählen, anstatt bei der Juliette Society zu bleiben, und obwohl ich mich fragte, was sich mir dort offenbart hätte, lebte ich mit meiner Entscheidung. Und das nicht schlecht. Profitierte sogar davon.

Damals fühlte es sich für mich schlüssig an.

Der Artikel zog Interviews nach sich, das größte davon mit meinem alten Kumpel Forrester Sachs. Ironischerweise kannte er Inana vermutlich sogar besser als ich, da er selbst ein VIP-Mitglied und häufiger Gast in den geheimen Räumlichkeiten unter dem Hotel war, in dem sie gearbeitet hatte. Ich hatte ihn dort selbst gesehen, festgeschnallt, während eine Domina ihm einen kruzifixförmigen, unterarmlangen Dildo in eine sehr heikle Öffnung rammte.

Ich musste mir das Lachen verkneifen, als wir uns dann für das Interview vor der Kamera gegenübersaßen und er versuchte, in seinem Dreiteiler asketische Strenge und Seriosität auszustrahlen, und mir eindringliche Fragen (die Zweideutigkeit ist hier beabsichtigt) stellte. Doch dieses Interview war wichtig und gut gemacht, vielleicht eben weil auch er Inana gekannt und gemocht hatte. Abgesehen davon schuldete er mir noch einen Gefallen für mein Schweigen – auch wenn ich ihn nicht bloßgestellt hätte. Menschen sind oft sehr entgegenkommend, weil sie eine schlechte Meinung von einem haben und deswegen Schlimmes befürchten.

Das Interview bescherte mir weiteren beruflichen Erfolg, allerdings nicht unbedingt auf dem erwünschten Gebiet. Ich bin noch immer Journalistin, anstatt Filme zu machen, wie ich es mir erträumt hatte, aber ich habe eine gewisse Stufe der Erfolgsleiter erklommen. Die Türen, die der Artikel mir öffnete, waren nicht unbedingt jene, durch die ich zu gehen gehofft hatte, doch aus einem reinen Karriereblickwinkel betrachtet war es nur positiv: eine steile Kurve nach oben, voller Möglichkeiten, für die andere sterben würden. Trotzdem fühlt es sich manchmal so an, als würde ich den Traum einer anderen leben, anstatt meinen eigenen zu verfolgen. Ich bin nicht erfüllt in dieser Nische, aber nicht unzufrieden genug, um sie wirklich zu verlassen.

Seit einiger Zeit frage ich mich immer häufiger, welche Rolle das Schicksal in unserem Leben spielt. Befreit uns unsere Geburt bloß aus dem Bauch unserer Mutter, damit wir anschließend an die unsichtbaren Ketten der Vorsehung gelegt werden? Sind wir trotz all unserer Bemühungen im Rad des Schicksals gefangen? Landen wir, ganz gleich ob wir dagegen ankämpfen oder es akzeptieren, am Ende genau da, wo es uns vorbestimmt war?

Falls alles Vorsehung ist, welche Entscheidungen trifft man dann selbst? Ist es die Illusion einer Wahl, die Annahme eines freien Willens, die einen jeden Morgen aufstehen lässt, oder hat man sogar dabei eigentlich keine Entscheidungsmacht, und es ist nur eine weitere Sache, die sich der eigenen Kontrolle entzieht? Vielleicht ist »Schicksal« aber auch bloß ein Konstrukt, das einem ein Gefühl der Sicherheit vermitteln soll, wenn das Leben außer Kontrolle gerät. Gefeuert, betrogen, ein Freund, der stirbt: Gott hat es so gewollt, das Leben hat es so für uns vorgesehen, das Universum hat es uns geschickt, damit wir eine Lektion lernen und als Mensch wachsen, und man bekommt nur so viel aufgebürdet, wie man tragen kann? Etwas Schlimmes akzeptiert man leichter, wenn man sich nachts unter das tröstende Laken der höheren Gewalt flüchten darf.

Ich erinnere mich, wie es sich vor drei Jahren für mich angefühlt hatte, die Version von mir anzunehmen, die immer im Schatten darauf gewartet hatte, dass ich endlich zur Seite trete und sie mitspielen lasse.

Nachdem Jack und ich uns getrennt hatten, nachdem ich mich entschlossen hatte, den Ruf einer Toten zu retten und ihr Vermächtnis zu bewahren, war nichts mehr wie zuvor. Ich wollte Dinge von Jack, die er mir nicht geben konnte. Nach Jahren des Zusammenseins bemühte er sich nicht mehr, meine Sweetspots zu erkunden. Die Juliette Society gab mir genau das. Zu Inana zu werden gab mir genau das. Mein ganzes Wesen wurde mir auf eine Weise erschlossen, die ich nur damit beschreiben kann, mich in- und auswendig kennengelernt zu haben.

Doch indem ich zu Inana wurde, indem ich mich dafür entschied, sie zu retten, opferte ich auch diese Erfahrungen. In Wahrheit hatte ich alles, und am Ende blieb mir gar nichts.

Flüchtige Affären wurden zu heiklen Momenten, der Sex war anders. Ich kann zwar nicht sagen, dass es so wenig erfüllend war, wie nicht von Jack geschätzt zu werden oder null Spontaneität mit ihm ausleben zu können – aber es wurde zu einer erneuten sexuellen Selbstfindung. Ich konnte fühlen, riechen und mich meiner Erregung hingeben auf der Basis dessen, was mein Körper nun wusste. Was ich wusste. Was mich scharfmachte und was für mich einfach nicht funktionierte. Ich fühlte mich stärker und selbstsicherer als je zuvor.

Obwohl ich die Juliette Society dafür opfern musste und ich an Jack eine Seite erkannte, deren Existenz ich mir eigentlich nie eingestehen wollte, fühlte und fühle ich mich vollständig.

Aber ich kann nicht so recht vergessen, was geschehen ist. Den Geschmack des Loslassens. Das Gefühl, das sich einstellt, wenn man nur noch aus Sinneswahrnehmungen besteht und sich selbst total im eigenen Körper verliert. Seide und Satin fühlen sich auf der Haut ja ganz nett an, aber ich wollte das Rot brennender Haut und die geriffelten Einkerbungen von Seilabdrücken tragen.

Das ist noch immer das schönste Kleid, das ich je getragen habe. Doch ich zog es aus, und nun habe ich schon seit Jahren nicht mehr den Druck eines Seils gespürt. Das ist die Version von mir, für die ich alles andere in Zahlung gegeben habe. Vielleicht hatte ich auch nie wirklich die Wahl ...

Ich weiß nicht, ob es so etwas wie Schicksal wirklich gibt. Habe ich mich mit beruflichem Erfolg zufriedengegeben, anstatt meine Träume zu verfolgen und alle Grenzen dessen, was ich zu sein glaubte, zu überschreiten? Wer ich sein könnte? Vielleicht. Ginge es mir heute besser, wenn ich den USB-Stick sofort eingestöpselt und mich auf seine Inhalte gestürzt hätte? Wen würde ich dann heute im Spiegel sehen?

Ich werde es nie erfahren.

Dennoch habe ich mich jetzt drei Jahre lang mit der Frage herumgeschlagen, ob ich an jenem Abend die richtige Entscheidung getroffen habe.

1

Es gibt einen Grad an Reichtum, den die meisten von uns niemals werden ermessen können. Nicht, dass nicht jeder davon träumen würde, reich zu werden. Wir wünschen uns wohl alle einen Lotteriegewinn oder einen unbekannten Erbonkel, der uns sein unverschämt hohes Vermögen hinterlässt. Und es gab immer die Kids, die man beneidete, weil sie Hausangestellte, einen beheizten Pool, einen Jacuzzi und ein eigenes Zimmer zum Videospielen und Filmeschauen hatten, und bei denen der Kühlschrank immer voll war.

Solche Fantasien sind nichts Ungewöhnliches. Wir alle wollen träumen. Kinder und Erwachsene. Niemand möchte sich abstrampeln oder sich die besten Jahre seines Lebens totarbeiten und sich damit vertrösten, dass das Leben nach der Pensionierung endlich richtig losgeht, wenn man eigentlich schon zu alt ist, die Dinge umzusetzen, die man schon immer ausprobieren wollte.

Deshalb sind diese Fantasien so reizvoll: Sie versprechen die Reichtümer ohne die ganze Arbeit – sofortigen Wohlstand, ohne dass man sich sein Imperium erst mühsam selbst aufbauen muss, denn das dauert uns schließlich zu lange in dieser Kultur der prompten Befriedigung. Wer hat schon Zeit dafür, wo doch alle die meiste Zeit damit beschäftigt sind, Fotos von ihrem Leben zu machen, um allen anderen zu beweisen, dass sie besser dran sind?

Doch es gibt einen Grad des Reichtums, der denjenigen, die ihn erreicht haben, mehr bringt als bloße Sicherheit – er beschert ihnen den puren, uneingeschränkten Genuss. Luxusgüter, für die unsereins monate- oder sogar jahrelang sparen müssten und die wir dann hegen und pflegen würden – neue Designerschuhe, eine Kroko-Birkin-Bag, ein protziges Auto –, sind für sie wie Wegwerfprodukte, schlicht weil sie es sich leisten können.

Man stelle sich vor, auf der eigenen Geburtstagsparty würde der Lieblingsmusiker auftreten, man würde über ganze Ferrari-Flotten verfügen, und es stünde jederzeit ein Privatjet für einen bereit – sogar für Flüge von gerade mal einer Viertelstunde. Man stelle sich vor, man hätte Penthousewohnungen mit der schönsten Aussicht, Promis gingen bei einem ein und aus, und an einem Shopping-Nachmittag könnte man das Jahresgehalt eines durchschnittlichen Amerikaners verprassen. Sterne-Menüs wären alltäglich und nicht bloß ein einmaliges Erlebnis. Auf einem Foto habe ich mal eine Hublot-Uhr aus Roségold gesehen – an einem Hund.

Die Leute, von denen ich hier rede, haben all das und noch mehr, und es geht ihnen am Arsch vorbei. Allerdings reden wir da nicht von dem gerne beschworenen einen Prozent. Vielmehr handelt es sich dabei um den Anteil der Reichen innerhalb der höchsten Kreise, die diese Millionäre noch weit hinter sich lassen. Ihre Garagen sind größer – und vermutlich schöner – als anderer Leute Wohnungen. Ihre Jachten verfügen über U-Boote und Helikopter.

Scheichs, Industriemagnaten und Internetgiganten. Ein Teil von ihnen zählt zur wirtschaftlichen Leistungselite, die sich ihr Vermögen selbst erarbeitet hat, oft auf

Kosten anderer. Aber manche wurden in diese Kaste hineingeboren und suhlen sich darin. Sie und wir teilen nicht dieselbe Realität. Wie könnte man auch, wenn man jemand ist wie der jüngste Sohn von Donald Trump, von dem es heißt, er habe kein eigenes Zimmer, sondern sein eigenes Stockwerk im Anwesen seiner Eltern.

Die Kinder dieser Leute kommen nur dann mit dem Elend in »Kontakt«, wenn sie ihr wohltätiges Profil aufpolieren wollen, indem sie ehrenamtlich in Suppenküchen aushelfen oder Missionsarbeit in Afrika oder Südamerika leisten.

Sie leiden unter ganz anderen Belastungen als wir anderen, und auch die Türen, die sich angesichts der Farbe ihrer Kreditkarten oder des Klangs ihres geraunten Nachnamens öffnen, sind andere. Das Ansehen, das sich ihre Eltern hart erarbeitet haben, wird ihnen automatisch zuteil, und diese Zitze saugen sie gnadenlos wund.

Was uns direkt zu *Rich Kids of Instagram* führt. Ich bin zwar selbst ziemlich aktiv in den sozialen Netzwerken, und außerdem findet unser Leben sowieso zunehmend online statt, aber ich hatte noch nie von *RKOI* gehört, bis ich im Netz nach Jacob gesucht habe – meiner Verabredung für jenen Abend. Man kennt doch diese schrecklichen Typen, die vor jedem Essen minutenlang versuchen, das perfekte Foto für Instagram zu schießen. Die, die kein einziges Erlebnis genießen können, weil sie viel zu beschäftigt damit sind, Selfies zu knipsen. *RKOI* sind die absolute Steigerung dieser Typen, bloß dass sie das Leben festhalten, von dem man selbst nur träumen kann. Meist sind es Kinder von Adeligen, von Oligarchen und Moguln, die in diesen Lifestyle hineingeboren wurden und die ihn dokumentieren, als bekämen sie Geld für diese Fotos. Augenscheinlich haben einige von ihnen Instagram zu ihrem Job gemacht, und sie updaten ihre Profile ständig mit protzigen Bildern, die ihren Reichtum und ihre Privilegien offensiv zur Schau stellen.

Quittungen von Shoppingtrips durch Designerläden im Zehn- oder sogar Hunderttausenderbereich, teurer Champagner, der auf Jachten geschüttelt und ins Meer verspritzt wird, beiläufige Selfies, umgeben von Freunden an den exotischsten Schauplätzen der Welt, lauter flüchtige Blicke hinter die Kulissen, die beweisen sollen, dass es dort noch besser ist, als man es sich erträumen würde.

Selbstbestätigung? Vielleicht. Aber wer würde diesen Lifestyle nicht selbst gerne mal ausprobieren, um zu schauen, ob er zu einem passt?

Ich bin also mit einem dieser Rich Kids verabredet.

Er trägt eine trendy weiße Riesenuhr am Handgelenk, hat aber noch keinen einzigen Blick darauf geworfen in der Stunde, die wir nun schon im Restaurant sind. Außer an grotesk reichen Männern über fünfzig habe ich seit einer Ewigkeit keine Armbanduhr mehr gesehen – von Fitnesstrackern will ich hier gar nicht erst anfangen –, und es macht mich neugierig, ob er sie aus rein modischen oder funktionalen Gründen trägt. Doch er wirft nicht einmal dann einen Blick auf ihr Zifferblatt, als ich ihn nach der Uhrzeit frage. Stattdessen zieht er sein Smartphone hervor, das Modell, das erst noch kommen wird, und fummelt daran herum, in der Hoffnung, ich würde es bemerken und mich für sein Spielzeug begeistern.

Männer, die einer Frau imponieren wollen, haben einen bestimmten Gesichtsausdruck. Ein vielsagendes Spähen, als würden sie direkt in die Sonne starren, während sie sorgfältig nach den richtigen Worten suchen, nur dass das leuchtende Objekt in diesem Fall eine ihrer Anschaffungen ist und nicht das Zentrum unseres Universums. Doch für den Mann sind sie in diesem Moment ein und dasselbe, und er denkt, die Welt müsse innehalten und den edlen Gegenstand bewundern, mit dem er prahlt.

Ich tue es nicht. Was soll das bringen? Echter Wohlstand verbirgt sich in Qualität, während neues Geld unsicher und protzig ist, nach Aufmerksamkeit schreit wie dieser sexy Mann um die dreißig, dessen Ego durch seine Zeit als Highschool-Nerd noch immer angeschlagen ist. Also versucht er nun verzweifelt, bei den Frauen zu landen. Ein Mann, der eigentlich wissen müsste, wie es sich anfühlt, übersehen zu werden, und dennoch selbst zu einem echten Fuckboy wird. Er befindet sich in einer Tretmühle der Bestätigung, die niemals zum Stillstand kommen wird, denn Unsicherheit ist wie ein unersättliches schwarzes Loch. Außerdem beeindruckt mich Besitz nicht.

Je mehr ich in die Welt der Reichen und Berühmten eintauche, desto reizvoller finde ich intellektuelle Stimulation statt bloß hübscher Gesichter und Großspurigkeit. Letzte Woche wurde ich von einem vollkommen Fremden in ein Gespräch über Vorsehung und freien Willen verwickelt, das mich so berauschte, dass ich ihm am Ende in seinem Auto das Hirn wegvögelte, als könnte ich die Köstlichkeit seines Intellekts durch Osmose und sein Sperma aufnehmen.

Früher habe ich immer von einem Mann geträumt, der mein Herz im Sturm erobert. Dann wünschte ich mir einen, der mein Bett erobert. Jemanden, der mich fragen würde: »Was ist neu für dich? Welche sexuelle Fantasie würdest du mal gerne ausleben?« Und ich hätte geantwortet: »Können wir bekifft ficken und Churros essen? Oder Pizza? Kannst du mich am nächsten Tag mit lauter sexy Nachrichten oder Anrufen bombardieren, damit ich die Zeit, bis wir das nächste Mal vögeln, rumkriege? Und falls mein nächstes Mal nicht mit dir ist, dann will ich, dass du das okay findest. Kannst du mir die Füße massieren und mir sagen, dass du dir nichts sehnlicher wünschst, als für immer in mir zu sein? Kannst du mich diskret unterm Restauranttisch befummeln?«

Und er hätte gesagt: »Sowieso. Wann legen wir los?«

Aber sie tun es nie, und ich glaube kaum, dass dieser Typ da anders sein wird.

Mein Date muss das Desinteresse in meinem Gesicht mitbekommen haben. »Also, diese Inana Luna.« Er beugt sich zu mir. »Hast du schon, äh, private Videos von ihr gesehen? Sie wirkte so hemmungslos. Wie abgefahren war sie hinter den Kulissen?«

Um meine Verbitterung hinunterzuspülen, nehme ich einen Schluck von dem pappsüßen Weißwein, den er für mich bestellt hat. Ich wollte, dass alle sich an Inana Luna erinnern, und zwar nicht nur an das hurenhafte Model, das die Medien aus ihr bis zu ihrem Tod gemacht hatten. Mir war damals nicht klar, dass es Leute geben würde, die sich aufgrund meiner zweifelhaften Berühmtheit durch den Artikel über sie an mich ranschmeißen und ihren Namen einsetzen würden, um sich bei mir einzuschleimen. Leute, die versuchen würden, über diese Schiene bei mir zu landen, in der Hoffnung, dies würde ihnen anschließend Verbindungen mit den Leuten bescheren, die sich höher auf der sozialen Leiter befindet als ich. Manchmal wünschte ich, ich könnte, um uns beide zu schützen, ihren Namen für manche Menschen vergessen machen.

Ich möchte nicht, dass meine gesamte weitere Laufbahn durch den Artikel über sie definiert wird – niemand steckt gerne in einer Schublade. Aber letzten Endes habe ich keinen Einfluss darauf, wie die Leute mich sehen. Ich kann mich lediglich darauf konzentrieren, Neues zu veröffentlichen, und hoffen, dass die Leute gut auf meine Bemühungen reagieren. Haters gonna hate, und die Geier kreisen eh. So ist das Leben.

Jetzt will mir dieser Typ doch tatsächlich irgendwas von abgefahren erzählen? Er ist ein totaler Anfänger. Das sind sie alle. Wenn ich sagen würde: »Ich will, dass dein heißes Sperma mir die Schenkel runterläuft, und dann will ich, dass du es abschleckst und mich aussaugst und mich immer wieder kommen lässt«, würde er erwidern: »Könnte ich das mit dem Auflecken meiner eigenen Wichse vielleicht skippen?« Und wenn ich dann sagen würde: »Nein, ich will, dass du jeden Winkel meiner köstlichen, süßen, feuchten Muschi liebst«, würde er sagen: »Aber meine Wichse finde ich jetzt nicht so lecker.«

Trotzdem würde er erwarten, dass ich sie so gierig schlucke, als wäre sie die neueste Geschmackssensation. Ich hab nichts dagegen, aber bei Sexspielchen geht es darum, dass beide Partner bekommen, was sie wollen.

Ich habe festgestellt, dass Männer normalerweise nur dann perverse Spielchen lieben, wenn sie auf uns abspritzen können. Titten, Arsch oder Gesicht, für sie ist dieser Moment der Macht das Schärfste. Aber wenn man dann wirklich mit ihnen abgehen will, werden sie zimperlich.

Ich setze mein Glas ab. »Bei ihr war alles Sein, kein Schein. Zu Inanas Schönheit gehört, dass nichts an ihr Fake war. Das Credo ihrer Reise war Transparenz, und sie hat sie gut dokumentiert. Aber ich durfte einen kleinen

Einblick in ihre Gedankenwelt werfen …« Aus einem Beschützerreflex heraus verstumme ich, anstatt Einzelheiten aus ihrem Tagebuch zu nennen. Es ging ihr darum, ihre Grenzen durch Körperlichkeit und Sexualität auf künstlerische Weise auszuloten. Teilweise habe ich mich in den Seiten dieses Buches verloren. Eine Weile war ich selbst Inana Luna. Ich fuhr zu ihrem Haus, schlief in ihrem Bett, zog ihre Klamotten an und trank Kaffee aus Bechern, die ihre Lippen berührt hatten. Ich machte es mir in ihrer Badewanne. Ich blätterte in den Büchern aus ihren Regalen und entdeckte ihre Geheimnisse darin, indem ich der Spur zu Max Golds Hotel folgte, wo Inana als VIP-Concierge gearbeitet hatte … und wo sie zu Golds Geliebter wurde. Auch ich wurde seine Geliebte, doch dieser Teil der Geschichte schaffte es nicht in die endgültige Version meines Zeitungsartikels. Ich wollte sie sein. Für eine Weile war ich es, bis mir klar wurde, dass ich mich auf meine eigene Entwicklung konzentrieren musste.

Nun lächelt mich mein Date an und wartet auf meine Antwort. Ich weiß nicht, ob er sie wirklich hören will oder bloß nach einer Möglichkeit sucht, mein Interesse an ihm zu wecken, doch über die Details aus ihrem Tagebuch zu sprechen wäre so, als würde man zu reinen Unterhaltungszwecken das Herz und die Seele eines Verstorbenen plündern.

Ich weigere mich, ihr Vermächtnis und meine Erfahrung abzuwerten, indem ich das tue.

Weil ich nicht fortfahre, souffliert er mir: »Du warst doch mit einem Politiker zusammen, oder? Jack irgendwas?«

Jack. Doch der war nicht mehr mein Jack, seit der Nacht in Golds Hotel, als er mich auf dem Boden fickte und mich dann für eine andere Frau verließ. Nach dieser Begegnung traf ich ihn noch zweimal, und beide Male war in seinem Blick keine Wärme mehr zu erkennen. Er hatte beschlossen, wieder eine Fremde in mir zu sehen, als hätte es unsere Beziehung nie gegeben. Er wollte die Verflechtung unserer Leben ausradieren, als wäre sie immer schon bedeutungslos gewesen. Ungeachtet der Tatsache, dass wir letztendlich nicht füreinander bestimmt waren, tat es höllisch weh. Ich meine, dass man mit jemandem Schluss macht, okay, aber man muss ja nicht gleich so tun, als hätte der andere nie existiert.

Direkt nach Jack war ich mit einem Typen zusammen, von dem ich mich mit dem Klassiker »Es liegt nicht an dir, sondern an mir« trennte, obwohl ich ihm eigentlich am liebsten einen Zettel hinterlassen hätte: *Du hattest einen ziemlich kleinen Schwanz, aber ich hatte weiter Sex mit dir, denn a) wollte ich wissen, ob meine Muschi ausgeleiert oder eng ist, b) wollte ich, dass du dich in mich verliebst, und c) hoffte ich, dass dein Schwanz irgendwie größer werden könnte.*

Jacob, mein aktuelles Date, beugt sich zu mir, als ich auf seine Frage, ob ich mit Jack zusammen war, nicke, und raunt verschwörerisch: »Wie ist es, DeVille so nahe zu kommen? Jack hat für ihn gearbeitet, oder? Und du warst doch schon seit der Schule mit Jack zusammen?« Er rattert ein paar Artikel herunter, die ich geschrieben habe, und mein Magen zieht sich zusammen, als seine Fragen immer gezielter und persönlicher werden.

Vor einem Jahr habe ich beschlossen, einen Schlussstrich unter meine Vergangenheit zu ziehen und nach vorne zu schauen – was schwierig ist, da einige Ereignisse aus meiner Vergangenheit Geld einbringen und ich darüber reden muss, um selbst im Gespräch zu bleiben.

»Du bist ja ganz schweigsam geworden«, sagt Jacob. »Ich werde niemandem weitererzählen, was du sagst, wenn es das ist, was dir Sorgen macht.«

Nun, bis er es eben erwähnte, hatte ich diese Sorge gar nicht gehabt.

Offenbar ist Jacob ein Fanboy meiner Arbeit und hat dies bloß bis zu unserem persönlichen Treffen geschickt verborgen. Jedenfalls hat dieses Date eine unerwartete Wendung genommen und fühlt sich nun eher wie ein Bewerbungsgespräch an. Verabredungen mit neuen Leuten sind ja meistens so; man möchte sich durch Fragen und Antworten besser kennenlernen. Manche dieser Fragen sind scharfsinniger als andere, aber alle dienen dem Zweck, das Gegenüber zu erforschen. Doch Jacob hier scheint lediglich an bestimmten Aspekten meines Lebens interessiert zu sein – nämlich an meiner Arbeit. Vielleicht war sein Desinteresse an allen restlichen Aspekten von mir, als ich versuchte, ihn in andere Gesprächsthemen zu verwickeln, bloß gespielt. Vielleicht war es nur darauf ausgelegt, mich zum Plappern zu bringen. Vielleicht hoffte er, ich würde mich dann eher bemühen, bei ihm gut anzukommen. Denn wenn man das Schweigen nicht überbrückt, tut es vermutlich der andere.

War das seine Absicht, bevor er das Gespräch auf Inana Luna lenkte, auf meine Leidenschaften und meine Vergangenheit?

Mein Argwohn steigt; seine Fragen sind so eigenartig persönlich, dass ich das Gefühl nicht loswerde, er sei verkabelt, um hinterher einen Enthüllungsbericht über mich zu verfassen. Es wäre nicht das erste Mal, dass jemand versucht, meine Geschichten zu verdrehen und mich zum Gegenstand von Anzüglichkeiten zu machen.

In Hollywood wird man als junge, attraktive Frau schnell zum sexualisierten Freiwild für die Talentmaschine, man wird zermahlen und wieder ausgespuckt. Es ekelt mich an. Aber so tickt diese Branche nun mal, ob man nur eine Schauspielerin ist oder eine Frau hinter der Kamera, und aus diesem Grund ziehe ich das Printgeschäft dem Fernsehgeschäft vor. Wenn man lange genug vor der Kamera steht, fangen die Leute an, sich mehr dafür zu interessieren, wie man aussieht oder wie man den Mund verzieht, anstatt für die Worte, die aus ihm herauskommen. Man schaue sich jede beliebige Nachrichtensprecherin am Anfang ihrer Karriere an, und fünf Jahre später erkennt man deutlich ihre kosmetische Reise. Man beobachte, wie sie sich optisch in eine andere Person verwandelt, wie sie sich herausputzt und stylt und zur Plastikpuppe ihrer selbst wird. Schönere Haare, größere Titten, schmalere Taille. Mehr Make-up.

Doch seltsamerweise machen alle diese Bemühungen, das Wegbügeln der kleinen »Unvollkommenheiten«, aus einer einst interessanten Person eine weniger attraktive Version ihrer selbst. Schauspielerinnen zerstören damit ihre Karriere. Man sehe sich so ein Porzellanfurnier mal im hellen Sonnenlicht an. Wangenimplantate, Schlauchbootlippen, von Botox gelähmte Gesichter, bei denen man sich nie sicher sein kann, ob ihr Lächeln echt oder gefakt ist. Fairerweise muss man sagen, dass in diesem Geschäft eh alles Fake ist. Es ist gruselig.

Noch gruseliger ist nur, wie sie aus Angst vor der Bedeutungslosigkeit dazu getrieben werden. Für Frauen ab einem bestimmten Alter gibt es keine Rollen – die witzigen Sketche darüber sind wohl jedem bekannt. Unsere Kultur und besonders Hollywood stellen Jugend und

Schönheit über alles andere, verspotten das Unperfekte und nennen die Menschen, die nicht das Glück hatten, mit makellosen Genen geboren worden zu sein, »Charakterschauspieler«. Das ist dann kein Beleg ihrer schauspielerischen Fähigkeiten, sondern ein Kommentar über ihr Aussehen.

Ich bin es leid, die ganze Zeit darauf achten zu müssen, was ich sage. »Erzähl doch mal von dir.« Ich lächle, um meinen Worten die Schärfe zu nehmen.

Jacob legt sein Handy wieder auf den Tisch. »Was willst du denn über mich wissen?« Er nimmt einen Schluck von seinem knallblauen Drink, ohne sich darum zu scheren, dass er aussieht wie der Cocktail des Tages in einem mexikanischen Urlaubsort – oder in einem Puff. Er ist ein reiches Söhnchen und nicht mein Typ, aber auf eine Weise unterhaltsam, die ich so nicht kenne. Ich möchte, dass es eine gute Nacht wird. Ich brauche dringend Ablenkung.

Vor unserem Treffen heute Abend habe ich ihn wie blöd gegoogelt. Kein Grund, mich zu verurteilen – das machen wir doch alle. Social-Media-Stalking ist das neue Schwarz.

Sein Vater, ein Schauspieler, war mit irgendeiner Promilady verheiratet. Jacob scheint nicht wirklich einen Beruf zu haben, zumindest konnte ich nichts darüber finden. Im Grunde ist er ein männliches It-Girl, das nebenbei ein bisschen auf Charity macht oder sich eine Weile in der Musikbranche versucht. Hauptsächlich trifft man ihn in Clubs und auf Partys, und er ist einer von den *Rich Kids of Instagram*. Wenn ich das früher gewusst hätte, wäre ich vermutlich nicht mit ihm ausgegangen, auch wenn solche Vorurteile natürlich unfair sind, aber so ist es eben. Auf die eine oder andere Art sind wir doch alle Heuchler.

Jacob und ich haben uns beim Autofahren auf dem La Cienega Boulevard kennengelernt. Er saß in einem hellblauen Lamborghini vor mir an der roten Ampel, und mir fiel auf, dass er mich über den Rückspiegel abcheckte und seinen Motor hochdrehte, um meine Aufmerksamkeit zu erregen. Als wäre ein Lamborghini in der falschen Farbe nicht schon aufdringlich genug. Als ich an der dritten Ampel nacheinander hinter ihm hielt, stieg er aus seinem Wagen und fing an, mit mir zu plaudern, als befänden wir uns in einem Club oder Coffeeshop. Er scherte sich gar nicht darum, dass er den Verkehr blockierte, und schien das Hupen und Rufen überhaupt nicht zu bemerken, als die Ampel wieder auf Grün sprang. Wie er sich an mein Auto lehnte und ganz lässig und unbekümmert mit mir flirtete, war peinlich und witzig zugleich und brachte mich dazu, ihm meine Nummer zu geben.

Jack war immer so ernst und wegen seiner politischen Tätigkeit auf die Wahrnehmung der Leute bedacht gewesen. Jacob schert sich einen Dreck um die Meinung der anderen – er will bloß Spaß haben. Es ist erfrischend, auch wenn sein Eifer etwas unreif rüberkommt. Sein Balzverhalten beruht nicht auf Selbstvertrauen, sondern auf Unsicherheit, ironischerweise aufgrund des Erfolges seiner Eltern, doch seine selbstbewusste Fassade ist enorm.

Normale Leute schämen sich, weil ihre Eltern keinen Erfolg haben. Anders in Los Angeles. Hier zählt nur ihr *Anschein* von Erfolg. Willkommen in Hollywood, wo Status alles ist, man Postleitzahlen anbetet und der Lack wichtiger ist als das, was man unter der Haube hat. Wenn man wegen Mami und Papi automatisch Anerkennung erfährt, dann bekommt man auch alle Privilegien, ohne je irgendetwas dafür leisten zu müssen.

Promikinder müssen nichts tun, sie haben bereits einen entscheidenden Vorteil, einfach weil sie die »Kinder von jemand« sind. Nicht alle Promikinder ruhen sich auf den Lorbeeren ihrer Eltern aus, aber viele. Selbst das Gute, was Jacob tut, wird finanziert durch den Treuhandfonds, den seine Eltern für ihn angelegt haben – und ihre Verbindungen sorgen für seine Möglichkeiten, etwas auf die Beine zu stellen. Sicher arbeiten Leute wie er auch, aber die wenigsten müssen ihren Lebensunterhalt damit bestreiten und haben keine Ahnung, wie sich das anfühlt. Das sind die Schlimmsten.

Ich lächle. »Was machst du so in der Freizeit?«

Er zuckt mit den Schultern. »Weiß nicht. Charity und so. Egal.«

Bestechend.

Er wendet sich wieder seinem Handy zu, als es auf dem Tisch zu summen beginnt, und ich seufze durchaus enttäuscht. Daten wird auch immer uninteressanter. Nicht dass ich gerade eine feste Beziehung suche, aber ich möchte schon, dass meine Verabredungen wenigstens anregend sind und sich nicht wie Zeitverschwendung anfühlen. Wo ist bloß sein Elan hin? Manchen Typen geht es nur um die Jagd, aber dieser hier schwankt zwischen zwei Extremen: Er ist entweder irritierend persönlich oder vollkommen gleichgültig.

Vielleicht liegt es ja auch daran, dass niemand meine pikantesten Details kennt, weil ich sie nie erzählt habe. Irgendwie bin ich schon so umsichtig geworden wie die Politiker, denen Jack immer nachgeeifert hat.

Schließlich blickt Jacob von seinem Handy auf. »Ein Freund von mir schmeißt gerade ’ne Party. Sollen wir mal vorbeischauen?«

Wenigstens wird es da ein paar neue Gesichter geben, mit denen man sich unterhalten kann. »Logo.«

2

Nach einer kurzen Fahrt halten wir vor einem Haus oben in den Hügeln – allerdings wird mit Jacob höchstwahrscheinlich jede Fahrt zu einer kurzen, so wie er mit dem Lambo rumheizt.

Es handelt sich um ein Haus im älteren Stil, ohne die rasiermesserscharfen Linien der neueren Bauten, ohne Metall und Glas. Zwölf oder dreizehn Luxusschlitten stehen kreuz und quer in der Auffahrt. Manche wurden von anderen regelrecht zugeparkt, also bin ich froh, dass wir zu denjenigen gehören, die später dort auftauchen.

Ein bulliger Wachmann verlangt an der Tür unsere Ausweise wie vor einem Club, und wir zeigen sie ihm kurz. Entweder hatten sie in der Vergangenheit Probleme mit Alkoholausschank an Minderjährige, oder der Türsteher soll nach echten A-Promis Ausschau halten und den Gastgeber informieren, falls so einer auftaucht – was das wahrscheinlichere der beiden Szenarien ist. Der Türsteher weist die laute Freundestruppe hinter uns an, das Lachen zu unterlassen, als wäre es ein Verbrechen. Ich schaue mich flüchtig nach ihnen um und zucke genauso verwirrt wie sie mit den Schultern. Man wundert sich, welche Probleme gegen Bezahlung beseitigt werden, wenn Geld wirklich keine Rolle spielt.

Als wir hineingehen und weit und breit keine Möbel zu sehen sind, weiß ich, dass die Party megastrange wird. Ein Typ mit riesigen Pupillen läuft ohne Hose und mit einem

Handtuch um den Hals an uns vorbei in den ausladenden Wohnbereich. Die Leute dort wirken ähnlich verstrahlt – vermutlich haben sie Pilze intus, so, wie zwei Mädchen dasitzen und kichernd ihre Hände betrachten. Ungefähr neun weitere Mädels lümmeln am Boden herum, voll drauf, und unterhalten sich über wirklich seltsames Zeug.

»Besorgen wir uns mal was zu trinken. Vielleicht in der Küche.« Jacob führt mich weiter durchs Haus. Noch immer keine Möbel. Entweder zieht hier gerade jemand aus oder ein – oder irgendwer nutzt es bloß als Partylocation und möchte keinen Stress mit Reinigungs- und Reparaturkosten oder sonstigen Partyunfällen haben. Verständlich. Ich habe sehr schnell gelernt, niemals Partys zu geben – am Ende bleibt das Aufräumen immer an einem hängen, und es sind die eigenen Sachen, die kaputt gehen, wenn jemand den einen oder anderen Drink zu viel hatte.

Neben einer offenen Glastür, die zu einem geschlossenen Hof hinausführt, steht eine Gruppe Kerle in Anzügen herum. Sie halten Plastikbecher in den Händen und reden hitzig aufeinander ein, obwohl sicher keiner keinem zuhört, angesichts der Menge an Koks, die sie alle intus haben. Mit verkrampften Kiefern und schwitzenden Gesichtern schniefen sie in regelmäßigen Abständen. Ich habe die Anziehungskraft von Kokain nie verstanden noch jemals irgendetwas Glamouröses darin erkennen können. Niemand, der auf Koks high ist, wirkt, als hätte er 'ne wahnsinnig tolle Zeit – eher wie jemand, der gleich eine Panikattacke haben wird. Solche Leute stehen nie herum und betonen, wie gut sie sich fühlen; alles, worüber sie labern, ist, wo sie die nächste Nase Koks herkriegen. Leute, die auf Halluzinogenen sind, diskutieren wenigstens über das Wesen des Universums und darüber, was Realität ist.

Wenn ich Drogen nehmen würde, wüsste ich jedenfalls, welchen Trip ich bevorzugen würde. Aber vorerst bleibe ich beim Tequila.

Die Küche ist so gut wie leer, als wir dort ankommen, und nachdem ich die Getränkeauswahl gesehen habe, weiß ich auch, warum. Es gibt lediglich Billigsprit aus Plastikflaschen, nichts zum Mischen und kein Eis. Auch keine Gläser, bloß rote Plastikbecher wie auf 'ner Studentenfete.

Ich schätze, diese Party ist eher was für Drogenkonsumenten – und Alkoholiker – als für Genusstrinker.

Jacob schüttet mir mit entschuldigendem Schulterzucken vier Fingerbreit Wodka in einen Plastikbecher. »Sorry.«

Ich nehme einen kleinen Schluck, um zu zeigen, dass ich keine Spielverderberin bin, aber das scharfe warme Gesöff brennt in der Kehle wie Feuerzeugbenzin und treibt mir Tränen in die Augen.

Jacob nickt jemandem am anderen Ende des Raumes zu. »Bin gleich zurück, Catherine.« Er zieht ab, und ich nehme noch einen Schluck.

Nope, das tu ich mir nicht an. Ich durchsuche den Kühlschrank nach irgendetwas, mit dem ich den Fusel in meinem Becher verdünnen könnte, und gebe schließlich neben einem Spritzer Wasser auch etwas Eis aus dem Eiswürfelbereiter hinein und eine großzügige Dosis Zitronensaft. Seltsam für einen wohlhabenden Gastgeber, dass er sich so gar nicht um das leibliche Wohl seiner Gäste schert und weder gute Drinks noch ordentliches Essen besorgt hat. Schein und Image sind eigentlich alles für diese Leute, und der völlige Mangel an Ästhetik und Präsentation ist verwirrend. Schon komisch, wenn ich daran denke, dass die Leute aus der Unterschichtsgegend, in der ich aufwuchs, stolz darauf waren, ihre Partys bestmöglich auszurichten. Ich kapier schon: Die Leute aus diesem gefakten Künstlermilieu hier wollen zeigen, dass sie so authentisch feiern können wie wir Normalsterbliche. Bei mir verfehlt diese Pseudofassade ihre Wirkung; ich sehe direkt durch sie hindurch, und mittlerweile habe ich das so oft erlebt, dass es mir schon nichts mehr ausmacht.

Working-Class-Leute haben einfach mehr Spaß, weil es ihnen wichtiger ist, 'ne echt gute Zeit zu haben, statt nur so zu wirken. Das ist ein kleiner, aber feiner Unterschied. Nicht-Promis gehen nicht auf Partys, um gesehen zu werden. Sie sind dort, um nach einer harten Woche richtig abzufeiern, ihre Freunde zu treffen und vielleicht ein paar neue Leute kennenzulernen. In Hollywood hat man keine Freunde. Man hat Kontakte, wenn man Glück hat, Bekanntschaften, aber ich würde nicht darauf zählen, hier neue Freunde zu finden. Die Traumfabrik ist voller Poser und Schwätzer – das wurde mir schnell klar, als ich versuchte, Treffen mit Leuten zu arrangieren. Interviews zu organisieren war die reinste Sisyphusarbeit, weil ständig irgendwelche Termine kollidierten.

Mit meinem unwesentlich verbesserten Drink widme ich mich wieder dem Leutebeobachten, bis mein Date zurückkehrt. Mittlerweile sind mehr Gäste hinzugekommen, und die Musik ist lauter geworden. Jetzt, wo ich mich nicht mehr damit beschäftige, welche Drogen die Leute hier nehmen, erkenne ich ein paar Gesichter. Ein angesagter Fotograf ist da, und massenweise Mädels, kaum älter als einundzwanzig, versuchen, ihn mit allerlei Gepose, so billig wie ihre Outfits, zu beeindrucken, während sie die Stufen zum Haus erklimmen. Wie Fliegen, die einen verrottenden Kadaver umschwirren, kleben sie an ihm, in der Hoffnung, vom Nimbus seiner Nähe zu profitieren. Doch im besten Falle sind sie diejenigen, die ihm am Ende des Abends den Schwanz lutschen dürfen.

Ihm sind sie scheißegal, das ist so was von offensichtlich. Alle nennen ihn »Schatz« oder »Süßer« – vermutlich weil sie nicht wirklich wissen, wer er ist, aber weil ihn eine riesige Schar Bewunderer umgibt, denken sie, sie sollten dabei sein. Schon seltsam, dass sie ihn eigentlich gar nicht kennen, aber trotzdem hoffen, seine nächste Affäre oder Muse zu werden. Ich kann ihnen sagen, dass das nie passieren wird.

In den letzten Jahren habe ich mich eingehend mit Körpersprache befasst, um die Leute, die ich interviewe, besser einschätzen zu können. Es hilft einem herauszufinden, wie man sie dazu bekommt, sich einem zu öffnen, weil man weiß, wann man sich besser zurückhält, statt härter nachzubohren und sie offensiver zu befragen. Dieser Typ hier interessiert sich nur für eine Person: sich selbst. Alle anderen sind für ihn so austauschbar wie die roten Plastikbecher, aus denen wir trinken.

Eine Hand schlängelt sich über meinen Rücken. Ich drehe mich um und will der Person schon sagen, sie soll die Pfoten wegnehmen, doch es ist Jacob. »Hey.«

Ich entspanne mich ein wenig. »Hey. Ich konnte meinen Drink ein wenig aufpeppen.«

Er schnieft. »Hä?«

Oje. Verkrampftes Kinn, glänzende Augen. Jede Wette, mein Date hat eine Line gezogen. Nichts schmeichelt einem Mädchen mehr als ein Kerl, der in ihrer Anwesenheit harte Drogen nehmen muss. Nicht, dass ich von mir behaupten wollte, ich wäre so elektrisierend wie Crack, aber es kotzt mich an, dass er das gemacht hat.

Er grinst, ohne etwas von meinem Bedauern zu ahnen, mit ihm hierhergekommen zu sein. »Wollen wir uns mal umsehen? Uns unter die Leute mischen? Ich würde gern ein bisschen mit dir angeben.«

Sein Bewegungsdrang ist wohl eher darauf zurückzuführen, dass sein Herz rast und er die Aufmerksamkeitsspanne einer Stechmücke hat. Und dann noch dieses »mit dir angeben«? Ich schlucke meinen Stolz herunter und ringe mir ein möglichst würdevolles »klar« ab.

Die Pilzpartytruppe ist mittlerweile im nächsten Stadium angekommen. Irgendwer hat eine Lampe angeschleppt, und alle starren darauf, als würde darin, wenn sie nur lange genug schauen, der Sinn des Lebens offenbar werden.

In einer Ecke schieben ein paar Leute zum Rhythmus der Musik herum, und einige scheinen sich dabei nicht aufs Tanzen zu beschränken.

Während wir weiter unsere Runde durchs Erdgeschoss drehen, begrüßt Jacob ein paar Leute mit Gettofaust, aber ohne mich jemandem vorzustellen oder »mit mir anzugeben«, was mich erleichtert. Die meisten Leute sind eh so zugedröhnt, dass sie sich höchstens dann an mich erinnern würden, wenn ich mich splitterfasernackt auszöge und sie mich mit Gewürzsoßen aus dem Kühlschrank beschmieren dürften. Allerdings wäre das gar nicht möglich, denn im Kühlschrank befinden sich keine Gewürzsoßen. Abgesehen davon, bei all den Stringbikini-Höschen und den briefmarkengroßen Oberteilen, die kaum die Brustwarzen bedecken, hätte auch Nacktheit hier keinen großen Erinnerungswert.

Mir fällt ein Typ um die vierzig mit Spitzbart und Sonnenbrille auf, der verzweifelt von irgendeiner Tussi angegraben wird, indem sie seine Brille aufsetzt und so glotzt, als hätte sie einen Orgasmus. Jacob umarmt ihn brüderlich und stellt ihn mir vor. Sein Name kommt mir bekannt vor. Ich vernehme einen französischen Akzent, also küsse ich ihn auf die Wange, statt ihm die Hand zu reichen. Jacob flüstert mir irgendwas ins Ohr, von wegen, der Typ hätte gerade die Auszeichnung für das beste Video bei einer Preisverleihung gewonnen, und da wird mir klar, dass der Spitzbart und ich einige gemeinsame Freunde – oder besser Bekanntschaften – haben. Also kennt er mich wahrscheinlich auch. Jetzt, wo mir wieder einfällt, wer er ist, wird mir leicht übel beim Gedanken daran, dass ich ihn auf die französische Art begrüßt habe, obwohl ich das nicht hätte tun sollen.

Er wird umschwärmt von Leuten, die ihm von ihren aktuellen Rollen in irgendwelchen Filmen erzählen, in der Hoffnung, sein nächster Star zu werden. Einigen geht's nicht mal darum, der Star zu sein; sie wollen sich nur nah genug an ihn heranwanzen, dass sie vielleicht den Musiker aus seinem kommenden Video vögeln können.

Die Quote der Groupies und Möchtegerns wird auf dieser Party mehr als erfüllt.

Eine grazile Blondine wirft ihr Haar zurück und reibt ihre falschen Möpse ach so zufällig am Arm des Regisseurs. »Die Leute fanden meine Hämorrhoidendarstellung so glaubwürdig, das tat ihnen beim Zuschauen echt weh.«

Das wette ich. Manchmal denke ich, dass Verzweiflung die Hirntätigkeit beeinträchtigt.

Eine kurvige Brünette tritt vor und schüttelt ihm die Hand. Eine überraschend formale Geste, wenn man bedenkt, dass die beiden bereits seit einer Weile miteinander im Gespräch sind. »Ich hatte gerade die Hauptrolle in einem Werbespot für Pillen gegen Reizdarmsyndrom. Wurde landesweit ausgestrahlt.«

Damit und mit jedem anderen normalen Job kann man sicher seine Rechnungen bezahlen, aber wie bitte passt das zu der aufreizenden Atmosphäre der meisten Musikvideos? Darin wird Sex und Sexappeal verkauft und, ja okay, man kann sich in dieser Welt auch was einfangen, Geschlechtskrankheiten werden immer verbreiteter, aber wenn man sein Gesicht für ein Medikament gegen Genitalherpes hinhält, dann ist das schon ein krasser Interessenskonflikt.

Ich drehe mich zu Jacob um und will eine Bemerkung darüber machen, aber er ist schon wieder verschwunden. Wahrscheinlich für die nächste Line auf dem Klo. Die Körperwärme, die ich eben gespürt habe und von der ich dachte, dass sie von meinem Date herrührte, stammte tatsächlich von einer Frau, die mit dem Rücken zu mir steht und einem Mann zuhört, der gerade von seinem neuen Maybach erzählt. Prahlerei in Form von Pseudobescheidenheit ist das Schlimmste. Entweder man ist stolz auf seinen Besitz und seine Leistungen, oder man ist ein unausstehlicher Aufschneider. So zu tun, als würde man nicht rumprotzen, ist da die reinste Zeitverschwendung, wo doch sowieso alle wissen, dass man bloß Anerkennung, Lob und Aufmerksamkeit will. Ich wette, er hat noch nicht mal einen Fahrer und weiß überhaupt nicht, dass der einzige Zweck eines solchen Wagens darin besteht, auch einen richtigen Chauffeur zu haben.

Manchmal habe ich das unbändige Verlangen, mich zu einer Gruppe von Leuten zu stellen und total beliebigen

Scheiß zu labern, bloß um zu sehen, wer mich beachtet. Etwa Sprüche wie: »Ich kaue mir gerne an den Zehennägeln. Manchmal frisst dann meine Katze die abgeschnittenen Nägel.« Leider denken die Leute in dieser Stadt vermutlich eher, dass es sich dabei um einen neuen Diäthype handelt, und behaupten sofort, das hätten sie auch mal gemacht. Höchstwahrscheinlich ist ihr Fitnesstrainer, ihr eigener Cousin oder ein Freund »*der* Experte« dafür. Jeder kennt jemanden, der genau das, wovon man redet, schon probiert hat, ganz gleich, wie hirnverbrannt und haarsträubend es sein mag. Vielleicht ist das einfach die hiesige Art, mit Menschen in Verbindung zu treten.

Es wird schnell langweilig.

Ich schlendere in ein anderes Zimmer und lehne mich an eine Wand neben zwei Leute, die offensichtlich darauf brennen, hier wegzukommen, um zu vögeln, sich aber noch mit dem »Kennenlern«-Flirten abmühen, auch wenn es bereits ziemlich persönlich wird.

Sie fährt sich mit der Hand durchs Haar. »Ich vermisse das, mir keinen Kopf wegen Geschlechtskrankheiten machen zu müssen. Ich war immer erfüllt und stolz, wenn er seine Ladung überall auf mir und in mir verspritzt hat. Aber wir hätten uns gar nicht erst aufeinander einlassen dürfen.«

Der Typ nickt begeistert. »Ja, ich finde auch nichts schärfer, als mein Mädel kommen zu lassen. Ich genieße das genauso wie meine eigene Lust. Nichts pusht das Selbstbewusstsein mehr, als wenn ich eine Frau dazu bringe, in meinem Gesicht oder auf meinem Schwanz zu kommen, besonders wenn sie immer lauter und heftiger stöhnt und ihre Muskeln anfangen zu zucken. Voll geil.«

»Wie schaffst du es, weiterzumachen und nicht abzuspritzen, wenn sie auf deinem Schwanz kommt?«

Er zuckt mit den Schultern. »Marihuana. Oder manchmal denke ich an 9/11. Normalerweise schaffe ich so 'ne Stunde.«

Sie reißt die Augen auf. »Das ist zu lang. Fünfundvierzig Minuten sind gut. Zwanzig sind auch okay.«

Er rudert zurück. »Stimmt. Aber ich kann's, wenn nötig! Ich kann beim Sex im Grunde steuern, wann ich komme. Ist hauptsächlich Kopfsache.«

Wow, und da heißt es, Romantik sei ausgestorben.

Sie beugt sich leicht schwankend vor. »Wüsste ja gerne, ob du am Jahrestag von 9/11 besonders lange hart bleibst.«

Er zwinkert ihr zu.

»Wenn du dich noch ein paar Monate geduldest, kannst du's selbst rausfinden.«

Einfach unvergesslich.

Ich fasse es nicht, dass mein Date mich hierhergeschleppt und dann hat stehen lassen. Vermutlich würde ihm nicht mal auffallen, wenn ich ginge, da er sich heute Abend offenbar nur für eine Sache interessiert. Scheiß drauf. Ich hau ab. Selbst wenn er sich wieder fangen und ein bisschen mehr Charme versprühen würde, bin ich nicht scharf auf einen Gutenachtkuss von ihm, der nach Koksspeichel schmeckt. Ich wühle gerade in meiner Handtasche nach meinem Handy, um mir eine Mitfahrgelegenheit zu organisieren, als mir ein fremder Typ auffällt, der neben der Eingangstür an der Wand lehnt.

Mit seinen dunkelblonden Locken wirkt er geradezu engelsgleich, doch sein Blick hebt diese Anmutung wieder auf. Er zeigt ein Selbstbewusstsein, das an Arroganz grenzt, und sein Grinsen verspricht Dinge, die mein Körper gerne eingelöst sehen will. Ich schätze, er ist bloß ein paar Jahre älter als ich, aber etwas an seinem Auftreten strahlt Erfahrenheit aus.

Ein echter Mann in einem Haus voller Heuler. Sehr anziehend.

Ich nippe an meinem Becher, in dem schmerzlichen Bewusstsein, wie schwer es ist, cool und mondän zu wirken, während man aus einem Plastikbecher trinkt.

Er kommt direkt auf mich zu, und sein Körper sagt: »Du bist mir aufgefallen und ich dir, also zieren wir uns nicht lange.« Er streckt mir seine Hand entgegen, und ich ergreife sie. Ich bemerke seinen festen Händedruck. »Ich bin Dominick. Schön, dich kennenzulernen.«

»Catherine«, erwidere ich.

»Dein Date muss ein Idiot sein, dich an so einem Ort allein zu lassen.«

Ich lächle. Ich möchte mein Date zwar nicht beleidigen, aber auch mein Wohlwollen hat Grenzen. »Ich glaube, er ist auf Toilette.«

Dominick kapiert sofort, was ich meine, und legt den Kopf schräg. »Wenn er dich dafür warten lässt, ist er ja noch bescheuerter, als ich dachte. Dein Freund?«

Ich schüttle den Kopf.

Er grinst. »Willst du woandershin?«

Ich erwäge abzuhauen, ohne mich von meinem Date zu verabschieden. Eine Stelle in *Der Mann, der zweimal lebte* von John Frankenheimer gefällt mir besonders. Nachdem Rock Hudson mit seinem neuen Gesicht erwacht, sagt jemand zu ihm in etwa: »Sie sind allein auf der Welt, frei von jeder Verantwortung, außer für Ihre eigenen Interessen.«

Genauso fühle ich mich gerade. Einen Moment lang war ich allein auf der Welt, ziellos dahintreibend. Letztlich sind wir doch alle allein, ungeachtet der Verbindungen, die wir unterwegs mit Leuten eingehen. Und auch wenn die Aussage wie ein Aufruf zur Anarchie erscheinen mag, soll sie in Wirklichkeit nicht dazu ermuntern, andere zu verletzen. Denn glückliche Menschen sind – von Psychopathen mal abgesehen – auch gute Menschen. Etwas für sich selbst zu tun, das einen seinem höchsten Selbst näherbringt, macht die Welt zu einem besseren Ort. Ein bisschen wie transzendentale Meditation, schätze ich, aber man kann jede Entscheidung mit eigennützigen Gründen rechtfertigen, wenn man sich genug anstrengt.

Wäre Jacob wirklich traurig, wenn ich mit Dominick nach Hause ginge? Vielleicht. Aber ich bezweifle es, und sein Verhalten mir gegenüber war wenig respektvoll. Er hat sich kaum um mich gekümmert, hat mich auf eine langweilige Party geschleppt und ist dann einfach verschwunden. Da hätte sonst was passieren können.

Tja.

Ich gehe mit Dominick raus.

Irgendwas wird passieren, wenn Dominick mich zu Hause absetzt. Dafür werde ich sorgen.

3

Er schiebt mein Haar zur Seite und küsst mich auf den Nacken, noch bevor ich meinen Wohnungsschlüssel ins Schloss stecken kann.

Bin schon geil, bevor ich nur den Schlüssel umgedreht habe.

Seine Hände sind auf mir, fahren die schmale Stelle meiner Taille, die Außenseite meiner Oberschenkel entlang, berühren meine Schultern. Mit der Umsicht von jemandem, der weiß, dass der Körper einer Frau aus erogenen Zonen besteht, die über die großen fünf (Brüste, Vagina, Hintern, Innenseite der Schenkel, Hals) hinausgehen, benutzt er seine Hände, um die Lunten meines Körpers langsam zu entzünden.

Ich bin feucht, bevor er mich herumdreht, sich fest an mich drückt und mich bedächtig und innig küsst. Als genieße er, wie ich schmecke, spielt seine Zunge mit meiner und taucht in meinen Mund ein. Unwillkürlich muss ich an seinen Schwanz denken, der tief in andere Bereiche vorstößt.

Hinter mir die harte Tür, vor mir ein harter Mann. Ich triefe, zum Pflücken bereit wie eine reife Frucht, voller Erwartung, voll im Saft.

Ich will, dass er mich auspresst, bis mein Saft an ihm heruntertropft.

Er greift an meinem Ohr vorbei, und ich taumle durch die Tür, die er geöffnet hat. Ich falle nach hinten, doch er fängt mich mit seinen Armen auf und stößt die Tür hinter uns laut knallend mit dem Fuß zu. Es wirkt so beschützend und männlich, dass ich vor Verzückung schreien und den Nachbarn noch ein anderes lautes Knallen bescheren möchte, über das sie sich beschweren können.

Dominicks Hände wandern herum, warten keine Einladung ab, sondern erobern. Zaghafte Liebhaber nerven mich. Manchmal will ich einfach von jemandem genommen werden, der verdammt nochmal weiß, was er tut, ohne dass ich ihm erst eine Gebrauchsanweisung für den Körper einer Frau schreiben muss.

Er drückt mich gegen die Wand und schiebt eine Hand unter meinem Shirt hoch. Dann öffnet er meinen BH und reißt ihn weg, als beleidige es ihn, dass der meine Haut berührt. Seine Hand legt sich roh auf meine Brust, und ich keuche in seinen Mund, als er sie zusammendrückt, in meinen Nippel kneift. Er stößt seine Hüfte gegen meine und lässt mich die harte Länge zwischen uns spüren.

»Wie willst du's?«

»Ich will richtig hart gefickt werden. Ich hatte schon ewig keinen Schwanz mehr, den ich mochte und von dem ich nicht genug kriegen konnte. Seit meinem Exfreund vor einem Jahr und vier Partnern.«

Er grinst. »Was hat dir an seinem Schwanz so gefallen?«

Seine Hände auf meinem Körper machen mich verrückt. »Er krümmte sich so leicht nach oben, er berührte meinen G-Punkt. Er war der erste und einzige, bei dem ich einen vaginalen Orgasmus hatte. Er war ein bisschen zu lang für Sex, und es tat oft weh danach, aber dann hab ich mich daran gewöhnt. Und später durfte er mich sogar mit einem irre großen Dildo ficken. Da waren wir schon ein wenig gelangweilt voneinander, aber wollten's nicht wahrhaben, dass wir eigentlich nicht zusammenpassten und uns nicht wirklich liebten. Und natürlich konnte er richtig lange hart bleiben, und ich konnte mich drauf verlassen, dass ich einen ordentlichen Ritt bekam.«

Er kneift die Haut in meinem Nacken mit seinen Zähnen, und ich schreie auf, so scharf werde ich.

»Ich beschere dir einen Ritt, den du niemals vergessen wirst«, knurrt er.

Ich packe ihn am Hintern und ziehe ihn näher an mich heran, verhake mich in ihm, sodass ich mich an seinem Schwanz reiben kann, an der Stelle, wo es wehtut. Ich will auch seine Haut spüren, also reiße ich an seinem schwarzen Hemd mit Button-down-Kragen, wild nach seiner Körperwärme.

Er ist muskulös, aber schlank, und ein Tattoo rankt sich an seinen Rippen und seinem Brustkorb hinauf und den linken Arm wieder hinunter, doch ich kann nicht erkennen, was es genau ist, denn er zieht mir das Shirt über den Kopf und lässt es auf halbem Wege hängen, wie eine provisorische Augenbinde und Fessel in einem. Er hält meine Arme über meinem Kopf fest.

»Wo will Catherine es haben?« Sein Atem fühlt sich warm an meinen Lippen an, und ich beuge mich vor, um ihn zu küssen, doch er weicht aus, um meine Antwort zu hören.

»Gleich hier ... drück mich gegen die Wand.«

Er lacht schmunzelnd, und ich wünschte, ich könnte jetzt seinen Blick sehen, denn die Heiserkeit in seiner Stimme lässt mich so feucht werden, dass es mir die Schenkel hinunterrinnt.

»Nein, ich meinte, wo willst du meinen Schwanz spüren, aber mir gefällt deine Antwort sehr gut. Ich nehme jetzt meine Hände weg, aber du lässt deine an der Fickwand. Ja?«

Ich nicke, und ein Lächeln macht sich auf meinen Lippen breit. Es ist ewig her, dass mich jemand so herumkommandiert hat. Meine Nippel kribbeln vor Erwartung, was er als Nächstes tun wird. Ich würde es gerne wissen, aber ich will mir auch nicht die Überraschung verderben, also behalte ich meine Hände oben, froh darüber, das Rascheln einer Kondompackung zu hören, die aufgerissen wird. Safety first.

Er zieht mich untenrum aus, und ich erschaudere in gespannter Erwartung.

»Letzte Gelegenheit, dich einzubringen, bevor ich loslege.«

Ich beiße mir auf die Lippe. »Brauche ich ein Safeword?«

Seine Zähne streifen an meinem Hals entlang. »Brauchst du eins?«

Manchmal kennt man einen Menschen einfach, auch wenn man ihn gerade erst getroffen hat. Ich weiß einfach, dass Dominick Sex auf die gleiche Art mag wie ich und dass er mir nie wehtun würde, es sei denn, ich will es so. Also schüttle ich den Kopf. »Du weißt, was du tust, oder?«

Seine Finger erforschen geschickt meine triefende Muschi, und es verschlägt mir den Atem. Genau da. Er macht mit seinem Finger diese lockende Bewegung in mir, sodass ich ihm bis nach Alaska hinterherlaufen würde. »Ja, Catherine. Ich weiß, was ich tue.«

Ich will, dass er mich jetzt fickt, dass er, so heftig er kann, in mich hineinstößt, doch er zieht seine Hand zurück und dreht mich herum. Ich stehe mit nacktem, herausgestrecktem Hintern vor ihm, als würde ich bei einer Sicherheitskontrolle abgetastet werden.

Er zieht meine Pobacken auseinander und fängt an, mein Arschloch mit der Zunge zu lecken. Bei dieser ungewohnten Empfindung, warm und schmutzig zugleich und so verdammt geil, spreize ich mich weiter, damit er besser rankommt.

Seine Zunge wirbelt herum und zieht sich dann zurück, doch sie wird von seinem Finger abgelöst. »Wurde dir schon mal das Arschloch geleckt?«

»Wenn, dann haben sie bloß kurz drübergeleckt, aber nie so wie das hier.«

»Möchtest du, dass ich dich in den Arsch ficke?« Er saugt erneut etwas an der Haut, und meine Knie werden weich.

»Hast du da jemals ein Nein gehört?«

»Schon lange nicht mehr. Die meisten mögen, was ich mit ihnen anstellen kann.«

Ich lecke mir die Lippen. »Dann mach einfach, was immer du willst, Dominick.« Es ist eine gewagte Einladung, aber ich weiß, dass er stoppen würde, sobald ich es ihm sage.

Meine Lippen sind versiegelt.

Er packt mich an der Hüfte und zieht mich ein wenig von der Wand weg, und dann stößt sein Schwanz in mich hinein, aber nicht in meinen Hintern, wie ich es erwartet hätte. Er dringt in meine Muschi ein, und dem Gefühl nach zu schließen, hat er einen großen, lollipopförmigen Schwanz. Schon der Schaft ist von ordentlichem Umfang, aber die Spitze noch ein wenig dicker, sodass er mich richtig ausfüllt.

Dieser erste Stoß ist immer der beste, besonders wenn es eine Weile her ist. Vor allem, wenn es jemand

Interessantes ist. Er bewegt sich langsam und dringt tief ein, bis er an meinen Gebärmutterhals stößt, wo er innehält und mir einen Moment Zeit gibt, mich an seine Größe zu gewöhnen. Mit einer Hand greift er herum und massiert meine Klitoris, mit der anderen knetet er eine meiner Brüste. Ich drücke mich fester an ihn, und dann fickt er mich richtig.

Bei jedem Stoß klatschen seine Eier mit einem feuchten, fleischigen Geräusch gegen meinen Kitzler, und es fühlt sich an, als würde ihm jemand sanfte Schläge versetzen. Das mag ich.

Eine seiner Hände fährt meinen Nacken entlang und umfasst meine Haare, bevor er seinen Schwanz behutsam aus mir herauszieht, dann wieder hineinsteckt und es sich zwischen meinen Schenkeln bequem macht. Ich weiß nicht, was es ist, Erdbeere vielleicht, doch mit zunehmender Reibung zwischen uns riecht das Kondom süßlich nach Gummi, als wäre es eine Frucht, die durch meine Säfte reift. Er ballt die Faust, die mein Haar zusammenhält, und ein leichter, kurzer Schmerz durchzuckt meine Kopfhaut.

Ich will unbedingt mehr, wünsche mir etwas, an dem ich lutschen kann, denn wie er mich bis eben fickte, ist zu viel und zu wenig zugleich, es macht aus mir ein wunderbar wildes Tier, das nur dafür geschaffen ist, hirnlos zu vögeln – bloß dass ich alles, was passiert, hyperbewusst spüre und sinnlich und geistig voll dabei bin. Ich will, dass es für ihn genauso gut ist wie für mich gerade, also lasse ich meine Hüften kreisen und male damit ein hübsches endloses Muster, durch das sein Schwanz sich an ganz neuen Stellen in mir reibt. Er atmet zischend ein. Perfekt.

Ich spüre, dass der Orgasmus sich in mir aufbaut, wie eine gottverdammte Sinfonie. Dominick verlagert sein Gewicht, und ich stehe kurz davor, so heftig zu kommen, dass ich fast versucht bin auszuweichen, damit ich es noch hinauszögern, es länger auskosten kann, doch es ist, als versuche man, einen Tsunami aufzuhalten.

Ich lecke mir die Oberlippe, nehme den salzigen Geschmack meines Schweißes wahr und die Reste meines Lippenstifts.

So gut.

Ich bebe, meine Hüften buckeln, meine Glieder zittern von der Entladung und seiner schieren Größe in mir. Meine Muschi umklammert ihn, während er weiter in mich hineinstößt, immer mehr von meinem Come herausholt, es verteilt und Haut an Haut gleitet. Kein Gleitgel fühlt sich so gut an. Kein Gleitgel fühlt sich auch nur annähernd so gut an wie eine Frau, die ihren Partner wirklich geil findet, beide benetzen kann und den Sex für beide perfekt macht.

Vielleicht noch das Sperma eines Mannes, dicke Spritzer, nass und heiß. Der Gedanke lässt mich wohlig erschaudern. Ich spüre seinen heißen Atem in meinem Nacken, und plötzlich muss ich einfach seinen Schwanz lutschen.

Ich muss ihm dafür danken, dass er mich von dieser lahmen Party weggeholt hat.

Ich stoße ihn weg und drehe mich um, falle auf die Knie und blicke ihm fest in die Augen, als ich seinen Schwanz in die Hände nehme. Sein Blick wird schärfer, als ich das Kondom abziehe, es wegwerfe und seinen Schwanz zu meinem Mund führe. Ich fahre mit der Hand zwischen meinen Beinen auf und ab, bevor ich anfange, seinen Schaft zu massieren, ihn benetze, seinen Schwanz mit meinen Säften glitschig mache.

Er grinst, und seine Pupillen werden groß wie Teller, doch er wartet geduldig ab.

Ich drücke seinen Schwanz an meine Wange und lecke seine Eier, hinterlasse eine nasse Speichelspur. Mehr natürliches Gleitmittel. Er stupst mit der Schwanzspitze an meine Lippen, und ich lasse meine Zunge um das kleine Loch tanzen. Ich benetze meine Lippen mit Speichel, und er dringt ein wenig tiefer vor, entlang meiner Zunge, die ich dabei unter seinem Schaft vor- und zurückbewege. Dann sauge ich daran, um die Reibung durch das Vakuum zu erhöhen.

Er stützt sich mit den Händen oberhalb meines Kopfes an der Wand ab, damit er sich entspannen und genießen kann, was mein Mund mit ihm anstellt. Ich lasse seinen Schwanz leise ploppend aus meinem Mund gleiten und lecke seine Hoden, erst den einen, dann den anderen. Er stöhnt, als ich sanft beide lutsche, sie hin und her wiege und die Wärme meiner Zunge in seine Haut sickern lasse. Eier sind so verdammt empfindlich. Manche Männer werden ganz hibbelig, wenn ihre Partnerinnen sie berühren.

Nicht so Dominick.

Ich umspiele sie mit meiner Zunge und arbeite mich dann von seiner Schwanzwurzel bis zur Spitze hinauf, lecke ihn immer wieder von unten bis oben komplett ab, als könne ich nicht genug kriegen von seiner Softeistüte. Ich will ihn auf meiner Zunge zergehen lassen, als wäre Sommer, ich schlecke um die große Eichel herum und sauge sie dann wieder ganz tief ein.

Jetzt stößt er mir seinen Schwanz so tief hinein, dass ich kaum Luft bekomme. Ich muss würgen, mache aber trotzdem weiter. Ich werde noch feuchter, aber ich war ja schon dran.

Ich nehme, was er mir gibt, klammere mich an seine Hüften, als er meinen Kopf festhält und meinen Mund mit flachen, fieberhaften Stößen fickt. Ich will, dass er in mein Gesicht kommt, etwas, das ich zuvor weder wirklich gewollt noch verstanden habe – ich habe einfach nie begriffen, was daran so toll sein soll –, aber jetzt will ich unbedingt seine heiße Ladung schmecken und sie schlucken, damit ich einen Teil von ihm in mir habe, nachdem er wieder gegangen ist, weil ich ihn auf gar keinen Fall hier übernachten lasse.

Er zerbirst in mir, benetzt meine Zunge mit salzigem Tang, fast schon nussig und süß, und sein Körper erstarrt, als wäre alle Bewegung aus ihm verschwunden, bis auf seinen pulsierenden Schwanz.

Er atmet nicht einmal.

Ich lasse ihn erst aus meinem Mund gleiten, als er wieder Luft holt.

Als wir auf meinem Balkon stehen, wo ich Dominick Gesellschaft leiste, während er noch eine raucht, bevor er geht, sagt er zu mir: »Erzähl mir doch ein bisschen was Persönliches über dich.«

Da ich nicht wirklich damit rechne, ihn wiederzusehen, sage ich ihm die Wahrheit. »In letzter Zeit frage ich mich, ob mein Leben wohl anders wäre, wenn ich besser aussehen würde.«

Er schüttelt den Kopf. »Das fragt sich jeder. Sogar Angelina fucking Jolie. Jeder hat Komplexe wegen seines Aussehens. Erzähl mir was anderes. Etwas, das du so richtig verbockt hast.«

Normalerweise bitten einen Leute darum, ihnen etwas von sich zu erzählen, wenn sie bereits auf etwas Bestimmtes aus sind, das sie selbst betrifft. Sie fragen einen, was man beruflich macht, weil sie einem erzählen wollen, was sie arbeiten, um Eindruck zu schinden. Wenn man nach seinen Hobbys befragt wird, dann normalerweise deshalb, weil sie ein ganz tolles haben. Ich beschließe, es rein sexuell zu halten. »Der letzte Typ, mit dem ich gevögelt habe. Vor dir.«

Er blinzelt. »Was ist passiert?«

»Ich hab's einfach verkackt. Weil ich fünf Whiskeys intus hatte. Hab mit dem falschen Bruder gevögelt. Ich hab mich verkalkuliert, hab den weniger attraktiven und auch noch nervigeren von beiden genommen, bloß weil er nicht aus der Stadt war und ich mir deshalb sicher sein konnte, dass er anschließend garantiert wieder verschwindet. Bin nicht mal gekommen.« Ich erzähle ihm nicht, dass ich nach dieser Nacht im Prinzip für eine ganze Weile das Interesse an Sex verlor.

Dominick nimmt einen tiefen Zug und stößt dann eine lange Rauchwolke aus. »Du bist nicht gerade schüchtern, wenn's darum geht, über Sex zu reden.«

Ich schüttle den Kopf. »Ich glaube, das nächste Mal treibe ich es mit einer Frau. Nie fand ich diese Fantasie schärfer als jetzt. Hab mich im Internet umgesehen und auch schon die ersten Flirtmails von einer Frau bekommen. Aber ihre Fotos ... ich frage mich, ob ich sie überhaupt anziehend finde.«

Meine Muschi war schon lange nicht mehr so feucht und hat so pulsiert. Aber ich weiß nicht, ob das von meinen Gedanken an die Frau herrührt oder daher, dass ich Dominick von ihr erzähle.

»Liegt es daran, dass du nicht den Schwanz finden kannst, den du willst? Oder weil dich plötzlich Frauen anmachen?«

Ich zucke mit den Schultern. »Ich hab's schon mit Frauen getrieben. Beim Sex – bei gutem Sex – geht es weniger um die Körperteile als um Erfahrung.«

Er denkt darüber nach, während ich ihn frage: »Und was willst du mir beichten?«

»Ich wusste von einem Bekannten, wer du bist, als ich dich heute auf der Party sah.«

Ich bin überrascht, dass sein Geständnis nichts mit Schwänzen zu tun hat. »Ach ja?«

Er nickt und stößt einen Rauchkringel aus.

Ich nippe an meinem Wasser und denke über sein plötzliches Geständnis nach, bevor ich frage: »Hat er dir auch geraten, mit mir zu ficken?«

Er schüttelt den Kopf. »Nein, aber als ich dich dann sah, konnte ich einfach nicht widerstehen.«

»Wer ist dieser Bekannte?« Es müsste mich eigentlich ärgern, aber das Ganze überrascht mich irgendwie nicht. In L.A. läuft alles über Beziehungen, und man nutzt jede, die man kriegen kann. Abgesehen davon bin ich gerade richtig gut gekommen, und da fällt es mir schwer, Dominick wegen etwas sauer zu sein, obwohl es die Gesellschaft vermutlich von mir erwarten würde.

»Er ist ein reicher Europäer, der gerne Bürgerrechtskampagnen unterstützt, ein Philantrop. Außerdem sorgt er dafür, dass Journalisten dorthin gelangen, wo es gerade brennt. Man munkelt auch, er habe Edward Snowden dabei geholfen, sicher nach Russland zu kommen, mithilfe von anderen einflussreichen internationalen Persönlichkeiten. Das weiß niemand so genau. Aber er möchte mit dir Kontakt aufnehmen, und deshalb bin ich hier.«

Vielleicht würde mich das befremden, wenn ich nicht ich wäre und nicht erlebt hätte, was ich erlebt habe, aber es ist nicht das erste Mal, dass ich die Aufmerksamkeit von jemandem in einer politischen Spitzenposition wecke. Es macht die Leute neugierig, wenn man ein paarmal mit einem Senator fotografiert wird. Kurz gesagt, obwohl er nicht gleich so ehrlich war, wie ich es mir gewünscht hätte, war es dennoch nicht unverzeihlich hinterhältig von ihm. Wie die Dinge liegen, ist es sogar das Interessanteste, was mir seit Wochen, wenn nicht Jahren passiert ist. »Warum will er mit mir Kontakt haben?«

»Sagt dir der Name Benny Arthur etwas?«

»Wem nicht?« Alle geifern nach einem Interview mit Benny Arthur. Er rückte ins Licht der Öffentlichkeit, nachdem er eine Investmentfirma mit Senator Duncan betrieben hatte, einem Politiker, der bereits als Präsidentschaftskandidat gehandelt wurde, bis Begriffe wie »Schneeballsystem« und »Anlagebetrug« die Runde machten. Was besonders vor dem Hintergrund heikel war, dass er immer das Image eines amerikanischen Saubermannes gepflegt hatte.

Irgendwie ist es ihm gelungen, halbwegs unbeschadet aus dem Skandal hervorzugehen, doch viele fragen sich, ob er nicht noch schlimmeren Dreck am Stecken hat.

Eine Leiche im Schrank bedeutet normalerweise mindestens drei weitere im Keller.

Bisher wurde noch keine Anklage gegen Duncan erhoben, aber Benny weiß sicher, ob Duncan etwas von den Machenschaften wusste oder wirklich nur als Partner auf dem Papier fungierte, wie er hartnäckig behauptet.

Ein bigotter potenzieller Präsident, der kein Problem damit hat, alte Damen um ihre Ersparnisse zu bringen? Ja, das ist eine Schlagzeile wert.

Dominick verschränkt die Arme. »Mr. X kann dir ein Exklusivinterview mit Benny Arthur verschaffen.«

Mein Magen zieht sich ein klein wenig zusammen. Falls ich diese Möglichkeit bekäme – und die Informationen, die ich daraus ziehen kann, gut genug sind für eine tolle Story –, könnte das ein Riesending werden. Aber eine solche Sache hat immer einen Preis, und ich bin nicht so naiv zu glauben, dass es für mich umsonst sein wird. »Ist er seriös?«

Dominick nickt. »Ist er.«

Ich kann nicht Nein sagen. Genau so etwas brauche ich gerade. »Dann gib dem Mann meine Kontaktdaten. Aber warum mailt er mich nicht einfach über meine offizielle Adresse bei der Zeitung an, wie alle anderen auch? Meine Arbeitskontaktinfo steht im Netz.«

Ein Grinsen verzieht seine Lippen zu einem dünnen Strich. »Er ist sehr … eigen, was seine Methoden betrifft. Er macht die Dinge eben gern auf seine Art.« Dominick holt sein Portemonnaie hervor und zieht eine Karte heraus. Cremefarben mit einem einfachen, aber eleganten eingravierten Spiralelement. Es steht nur »Mr. X« und eine Telefonnummer darauf. Ich nehme sie entgegen, und während ich sie von allen Seiten betrachte, fühle ich mich seltsam an *American Psycho* erinnert. Die Wahl der Visitenkarten in diesem Film ist obsessiv; irre witzig, wie dort auf das winzigste Detail geachtet wird, von der Schriftart bis hin zu den kaum unterscheidbaren fifty shades of off-white, die da jeder zu seiner Selbstdarstellung ausgewählt hat.

Es fühlt sich an, als würde der Raum um mich herum auf die Größe dieser Karte zusammenschrumpfen, die Luft verdichtet sich und wird immer trockener, bis ich das Gefühl habe, ich atme durch die Seiten eines alten Manuskriptes, und mich überfällt das Gefühl, schon einmal in dieser Situation gewesen zu sein.

»Was ist los?« Dominicks Stimme durchbricht den Nebel. Ich blinzle heftig und konzentriere mich auf sein Gesicht.

»Ich habe bloß das Gefühl, das alles längst erlebt zu haben.«

»Ein Déjà-vu?«

Ich nicke.

Er lehnt sich zurück und zündet sich noch eine Zigarette an. »Auf einer Party hat mir mal jemand erzählt, dass Déjà-vus wörtlich zu nehmen sind. Man hat diesen Moment tatsächlich schon mal gesehen, aber nicht in diesem Leben. Nach dieser Idee entscheiden wir über alles in unserem Leben im Vorfeld, und wenn wir dann Fleisch werden, sind wir manchmal so nahe dran, an dem Leben, das wir entworfen haben, dass es in uns das seltsame Gefühl des Wiedererkennens weckt.«

Ich erschaudere. »Glaubst du das?«

Er lacht. »Nee, das meinte bloß irgend so ein Acid-Arsch bei dieser Party. Aber es war die interessanteste Version von Realität, die ich so gehört habe. Was meinst du?«

Ich pike mir die Ecke der Visitenkarte unter den Nagel. Der kurze leichte Schmerz erdet mich. »Ich meine, je älter ich werde, desto weniger bin ich mir irgendeiner Sache sicher.«

»Das ist doch der beste Grund, Journalistin zu sein. Um die Antworten auf die Fragen dieser Welt herauszufinden.«

4

Das Schwierigste am Erfolg ist nicht, ihn zu erlangen, sondern ihn zu wiederholen. Man kann sich nicht einfach damit zufriedengeben, es an die Spitze geschafft zu haben, man muss sich auch dort oben halten. Es geht darum, relevant zu bleiben, sonst wird man eine vergessene Größe oder schlimmer noch: ein One-Hit-Wonder. Vielleicht ist es sicherer, aufzuhören, sobald man einen Volltreffer gelandet hat, und sich für immer darauf auszuruhen, sich an seinem vergangenen Ruhm zu laben, den einem niemand mehr nehmen kann. Aber die meisten von uns haben von einem künstlerischen Standpunkt aus betrachtet mehr zu sagen als diese eine Bekundung.

Im Übrigen kann man nie wissen, ob die Fortsetzung nicht doch heftiger einschlägt, schneller und besser ist als der erste Erfolg. *Der Pate II*, *Frankensteins Braut*, *Die Nacht* (auch wenn ich behaupten würde, dass der dritte Teil der Trilogie, *Liebe*, noch besser ist). Verdammt, sogar *Das Imperium schlägt zurück* und *Terminator II* toppten die ersten Teile.

Wenn man einmal einen Knüller gelandet hat, die Kirschen in Nachbars Garten gekostet hat, den Erfolgshügel erklommen hat, dann ist die Fortsetzung extrem wichtig. Aber es kann auch ziemlich lähmend sein, denn den ersten Erfolg hatte niemand erwartet, und diesmal verspürt man den Druck von außen, den angehaltenen Atem des Publikums, das den nächsten Schachzug kaum erwarten kann.

Die Frage »Woran arbeitest du gerade?« ist viel leichter zu beantworten als »Woran arbeitest du als Nächstes?«.

Ich habe die Ketten dadurch etwas gelockert, dass ich mich rätselhaft gab. Gerüchte zu schüren sorgt für mehr Hype und gespannte Erwartung, ohne dass man sich am Ende auf etwas Bestimmtes festlegen oder etwas liefern muss. Jetzt, wo ich den Erfolg kennengelernt habe, kann ich nicht mehr an x-Beliebigem arbeiten; es muss schon ein echtes Statement sein. Um den Zweiflern und mir zu beweisen, dass mein Erfolg kein Glückstreffer war.

Ein Teil von mir hat auch das Gefühl, dass ich bloß Schwein hatte, Inana Luna zu finden. Sie war das perfekte Thema. Das zu wiederholen wird unmöglich, trotzdem glauben alle, dass ich an einer Riesengeschichte dran bin.

Aber bis jetzt habe ich nichts.

Ein paar Skandalgeschichten hier und da haben meinen Namen im Gespräch und meine Säfte am Fließen gehalten, aber nichts davon kam annähernd an Inana Luna heran. Es gab nichts, das mich gepackt und mich nicht mehr losgelassen hätte, bis ich auch das letzte Geheimnis herausgesaugt hätte. Glauben Sie mir, ich habe versucht, es wiederzuerlangen.

Ich klicke mich E-Mail fur E-Mail durch meine Inbox und lasse keine einzige aus, ohne ihren Inhalt nicht wenigstens nach etwas überflogen zu haben, das mich inspirieren würde, aber das ist sowieso ein relativer Begriff. Etwas, das mich selbst begeistert und ein größeres Publikum interessieren könnte, ist die Schnittmenge, die ich zu finden versuche. Die Leute schicken mir ihre Artikel oder pikante Einzelheiten über sich selbst, in der Hoffnung, es in die Zeitung zu schaffen und ihren Moment des Ruhms zu bekommen. Ich antworte schon lange nicht mehr allen, weil es mir zu schwer fällt, ihnen auf nette Weise zu verklickern, dass die Welt sich einen Dreck für ihre ach so reizende Nichte interessiert, die gerade ihren Abschluss gemacht hat. Oder für ihren Hund, der »sprechen« kann. Ich erhalte auch viel Post von Schauspielern und Autoren, die mit mir in Kontakt treten, weil sie auf ein wenig gratis Publicity scharf sind. Ich wünschte, ich könnte allen helfen.

Aber ich interessiere mich nicht für flache Geschichten, Wohlfühlartikel, die nur hängen bleiben, wenn man die darin behandelten Personen kennt, und ansonsten verpuffen. Außer sie gehen viral. Aber selbst wenn – wer hatte heutzutage noch nichts, das mal viral gegangen wäre? Wir Konsumenten sind unersättlich: Wenn es sich um unsere Unterhaltung dreht, können wir einfach nicht genug bekommen.

Babyziegen, Säuglinge mit fiesen aufgemalten Augenbrauen, Hinz und Kunz, die zu einem x-beliebigen trendy Song tanzen, der nächste Woche schon wieder vom nächsten Hit verdrängt wird und in Vergessenheit gerät.

Unterhaltung um der Unterhaltung willen ist eine super Sache, aber ich muss etwas anderes machen, etwas Langlebigeres.

Nachdem der Artikel über Inana erschienen war, trudelten die Angebote ein. Erst wie ein Rinnsal und dann wie ein Sturzbach, als es sich herumgesprochen hatte und sogar Nominierungen für verschiedene Preise in meiner Inbox landeten. Einige Publikationen versuchten auch, mich von meiner damaligen Zeitung abzuwerben. Es gab sogar das Angebot einer Fernsehredaktion, aber nach einem lüsternen Vorstellungsgespräch hatte diese »Chance« jeglichen Reiz für mich verloren.

Ich beschloss, das Angebot anzunehmen, das Diane Fallows mir machte, hauptsächlich wegen der beeindruckenden Erfolgsgeschichte des Magazins, aber auch zu einem großen Teil wegen der Frau selbst. Mit achtundzwanzig war sie die erste schwarze Chefredakteurin, und sie hat eine Ernsthaftigkeit, die man nur bei einer Handvoll Leuten findet. Sie strahlt ein ruhiges Selbstvertrauen aus, aber ohne jede Rücksichtslosigkeit, und das erinnerte mich gleich an Inana. Ich wollte Diane in Aktion erleben, also nahm ich ihr Angebot an.

Drei Jahre später hat sie mich noch immer nicht enttäuscht, doch langsam fürchte ich, sie zu enttäuschen, weil ich noch immer keine große Story gelandet habe, die alle in Erstaunen versetzt. Mein Artikel über Inana war für einen Award der Society of Professional Journalists nominiert. Ich habe ihn nicht gewonnen, aber ich hatte auch nicht erwartet, überhaupt nominiert zu werden. Manche fanden zwar, dass meine Geschichte viel provokativer und rigoroser war und den Preis verdient hätte. Das ist subjektiv, und Awards sind nicht mein Ding. Ich war sowieso nicht auf einen Pulitzer aus. Ich wollte bloß Inanas Geschichte erzählen.

Diane scheint sich damit zufriedenzugeben, mich auf Branchenpartys zu präsentieren. Sie zeigt mich herum, als wäre das meine Aufgabe – dem Magazin zu einem gewissen berüchtigten Glanz zu verhelfen.

Ich reibe mir mit den Fingerknöcheln die Lippe, ribble Haut auf Haut, bis sich meine Lippe leicht taub und kribbelig anfühlt. Dieses Interview mit Mr. X könnte das sein, wonach ich suche, obwohl ich mich aus naheliegenden Gründen eigentlich von der Politik fernhalten wollte.

Das Schwierige ist nicht, eine Geschichte zu finden, die alle hören wollen – verdammt, das macht jedes Käseblatt und jede Buzzfeed-Liste jeden Tag. Doch ich bin da wählerischer, weil mir die Themen nicht piepegal sind. Ich will bloß an Geschichten arbeiten, die mich selbst interessieren und die mir wichtig sind. Ich weiß nicht, vielleicht ist das nur eine Art Trotzverhalten, weil ich noch immer nicht die Filmemacherin bin, die ich gerne wäre, aber ich denke, der Hauptbestandteil ist echtes Interesse.

Vielleicht werde ich nie wieder auf eine Geschichte stoßen, die mich packt.

Vielleicht hätte ich dasselbe Problem auch, wenn ich Filme machen würde.

Das Unbefriedigende an meiner Situation ist, dass es das Leben zwar seit einigen Jahren ganz gut mit mir meint, der Glanz jedoch langsam verblasst. Es könnte aber auch sein, dass ich diejenige bin, die immer blasser wird.

Ist es besser, in einem Job Erfolg zu haben, der einem nichts bedeutet, oder beim Versuch, seine wahren Träume zu verwirklichen, zu scheitern? So oder so ist man nicht da, wo man sein möchte. Vielleicht liegt die Unzufriedenheit im Nachdenken darüber begründet. Es heißt, am Ende bedauert man die Dinge, die man nicht gewagt hat.

Aber bei der aktuellen wirtschaftlichen Lage ist es gut, überhaupt einen Job wie meinen zu haben, der mir ein angenehmes Leben ermöglicht. Es fällt schwer, das aufzugeben.

Ich scrolle wieder durch die Einladungen in meinem Postfach. Wenn ich weiterhin Erfolg habe als eine Person, die ich gar nicht bin – denn ich bin sicher nicht dafür bestimmt, das für immer zu bleiben –, bedeutet dies dann, dass ich eigentlich genau dort bin, wo ich sein soll? Bedeutet das etwa, dass meine Träume nie mein wahres Schicksal waren, sondern bloß eine Täuschung?

Vorerst bleibe ich also hier bei dem Magazin und erzähle die Geschichten von anderen, bis ich die finde, die ich wirklich erzählen muss.

Momentan ist Mr. X der beste Anhaltspunkt. So ungern ich auch wieder in die Welt der Politik eintauche, hier geht es schließlich um meine Karriere. Manche Dinge sind es wert, dass man seine Abneigungen zeitweilig unterdrückt.

Ich greife zum Telefon und tippe seine Nummer ein.

5

Ich hab's.

Benny sang wie der sprichwörtliche Kanarienvogel. Er zog seinen alten Freund, den Senator, nicht bloß mit in die Sache hinein, sondern schaufelte ihm nach ein wenig Überredung meinerseits regelrecht ein Grab – nicht, dass er das unbedingt hätte tun müssen. Doch ich hatte den klaren Eindruck, dass er nur darauf gewartet hatte, auszupacken. Aber wir mussten vorher ein wenig Spannung aufbauen.

Wir redeten ein bisschen, bevor ich mit der Aufnahme begann – wenn man heutzutage nicht von allem eine Audio- oder Videoaufzeichnung macht, dann provoziert man es geradezu, dass eine Quelle hinterher behauptet, sie habe dies oder das nicht gesagt, und gleich steht dein Wort gegen ihres, also gehe ich immer auf Nummer sicher. Er erwähnte Mr. X, der zu meiner Überraschung gar nicht erschienen war. Nicht, dass ich besonders scharf darauf gewesen wäre, ihn zu treffen, aber ein wenig neugierig war ich schon auf den Mann, dem es gelungen war, mir das Interview des Jahres zu verschaffen.

Dennoch hatte ich das eindeutige Gefühl, mich die ganze Zeit wie unterm Mikroskop zu befinden. Vielleicht lag es bloß an der außergewöhnlichen Situation, doch es erschien mir absurd und selbstgefällig, dass mir jemand aus heiterem Himmel so etwas verschaffte und dann nicht einmal auftauchte, um zu sehen, wie es läuft. Oder mich wenigstens seine Hand schütteln und ihm dafür danken zu lassen.

Die milde Süße frischer Rosen erfüllt meine Sinne, noch ehe ich den Strauß vor der Tür meines Appartements entdecke. Zwei Dutzend rote Rosen, kunstvoll arrangiert in einer eckigen Vase.

Penelope.

Ich lächle und drehe mich langsam zur Seite, in der Hoffnung, sie im Flur um die Ecke lugen zu sehen, auch wenn diese Art der Frivolität eigentlich gar nicht ihre Art ist.

Rosen sind nicht meine Lieblingsblumen. Für mich sind sie eine abgedroschene Verlegenheitslösung, denn fürs selbe Geld kriegt man viel originellere Blüten, die zwar unterschätzt, doch ebenso schön sind. Aber Rosen sind eben der Klassiker – genau wie Penelope, und wenn sie von ihr kommen, freue ich mich immer darüber.

Ich hebe die Vase hoch, geschmackvoll, genau wie Penelope, und nehme sie mit in meine Wohnung. Ich stelle sie und meine Handtasche auf die Ablage, damit ich die Karte lesen kann. In kleinen, gedruckten Buchstaben steht darauf: »Herzlichen Glückwunsch zum Geburtstag, Catherine. P.«

Ich halte mir die Karte unter die Nase und kann den Duft ihres Chanel No. 5-Parfüms praktisch riechen, obwohl sie die Karte weder geschrieben und möglicherweise nicht einmal berührt hat. Bis jetzt war mir gar nicht bewusst gewesen, wie sehr sie mir fehlt.

Ich lehne mich einen Moment an die Ablage, die Kante drückt sich in meine Hüfte, und Erinnerungen an Frankreich überfluten mich.

Penelope nahm mich vor einigen Jahren unter ihre Fittiche, kurz nachdem Jack und ich uns getrennt hatten.

Allerdings nicht früh genug, um die selbstzerstörerische Spirale aus Online-Dates abzuwenden, von der ich mich mitreißen ließ auf der Jagd nach äußerer Bestätigung, die mir jedoch nur Enttäuschungen einbrachte. Zum Glück bescherte mir dieser Monat nichts Schlimmeres, so waghalsig wie ich mich damals verhielt und mich selbst in Gefahr brachte, ohne mir dessen wirklich bewusst zu sein.

Ich war in Trauer. Ich hatte eine langjährige Beziehung verloren, aber ebenso Inana. Sie kennenzulernen, indem ich ihre Identität annahm, und dann aus diesem Kokon der Erweckung zu schlüpfen, war schrecklich. Es zerstörte das Bild, das ich selbst von mir hatte.

Andererseits hatte ich Jack schon verloren, bevor La Notte mein Leben eroberte. Die Juliette Society sorgte dafür, dass Jack und ich uns trennten, da bin ich mir sicher. Sie arrangierten für Jack das perfekte Ablenkungsmanöver in Form einer zarten, schönen Frau, die gerettet werden wollte. Das perfekte Pendant aus Opfer-Schrägstrich-Prinzessin zu Jacks Möchtegern-Ritter-Selbstbild. Ich schätze, ich hatte zu wenig von einer Jungfrau in Not, um Jacks Alphamännchen-Seite anzusprechen, dessen Ego unbedingt gestreichelt werden wollte. Ich war davon ausgegangen, er hätte das für sein Selbstbewusstsein nicht nötig. Doch um diesen Zeitpunkt herum wurden jede Menge falscher Annahmen zerschlagen, in so kleine Scherben, dass nicht mal mehr die Hoffnung übrig blieb, sie je wieder zusammenzusetzen. Auch darüber war ich wütend.

Oft hört man die Leute sagen, sie bevorzugten die Wahrheit, ganz gleich wie schmerzhaft sie sei. Ich teile diese Meinung. Und doch fällt es schwer, sich darauf zu besinnen, wenn man vor den Trümmern des Lebens steht, das man für perfekt gehalten hatte. Für einen kurzen, düsteren Moment nach La Notte und bevor das Interview Wellen schlug, träumte ich davon, sie alle zu Fall zu bringen, ohne Rücksicht darauf, dass die Fakten und die Leben, die ich als Kollateralschaden dadurch zerstören würde, mich im übertragenen und buchstäblichen Sinne erdrücken würden. Wenn ich Inana nicht haben konnte, wenn ich nicht weiterhin sie sein durfte, warum sollten die anderen dann diejenigen bleiben, die sie sein wollten, in einer Position, die mein Schweigen zum Preis hatte? Ich hatte meine Wahl getroffen, doch ich wollte sie mitnehmen.

Vielleicht gaben sie mir deshalb Penelope: um das Zerstörungspotenzial, das ich in mir trug, zu entschärfen.

Sie trat in derselben Woche, in der das Interview erscheinen sollte, mit einem Flugticket und einer Einladung nach Paris mit mir in Kontakt. Weil das seltsam war, hätte ich es aus Sicherheitsgründen ablehnen müssen – im Zeitalter des Internets, wo sich jeder hinter einem Bildschirm verstecken kann, ist es absolut unklug, ein Flugzeug zu besteigen, um sich irgendwo am anderen Ende der Welt mit einer fremden Person zu treffen. Doch durch die Tatsache, dass sie eine Frau war, fühlte es sich für mich sicher und aufregend an.

Dann erschien der Artikel, und wieder waren Inanas Gesicht und Name überall. Es rief mir krass in Erinnerung, was es mich gekostet hatte, das Leben und den Ruf dieser Frau auf Kosten meiner eigenen Reise wiederherzustellen, obwohl sie eigentlich schon tot war. Und auch wenn es mit den Interviewanfragen erst ein paar Wochen später überhandnahm, brauchte ich einen Fluchtpunkt.

Penelope war da, mit ihrer klassischen Schönheit, tröstete mich und führte mich in komplett andere Kreise ein, ganz zu schweigen von Kultur und Kulisse. Sie war mir eine Freundin, als ich eine brauchte. Eine Schulter, eine Mentorin. Sie erinnerte mich an Helen Mirren, und ich fand ihre Erfahrung und ihr Alter beruhigend. Ich verließ mich auf ihren Rat und ihre Präsenz, wie man es nur bei einem Fremden kann, der nicht wie ein Freund die Erwartung hat, dich zu kennen.

Nicht, dass ich zu diesem Zeitpunkt viele Freunde gehabt hätte. Große Teile meines Lebens hatten sich so lange um Jack gedreht, dass ich mich beinahe isoliert hatte. Nun, da dieser Aspekt vorüber war, ertrank ich geradezu in Freiheit.

Ich brauchte Penelope. Sie war für mich da.

Sie war ein hochrangiges Mitglied der Juliette Society – und ist es, soweit ich weiß, immer noch. Über sie wollten sie herausfinden, wie ich auf die Ereignisse der jüngsten Vergangenheit reagieren würde. Doch sie war ehrlich zu mir und fragte mich, ob ich »Manns genug« sei, mit der Sache umzugehen, oder ob ich zu einer Fußnote im Geschichtsbuch über die Menschen werden wollte, die eine Rolle hätten spielen können, wenn sie stattdessen nicht lieber Selbstzerstörung betrieben hätten.

Ich mochte ihre klare Sprache und fand ihre Direktheit erfrischend, nach all der Heimlichtuerei und der politischen Doppelzüngigkeit, an die ich mich hatte gewöhnen müssen, während ich mit Jack zusammen war und in eine Welt hineingezogen wurde, in der Wahrnehmung alles ist und die eigenen Worte schnell gegen einen selbst verwendet werden und einen zu Fall bringen können. Man merkt gar nicht, wie ermüdend solche wachsamen Unterhaltungen sind, bis man sie nicht mehr führen und zu Leuten nett sein muss, die man eigentlich für unangenehme Zeitgenossen hält.

Also hatten sie vielleicht recht, und ich war damals wirklich eine Bedrohung. Es wäre mir gleichgültig gewesen, wen ich mit mir in den Abgrund gerissen hätte; ich hatte all die Falschheit und Lügen einfach satt.

Zudem ist, wenn man sich in seiner dunkelsten Stunde befindet, die »Stadt der Lichter« der beste Ort, an dem man sein kann. Mein Herz fühlte sich so wund an wie Haut nach einem zu heftigen Peeling oder nach einem trockenen Arschfick. Ich war okay, aber alles tat weh, und die Erfahrungen hingen mir nach, lästig und schmerzhaft. Meine Gefühle waren abgeschürft, ich suchte Linderung.

Mich zusammen mit Penelope weinselig durch Paris treiben zu lassen, bot mir genau das Richtige. Sie war dreißig Jahre älter als ich und hatte bereits Erfahrungen gesammelt, von denen ich keine Ahnung hatte, und sie wusste, was zu sagen war, um mich vom weiteren Eskalieren abzuhalten.

Sogar jetzt erinnerte sie sich noch an meinen Geburtstag und nahm sich die Zeit, mir diese schönen Blumen zu schicken, um mich wissen zu lassen, dass jemand an mich denkt. Ich beuge mich vor und atme den Duft der Blumen ein, bevor ich meine hohen Schuhe abstreife und ins Schlafzimmer gehe, um mich umzuziehen.

Mein Zimmer ist nicht, wie ich es hinterlassen habe.

Eine flache weiße Schachtel liegt quer über dem Fußende des Bettes und hebt sich klar vom graugrünen Chenille-Überwurf ab. Darin befindet sich ein Kleid.

Der Stoff gleitet mir durch die Finger wie Wasser, der Satin ist so kühl und weich, dass er sich beinahe nass anfühlt. Das tintige Violett wird meine Augen dunkler erscheinen, sie den Farbton des Kleides widerspiegeln lassen, so dass sie dann eher an die der jungen Elizabeth Taylor erinnern werden.

Unter dem fließenden Stoff des Kleides entdecke ich eine Nachricht.

Eine Limousine erwartet dich draußen, um dich zu einem Abendessen zu bringen. Herzlichen Glückwunsch zum Geburtstag.

Ich husche zum Fenster und sehe die Stretchlimo am Straßenrand stehen.

Ich schätze, die sollte ich nicht warten lassen.

Hinterher kehre ich ratlos in meine Wohnung zurück, aber es ist schon erstaunlich, was so ein kleiner Hummer und geschmolzene Knoblauchbutter mit der Laune eines Mädchens anstellen können, selbst wenn sie an ihrem Geburtstag ein unglaublich nobles Abendessen alleine genießen muss.

Penelope ist nicht aufgetaucht, und eigentlich hätte ich wissen müssen, dass die Vielbeschäftigte mich nur aus der Ferne verwöhnen kann. Ich streife meine hohen Schuhe ab, und als ich meine Haare aus ihrem Knoten löse, zucke ich leicht zusammen, weil meine Kopfhaut etwas gegen die Veränderung protestiert. Auf dem Weg zum Badezimmer, wo ich mein Kleid ausziehen möchte, reibe ich mir sanft den Kopf.

Ich bin noch immer im Bad und habe mir eben die Schminke aus dem Gesicht gewaschen, als mein Handy vibriert und eine Nachricht vermeldet.

Mr. X: *Du sahst schön aus in dem Kleid. Man kann also getrost davon ausgehen, dass es dir gefällt?*

Nach einem dramatischen Aussetzer fängt mein Herz so an zu rasen, dass meine Lippen kribbeln. Wegen der Blumen hatte ich gedacht, das Kleid müsse von Penelope sein. Wenn Mr. X derjenige war, dann hatte entweder er selbst oder jemand, den er beauftragt hatte, die Schachtel in meiner Wohnung auf dem Bett platziert.

Wie zur Hölle war Mr. X in meine Wohnung gekommen?

Und was hat er noch hier angestellt? Ich springe auf, tigere durchs Schlafzimmer und suche halbherzig nach Verkabelungen oder Kameras. Doch kurz darauf halte ich inne. Männer wie Mr. X sind nicht der Typ, der so etwas Bescheuertes tut. Er zieht seinen Kick aus Macht – etwa als er mir das Interview mit Benny vermittelte und mir dann das Kleid zukommen ließ, denn er wusste, dass er genau diese Gefühle in mir wecken würde, wenn er das Kleid bloß erwähnt.

Es geht mir nicht nur um das Kleid und darum, dass jemand in meine Wohnung eingedrungen ist, sondern um die Tatsache, dass er mich heute Abend beobachtet hat – oder zumindest soll ich das glauben. Doch unabhängig von seinen Absichten habe ich eine Geschichte bekommen. Und im Grunde hat er mir ja nichts weiter getan, als mir ein nobles Abendessen und ein Hammerinterview zu verschaffen.

Also texte ich zurück: *Es ist wunderschön. Danke. Ich dachte, dass Sie heute zu dem Interview erscheinen würden.*

Mr. X: *Ich konnte es nicht einrichten. Aber Glückwunsch, gute Arbeit.*

Ich: *Warum waren Sie nicht bei dem Geburtstagsessen?*

Mr. X: *Ich musste mich um andere Dinge kümmern. Aber wir sprechen uns wieder, da bin ich sicher.*

Ich stelle mir vor, wie er das herzlich sagen würde, nicht mit dieser Erwartungshaltung dahinter.

6

Das Interview schlägt während einer ansonsten schwachen Nachrichtenwoche ein ... und geht praktisch über Nacht viral, als Duncan eine Woche später verhaftet wird und die Leute sich gefräßig auf die skandalösen Details stürzen. Ich bin mehr als bereit dafür.

Diane lädt mich als ihre Begleitung zu einer Branchenparty ein, um den Erfolg meines Interviews zu feiern. Es hat jede Menge TV-Berichterstattung darüber gegeben, besonders bei der Verhaftung des Senators. Bennys Informationen reichen aus, um seinen alten Freund Duncan für lange Zeit aus dem Verkehr zu ziehen – falls er sich nicht davon freikauft –, und er übergab sie, kurz bevor er sie mir anvertraute, auch der Polizei. Er achtete darauf, keine Gesetze zu brechen mit dem, was er mir zuschob, denn er wollte sichergehen, dass Duncan weggesperrt wird.

Man kann nie wissen. Manchmal arbeitet das Rechtssystem überhaupt nicht, wie es sollte.

Es hätte auch niemand gedacht, dass O. J. davonkommt.

Unabhängig davon festigt das Interview meinen Ruf als toughe aber faire Journalistin und als jemand, der eine Story liefert, obwohl die Chancen dafür eigentlich schlecht stehen. Das ist zwar schmeichelhaft, fühlt sich aber auch ein wenig unaufrichtig an, angesichts der Tatsache, dass mir das Interview überhaupt erst von Mr. X vermittelt wurde. Andererseits ist es egal, wie wir an unsere Storys gelangen, wenn nur am Ende dabei die Wahrheit ans Licht kommt. Gäbe es einen skandalösen Enthüllungsbericht, der die Welt zu einem besseren Ort machte oder etwas Schreckliches enthüllte, wie das bleiverseuchte Trinkwasser in Flint, Michigan, dann wäre es mir egal, wer es aufgedeckt hätte; ich würde es einfach wissen wollen. Ich würde wollen, dass es alle wissen, weil es ihr Recht ist.

Gegen zehn Uhr betreten wir den großen Ballsaal, und das Event ist bereits in vollem Gange. Diane lässt mich ziemlich rasch stehen, um mit Leuten zu plaudern, deren Gesellschaft trotz meines momentanen Ruhms weit jenseits meiner Gehaltsklasse liegt. Ich gehe zur Bar, um etwas anderes zu bekommen als den Champagner, den die Kellner auf ihren Tabletts herumreichen.

Es handelt sich um einen typischen Hotelempfang, aber dieser findet in einer Art Ballsaal statt, zu dem Otto Normalverbraucher normalerweise keinen Zugang hat. Das galt auch für mich, bis ich eine bestimmte Ebene des Erfolgs erreicht hatte. Hohe Decken, und der Boden ist mit teurer Importware gefliest. Die meisten Hotelkonferenzräume haben Teppich wegen der Akustik, aber das scheint hier niemanden zu interessieren. Hier sollen die Worte weithin zu hören sein, denn dies ist ein Empfang, auf dem die Leute protzen und gesehen werden wollen.

Bei solchen Branchenpartys ist Anwesenheit gleichbedeutend mit Wichtigkeit. Wer sich nicht blicken lässt, ist entweder *zu* wichtig, um dort aufzutauchen, oder dessen Karriere befindet sich auf dem absteigenden Ast. So oder so wird keiner nett über einen reden, der nicht dabei ist.

Doch in Hollywood ist es schlimmer, wenn gar nicht über einen gesprochen wird. Wenn die Leute sich das Maul über dich zerreißen, wabert dein Name wenigstens durch den Raum, was immerhin auf Relevanz hindeutet.

Wie bei einer Mischung aus Filmfestival, Oscar-Afterparty und Fachmesse säumen Tische und Ausstellungsstücke die Wände, und es werden verschiedene Installationen gezeigt. Die wichtigen Leute und die Insider wollen hier auch propagiert werden. Andernfalls ist man bloß anwesend, um so zu tun, als lausche man den Ideen und Konzepten der anderen.

Auch ich werde für meine Ideen werben bei Produzenten, Regisseuren, Medienmoguln und jedem, von dem ich glaube, dass er meine Karriere befördern oder dem Magazin nützlich sein kann. Und Diane wird Bewerbungen von Leuten entgegennehmen, die für das Magazin arbeiten wollen. Es ist alles eine große, fette Nahrungskette. Jeder versucht sich am Hintern desjenigen festzubeißen, der über ihm steht.

Ein paar Promis laufen herum, die von ihren Freunden hergeschleppt wurden, um Produzenten, Regisseure und Medienmoguln zu ködern und sie für deren Projekte zu gewinnen, doch ihre gelangweilten Gesichter sind nicht wirklich hilfreich.

Natürlich kommt niemand dem absurd teuren Festschmaus am Buffet auch nur nahe. Kaviar, Garnelen, raffinierte kleine Pastetchen, von denen ein Bissen vermutlich schon hundert Dollar kostet und um die ein gestresster Koch bestimmt einen absolut übertriebenen Wirbel gemacht hat, dafür, dass sie nun bloß einsam herumliegen und lauwarm werden. Welch eine Essensverschwendung, ganz zu schweigen von der CO_2-Bilanz.

Es ist ja nicht so, als hätte irgendwer diese Zutaten eh gerade in der Küche gehabt; höchstwahrscheinlich wurden sie extra aus den für sie typischen Regionen eingeflogen. Ich frage mich, was am Ende des Abends aus solch teuren Buffets wird. Dürfen die Caterer die Reste mit nach Hause nehmen, oder werden sie einfach weggeworfen wie der Überschuss aus Fast-Food-Ketten und Supermärkten? Letztere werden langsam selbstkritischer und merken, dass es eine gute Lösung ist, die Reste Obdachlosenheimen oder den örtlichen Tafeln zu überlassen. Aber Krabbenküchlein und Cocktailhäppchen schreien geradezu nach dem berühmten »Dann sollen sie doch Kuchen essen«.

Ich beobachte das Buffet und werde schon ganz aufgeregt, als sich ihm jemand nähert, doch er stellt bloß ein leeres Glas ab und stiefelt gleich wieder weiter.

Nah dran.

Das ist mir aufgefallen, seit ich solche Angeberpartys besuche: Je edler die Veranstaltung und je teurer das Essen, desto weniger wird wirklich davon gegessen. Bei meinen ersten paar solcher Events war es mir egal – ich hatte noch nie so teuren Kaviar probiert, und warum sollte man ihn verkommen lassen, also bediente ich mich. Doch abweichendes Verhalten fällt an solchen Orten auf und wird sehr genau registriert. Wenn nicht von den Gastgebern, dann zumindest von deren Angestellten, und es blieb nicht unbemerkt, dass ich tatsächlich etwas aß. Man wird sofort als Außenseiter abgestempelt. Am Montag danach machte Diane mich wegen meines »Benehmens« zur Schnecke. Sie war nicht einmal auf der fraglichen Party gewesen, aber auf fiesen, kleinen Branchenevents spricht sich alles schnell herum.

Wie absurd. Abgesehen von dem, was noch zwei andere Mädels aßen – die sich später auf der Toilette allerdings den Finger in den Hals steckten –, verkam einfach alles. Eine irre Verschwendung. Doch Image ist hier alles. Aus diesem Grund habe ich versucht, Gefallen an Champagner zu finden. Wenn jemand aus gewissen Kreisen sich herablässt, dich auf einen Drink einzuladen, dann schluckst du ihn einfach hinunter.

Hinter verschlossenen Türen findet auf solchen Veranstaltungen außerdem sehr oft eine andere Art von Schlucken statt. Aber in die Verlegenheit bin ich noch nicht gekommen. Vielleicht sehen es die Männer in meinem Blick, dass ich nicht so leicht zu haben bin wie die Tussi vor mir. Vielleicht falle ich zu weit aus dem Rahmen der Mädels, die ihnen normalerweise ihre Blowjobs verpassen.

Gut so. Ich überrasche gern Leute, die mich unterschätzen. Einige wären vielleicht sogar geschockt oder empört von den Dingen, die ich bereits getan habe, aber das ist einzig mein Geheimnis und verschafft mir einen gewissen Vorteil, wenn ich es mit Männern zu tun habe, die glauben, über mir zu stehen.

Das Wissen, dass ich sie allein mit meiner Fantasie, meiner Sexualität und meinem Willen in die Knie zwingen könnte, macht es einfacher für mich, das freundliche Lächeln in meinem Gesicht zu behalten.

Mit einem Drink in der Hand drehe ich gemächlich eine Runde durch den Saal, werfe einen Blick auf die Filme, die auf Laptops an den Tischen abgespielt werden. Die Leute verfügen nicht mehr über die Aufmerksamkeitsspanne für ein Gespräch, also wird es immer üblicher, dass man Mini-Trailer zeigt, die einen besseren Eindruck vom Endprodukt verschaffen sollen. Es ist eine gute Möglichkeit einzuschätzen, ob ein Projekt kosteneffizient umgesetzt werden kann oder ohne große Spezialeffekte durchfällt.

Heutzutage kosten Schauspieler mehr als je zuvor, besonders weil Frauen nun Gehaltstransparenz und gleichen Lohn einfordern. Diese anspruchsvollen Schlampen (Ironie). Es macht mich krank, dass wir in der Unterhaltungsbranche noch immer unter Wert gehandelt werden, aber es liegt noch ein weiter Weg vor uns, bis wir wahre Gleichberechtigung erlangt haben.

Das ist auch ein Grund, warum ich meine eigenen Filme machen will, in denen Frauen nicht bloß Staffage oder Dummchen sind oder nur dazu da, einen mittelalten Mann attraktiv und heldenhaft wirken zu lassen. Wir brauchen bessere Rollen. Etwas mit Substanz, etwas Gehaltvolles, das von Bedeutung ist.

Moment mal.

Ich kenne diese Locken.

In mir wird es ganz warm, als ich mich an meine Begegnung mit Dominick vor ein paar Tagen erinnere. Er sieht mich und blinzelt, sein Lächeln ist zögerlich.

Ich habe ihn nie angerufen, obwohl er mir seine Handynummer dagelassen hatte. Was soll ich sagen, ich hatte viel zu tun. Andererseits wäre ich eventuell gar nicht abgeneigt, diese Nacht zu wiederholen. Langsamen, aber festen Schrittes nähere ich mich ihm. Ich lasse die Gruppe Geschäftsmänner vor mir erst weiterziehen, sodass ich schließlich alleine vor Dominick stehe.

»Hey, Fremde«, sagt er. »Lange nicht gesehen.«

»Stimmt. Was macht denn ein Typ wie du an einem Ort wie diesem?« Ich knüpfe an den alten Witz an.

Er lächelt und tätschelt den Monitor neben sich. »Arbeit.«

»Du bist Filmemacher?«

Er zuckt die Schultern. »Sieht so aus.«

Ich schaue auf den Bildschirm, erst aus reiner Höflichkeit, doch als die Bilder von mir Besitz ergreifen, vergesse ich alles um mich herum.

Körper winden sich, eine Nahaufnahme, Haut reibt sich an Haut wie in einer Schlangengrube. Aber über dem Bildschirm liegt ein seltsamer, alles überlagernder Schleier, nicht ganz durchsichtig. Eher ein Rauschen, das den Bildschirm fahl wirken lässt, sodass die Körper geradezu verwaschen erscheinen.

Und durch den Film zieht sich ein Flimmern, das gerade länger zu sehen ist, als unterschwellige Werbung es wäre: Bilder von spritzendem Blut, Nadeln, die in Körper gestochen werden, und die verzerrten Gesichter von schreienden Babys.

Eine Peitsche, die ausschlägt und ein Blatt zerteilt. Aufnahmen eines Urwaldes. Eine kolonieartige Siedlung in diesem Dschungel, aber eher wie eine bewachte Wohnanlage, deren kunstvoll verziertes Tor auf wahren Reichtum schließen lässt. Das alles zuckt über den Bildschirm.

Doch dazwischen immer wieder Bilder sinnlicher Körper.

Ich runzle die Stirn. »Wo ist das?«

»Mittelamerika.«

Vielleicht Belize? »Was ist das? Hast du das gemacht?«

Er nickt. »Ja.«

»Was ist das für ein Ort?« Ich erschaudere, ein beinahe ahnungsvolles Frösteln überkommt mich, als hätte ich es schon einmal gesehen und bloß vergessen.

Er beugt sich zu mir und lächelt. »Das ist fiktiv, Catherine. Ein Filmset. Ich hoffe, es ist eine Story, die Anklang findet.«

»Was ist das für ein Ort? Es fühlt sich …« *Gefährlich, sexy, interessant … an.* Ich weiß nicht, welches Wort ich verwenden soll.

»Es ist noch recht abstrakt. Weil ich momentan eher die Atmosphäre rüberbringen will als den Plot.«

»Aber …« Ich verstumme, komme mir bescheuert vor. Es fühlte sich … real an. »Das wirkt alles so authentisch«, sage ich und nippe an meinem Drink.

»Danke. Was tut man nicht alles, damit die Zuschauer ihre Hintern in den Kinosessel schwingen?«

»Das habe ich schon öfter gehört. Sex sells?«

»Das tut es. Apropos … bist du alleine hier?« Seine Augen wandern über meinen Körper und lassen mich unter meinem kobaltblauen Kleid erglühen. »Erzähl mir, warum du dich von deinem Ex getrennt hast. Dem mit dem Wahnsinnsschwanz.«

Zwar steht niemand nah genug, um uns zuzuhören, aber es beschert mir einen schmutzigen kleinen Kick, umgeben von Leuten, die sich über ernste politische Nachrichten unterhalten, über so ein Zeug zu reden. Ich rücke näher zu ihm. »Tja, mir wurde klar, dass mich mein sexy Freund betrügt, als ich seine Übernachtungstasche mit den Sexutensilien im Kofferraum seines Wagens fand. Da hab ich ihm die Kondome geklaut und Chiliöl in seine Gleitcremeflasche getan.«

Dominicks Augen leuchten auf. »Fies, aber genial.«

»Jetzt erzählt du mir was Persönliches.«

Er lässt die Eiswürfel in seinem leeren Glas klirren. »Ich kann mir gar nicht mehr vorstellen, nüchtern Sex zu haben. Ich kann mich auch gar nicht mehr erinnern, wann es beim Vögeln das letzte Mal echte Liebe war – beiderseits, meine ich. Ich wurde nie sexuell missbraucht, aber meine besten Geliebten schon, und ich glaube, das hat mich fürs Leben ruiniert, denn heute kann mich keine emotional gesunde Frau befriedigen, die auf Missionarsstellung steht.« Er rückt näher. »Jetzt du wieder.«

»Wenn meine Eltern nicht noch leben würden, dann würde ich total egoman das Leben einer Klischeedrogensüchtigen leben. Ich würde abfeiern bis zur Überdosis und hätte vielleicht falsche Titten. Ich hätte definitiv mehr von einer Schlampe. Und es wäre mir scheißegal.«

»Dieses Gespräch lässt mich deinen Eltern Schlimmes wünschen.«

Meine Muschi pulsiert. *Gieriges Luder*. Ich mag die Art, wie Dominick flirtet. Am liebsten würde ich die Sache hier abblasen und mit ihm nach Hause gehen.

Er würde mich nehmen und mich vögeln, und es wäre der Hammer.

Aber dafür bin ich heute nicht zu haben. Lieber ein neues Abenteuer anstatt einer aufgewärmten Geschichte, so gut er auch war. »Leider ist das hier ein rein berufliches Event. Ich bin mit meiner Chefin hier.«

»Ah, die Pflicht ruft. Sag Bescheid, wenn du wieder gerettet werden willst. Das hat mir letztes Mal sehr gefallen.«

Unverbesserlich. Ich lächle. »Sie ist eine bessere Begleitung als meine letzte. Jetzt muss ich mal weiter. Die Stechuhr läuft.«

Er grinst. »Bei mir auch.«

»Man sieht sich, Dominick.«

»Darauf kannst du dich verlassen, Catherine.« Es gibt einfach Menschen, die deinen Namen exotisch und verführerisch klingen lassen können. Dominick ist so einer.

Aber ich bin zum Arbeiten hier und versuche für die nächste halbe Stunde oder so, unser Magazin bei dem einen oder anderen wichtigen Sender und Medienunternehmen gut dastehen zu lassen. Außerdem gebe ich auch mein Bestes, um meine eigene Arbeit zu promoten. Momentan habe ich einen Exklusivvertrag mit dem Magazin, also bekommt es, egal wohin meine Arbeit geht, einen üppigen Anteil. Es hat etwas davon, wenn ich selbst gut abschneide. Das ist ein guter Anreiz für die Angestellten, wenn sie ihre eigenen Möglichkeiten ausschöpfen können.

Ich schüttle gerade die Hand eines wichtigen TV-Produzenten und gebe ihm meine Visitenkarte, als ich die legendäre Regisseurin Colleen Masterman entdecke. Zu behaupten, es verschlage mir den Atem, wäre eine glatte Untertreibung – sie ist seit meiner Teenagerzeit eines meiner großen Idole. Nicht unbedingt, was die Inhalte angeht, aber die Frau ist eine echte Inspiration für Mädchen, die bisher nur Männer in diesem Bereich dominieren gesehen haben.

Ich gehe auf sie zu und warte, bis eine Gesprächspause entsteht, in die ich mich einklinken kann. Sie wendet sich an mich. »Und Sie sind?«

Mir fehlen die Worte, und so reiche ich ihr meine Karte, aus Angst, noch etwas Dummes zu sagen.

Sie nickt. »Ah ja. Ich erinnere mich, Sie haben doch was über diesen Pornostar geschrieben. Amanda Luna.«

»Inana Luna«, korrigiere ich sie, ein bisschen schärfer als beabsichtigt, aber ich reagiere angespannt auf ihre falsche Darstellung und die herablassende Haltung dahinter. Ich räuspere mich. »Und sie war eine Künstlerin, eine Provokateurin, kein Pornostar. Sie hat nie Pornos gemacht.«

Ihr Lächeln ist spröde, bloß aufgesetzt. »Wenn Sie es lieber so verpacken wollen, meine Liebe. Wie dem auch sei, woran haben Sie seitdem gearbeitet?«

Ich kann meinen Mund nicht halten, also sage ich: »Und selbst wenn sie ein Pornostar gewesen wäre – wäre das ein Problem? Diese Stadt züchtet sie heran, es ist Teil unserer Kultur und macht ihren Reiz aus.«

Einer der Männer hinter ihr versucht meinen Tonfall abzumildern und die angespannte Atmosphäre zu durchbrechen: »Haben Sie davon gehört? Catherine hier hat den Duncan-Beitrag gemacht. Das war eine ziemliche Sensation. Hut ab, junge Dame.« Er prostet mir zu.

Ich nicke ihm dankbar zu und lege die Nackenhaare wieder ein wenig an. Guter Mann, er arbeitet bestimmt in der PR.

Colleen lächelt schief und verbirgt sich hinter einem Nippen am Champagnerglas. »Ah ja. Bloß schade, dass Sie nicht auch Duncans Sichtweise gebracht haben, bevor er verhaftet wurde. Das hätte die Sache wirklich abgerundet.«

Sie hat recht, das wäre ein Wahnsinnszusatz zum Interview gewesen, aber dafür blieb keine Zeit. Benny war von unserem Interview aus wieder zur Polizei zurückgekehrt, um weitere Angaben zu machen.

»Das hätte es wirklich, wenn es die Zeit zugelassen hätte. Meinem Auftraggeber war es nicht möglich …«

Sie lacht. »Es geht nicht darum, was möglich ist. Es geht darum, die Story zu bekommen, die beste Story unter allen Umständen. Egal ob Roman, Memoiren oder Sachbuch, man sollte jede Geschichte immer so optimal und faszinierend und komplett erzählen, wie man nur kann. Vielleicht denken Sie das nächste Mal daran.«

Ich nicke etwas bestürzt von ihrer Unhöflichkeit, aber keiner der Umstehenden scheint diese zu bemerken. Ich schätze, sie ist immer so.

Ich schlucke schwer. »Wie dem auch sei, ich hatte gehofft, Sie könnten sich kurz Zeit nehmen, weil mich Ihre Meinung zu einer Sache interessieren würde.«

Sie zieht die Augenbraue hoch und widmet ihre Aufmerksamkeit einem jungen Mann, der neben ihr steht.

Schneller, als ich mir ihrer Ablehnung gewahr werden kann, hat sie sich aus Langeweile schon etwas Neuem zugewandt.

Die Frau, die ich seit so vielen Jahren bewundere, mag nicht mal einen Moment für ein wirklich bedeutungsvolles Gespräch erübrigen. Schön und gut, wenn sie gerade sehr beschäftigt wäre, aber das ist sie nicht. Sie hat mich bloß abgecheckt und beschlossen, dass ich eine Person bin, die sie aus irgendwelchen Gründen hassen und vergessen kann.

Es ist ein bisschen so, wie rauszufinden, dass der Weihnachtsmann nicht echt ist, aber erst nachdem er einen verächtlich darauf hingewiesen hat, dass die Briefe, die man ihm geschrieben hatte, abgedroschen und voll dummer Rechtschreibfehler waren. Ich habe es so satt, wenn Frauen sich gegenseitig missachten. Es steckt viel mehr dahinter als objektive Ablehnung, und das schmerzt am meisten.

Ich gehe zurück zur Bar, hole mir einen Drink und betrete daraufhin den Balkon, um etwas Luft zu schnappen. Am liebsten würde ich mir ein Taxi nehmen und nach

Hause fahren, aber es wäre unprofessionell, die Party so früh zu verlassen. Ich sollte noch ein paar weitere Ideen von mir an den Mann bringen; versuchen, mit meiner umwerfenden Schlagfertigkeit die richtigen Leute zu beeindrucken, aber im Moment fühle ich mich nur niedergeschmettert. Die Tatsache, dass ich so viel auf die Meinung einer Person gebe, beschert meinem Gefühlscocktail einen Extraschuss Armseligkeit und hinterlässt einen bitteren Geschmack auf meiner Zunge.

Und Diane wird wütend sein, wenn sie sieht, dass ich meine wertvolle Zeit hier mit dem Handy vergeude.

Mr. X: *Wie läuft dein Abend?*

Ich: *Nicht toll.*

Mr. X: *Warum nicht?*

Ich seufze. Es kommt mir bescheuert vor, es ihm zu erzählen, weil er ein Fremder ist. Aber manchmal fällt es aufgrund der emotionalen Distanz leichter, mit Leuten zu reden, die man nicht kennt.

Ich: *Ich habe Colleen Masterman getroffen. Mein Idol, seit ich fünfzehn war, und mit ein Grund, warum ich auf die Filmschule gegangen bin.*

Mr. X: *Das ist großartig. Aber ich habe das Gefühl, es lief nicht gut?*

Ich: *Überhaupt nicht. Sie war nicht so, wie ich es erwartet habe.*

Mr. X: *Sie wollte also keine netten Anekdoten und allerlei schmutzige Branchengerüchte austauschen?*

Ich: *Genau. Ich habe sie so bewundert. Es gibt nicht so viele Regisseurinnen, und natürlich fand ich nicht alle ihre Filme super, aber sie hat mich immer daran glauben lassen, dass ich eines Tages auch mal da sein könnte, wo sie jetzt steht. Bevor ich im Print Fuß gefasst habe.*

Mr. X: *Selbst wenn das vielleicht krass klingt: Manchmal sind Frauen noch schlimmer darin, wie sie andere behandeln. Sie fürchten, man könne ihnen nachsagen, sie bevorzugten andere Frauen, also gleichen sie es in übersteigerter Weise dadurch aus, dass sie sich anderen gegenüber wie Arschlöcher verhalten, anstatt ihnen zu helfen. Das ist zwar nicht richtig, aber so ist es nun mal. Ich wette, sie fühlte sich von dir bedroht.*

Ich: *Bedroht? Warum?*

Mr. X: *Du bist jünger als sie, klüger, und im Moment wird mehr über dich geredet als über sie. Hinzu kommt die Tatsache, dass du auch noch schöner bist als sie, da wundert es einen nicht, wenn sie reserviert reagiert.*

Ich: *Das bezweifle ich, aber danke für den Versuch, mir ihre Ablehnung schönzureden.*

Mr. X: *Ich meine es ernst. Ich hätte dir sagen können, dass sie stutenbissig reagieren würde, wenn du sie ansprichst. Einmal hat sie eine Praktikantin nur deswegen gefeuert, weil sie auf einer Premiere dasselbe Kleid wie sie anhatte. Sie ist eine Eiskönigin durch und durch. Kümmere dich nicht um sie. Wenn du ihr wirklich eins reinwürgen willst, dann schicke ihr Blumen und eine Karte mit der Aufschrift: Alles Gute zum Ruhestand.*

Ich muss schmunzeln und entspanne mich etwas. Vielleicht weckt das wieder die Erinnerung an Dominicks Video in mir. Die Sache ist die, dass es für mich sehr nach der Juliette Society aussah, und wer weiß, ob Mr. X ebenfalls dazugehört, aber ich kann ihn nicht direkt fragen. Ich kann auch nicht zurück zu Dominick gehen und ihn fragen, denn das ist nichts, was man einfach so beiläufig anspricht. Außerdem ist es manchmal besser, ein kleines Geheimnis in der Hinterhand zu haben. Wenn Dominick also in der Juliette Society ist, werde ich es herausfinden, aber er wird dann nicht wissen, dass ich es weiß.

Stattdessen schreibe ich Mr. X: *Was wissen Sie über Mittelamerika?*

Ich gehe auf Nummer sicher und zocke mit dem Ort. Ich kann mich irren, aber Dominicks Video sah nach Belize aus oder Honduras. Eine meiner Lehrerinnen hat mal eine Reise nach Belize gemacht, und an ihre Bilder fühlte ich mich erinnert, aber ich könnte auch danebenliegen.

Seine Antwort dauert ein wenig, eigentlich eine ganze Weile. Als mir auffällt, dass mein Drink leer ist, antwortet er schließlich.

Mr. X: *Ich nehme an, du meinst Honduras. Ich kann dir nichts darüber sagen, aber ich kann es dir* zeigen, *wenn du mehr erfahren willst …*

Honduras! Astreine Bestätigung von ihm.

Ich: *Sosehr ich das Angebot auch zu schätzen weiß, ich habe momentan leider keine Zeit für Urlaub … besonders mit jemandem, den ich nie persönlich getroffen habe.*

Ich möchte »nichts für ungut« hinzufügen, aber sein Angebot fällt doch ziemlich seltsam und unpassend aus. Ich habe noch nicht mal seine Stimme am Telefon gehört, geschweige denn den Mann zu Gesicht bekommen.

Zumindest vermute ich, dass Mr. X ein Mann ist. Jeder könnte hinter diesen Nachrichten stecken. Aber sowohl Dominick als auch Benny hatten Mr. X als »er« bezeichnet.

Mr. X: *Du missverstehst mich. Es geht nicht um einen Urlaub. Dort findet eine Konferenz statt, das ist alles, so ähnlich wie der G8-Gipfel. Es könnte eine tolle Fortsetzung für deinen letzten Artikel sein. Ich wüsste da etwas, das den letzten so skandalös wie ein Kirchenpicknick erscheinen lassen könnte.*

Ich: *Ich habe schon von ziemlich skandalösen Kirchenpicknicks gehört.*

Ich schicke keinen Zwinkersmiley hinterher, aber er wird wissen, dass ich scherze.

Mr. X: *Darauf wette ich. Aber nicht annähernd wie das. Bist du interessiert?*

Mein Puls wird schneller. Ist das der Teil, wo er die Gegenleistung einfordert? Was kosten mich seine bisherigen Gefälligkeiten?

Ich: *Wie soll das laufen?*

Mr. X: *Als Geschäftsreise natürlich. Ich habe einen Privatjet, falls du dir über die Kosten Gedanken machst.*

Die Kosten sind ein Aspekt, aber nicht meine größte Sorge. Die ganze Situation ist immer noch völlig obskur.

Ich: *Hat das Angebot ein Verfallsdatum? Wann findet die Konferenz statt?*

Mr. X: *Bald. Sag mir asap Bescheid, ob du dabei sein willst.*

Es entgeht mir nicht, dass er keinen Zeitpunkt genannt hat. Versucht er mich nervös zu machen, mich zu verunsichern?

Ich lasse mich nicht zu einer Entscheidung drängen. Ich wurde bereits in Machtspielchen verwickelt, die subtiler und effektiver waren als das hier.

Ich: *Danke für das Angebot. Ich gebe Ihnen Bescheid.*

Sein Angebot überschreitet eine Linie auf unsicheres Terrain. Aber ich will mir auch kein potenziell wichtiges Interview entgehen lassen. Ich suche online und finde es. Honduras wurde als Veranstaltungsort für einen alljährlich stattfindenden Ökogipfel ausgewählt. Führende Politiker und Umweltaktivisten aus aller Welt werden dort sein, und einige von ihnen sind recht umstritten und profitorientiert.

7

Manche Orte fühlen sich leer gefegt einfach falsch an. Wenn alle nach Hause gegangen sind und die Lichter ausgehen, ändern sich die Dinge dramatisch. Lebensmittelgeschäfte, Bars und Clubs, Schulen. Viele Horrorfilme nutzen dies zu ihrem Vorteil, indem sie mit der krassen Diskrepanz zwischen unseren Erwartungen an einen Ort und den Schauplätzen spielen, die sie wählen. Orte, von denen wir denken, dass dort emsiger Trubel herrscht, wirken verstörend, wenn sie plötzlich ruhig daliegen. Geräusche und Geschäftigkeit sind verschwunden und schaffen Raum für ein atmosphärisches Unbehagen, das sich einschleicht. Warum sind sie so leer? Was ist geschehen?

Man stelle sich vor, man kommt vor einem Fußballspiel oder einem Konzert in ein Stadion – als einziger Mensch dort.

Oder man eilt zum Flughafen und ist gedanklich so sehr damit beschäftigt, seinen Flug nicht zu verpassen, dass einem gar nicht auffällt, dass ansonsten keine Autos oder Leute da sind, und wenn man dann durch den Eingang geht, schlägt einem bloß Stille entgegen.

Vielleicht betritt man auch ein Einkaufszentrum, und anstatt eines Gastrobereichs, erfüllt von den Geräuschen Hunderter Menschen und den Gerüchen verschiedenster Speisen, hört man nichts als den Widerhall der eigenen Schritte.

Ich weiß ja nicht, wie andere da reagieren würden, aber ich hätte Panik, weil ich mich fragen würde, was mit dem Ort nicht stimmt und was mit den Leuten passiert ist, die ich dort erwartet habe.

Wovon ich nichts weiß, was aber alle wissen, die den Ort meiden.

Wenn man selbst der Einzige ist, der in eine Richtung fährt, während die Gegenspur von Autos verstopft ist, stellt man doch irgendwie seine Entscheidung infrage – oder wundert sich wenigstens, was da vor sich geht. In der Regel ist es etwas Harmloses, aber manchmal handelt es sich auch um eine Katastrophe, von der man nichts mitbekommen hat, weil man seine Musik gehört oder die Stille genossen hat, anstatt das Radio anzuschalten, und so eine wichtige Warnung verpasst hat.

Es gibt ein wenig bekanntes Wort für dieses Gefühl: Kenopsia. Es definiert sich als »die unheimliche, trostlose Atmosphäre eines Ortes, der normalerweise voller Menschen ist, aber jetzt verlassen und still daliegt – ein Schulflur am Abend, ein unbeleuchtetes Büro an einem Wochenende, ein verlassener Rummelplatz – ein psychologisches Nachbild, das den Ort nicht nur leer, sondern hyperleer erscheinen lässt, mit einer Gesamtbesucherzahl im Negativen, deren Abwesenheit so auffällt wie Leuchtreklame«.

Es ist einer dieser perfekten Begriffe, die ein spezifisches Gefühl so gut erfassen, dass man den Eindruck hat, man könne seine Bedeutung mit Händen greifen, und man will ihn nicht mehr loslassen, weil man sich für diesen Moment verstanden fühlt.

Doch dann ist das Wort doch wieder zu speziell, und man vergisst es letztlich, denn außer um auf Cocktailpartys seine eigene Pedanterie zur Schau zu stellen, hat das Gehirn keinerlei Verwendung dafür. Und es entgleitet einem wie so mancher Liedtext für eine längst vergangene Vorschulaufführung.

Aber das Gefühl verblasst nicht auf die gleiche Weise, besonders nicht dieses bestimmte. Wir haben doch schließlich alle die Horrorfilme gesehen, die im Einkaufszentrum spielen. Diese Schauplatzwahl stellt zwar eher ein Handlungselement dar, damit die Figuren sich an einem Ort voller Ressourcen verkriechen können, dessen Größe zulässt, dass sie von anderen Überlebenden isoliert werden (was ein weiteres Gefahrenpotenzial birgt). Eben dieses Gefühl nutzen viele Regisseure, um eine verstörende Atmosphäre heraufzubeschwören.

Ich erkenne darin eine Menge Parallelen zum heutigen Abend.

Mein Begleiter und ich sind ganz alleine in dem Restaurant, abgesehen vom Personal, das jedoch nur auftaucht, um unsere Gläser mit dem besten Champagner nachzufüllen, von dem er eine ganze Flasche bestellt hat. Ich hasse Champagner, spiele jedoch mit, weil ich es gewohnt bin, mich an ein elitäres Umfeld anzupassen, wenn ich für die Arbeit mein Pokerface aufsetzen muss. Es spricht gegen ihn, dass er mich nicht gefragt hat, was ich trinken möchte, und stattdessen angenommen hat, ich sei beeindruckt von und zufrieden mit dem Teuersten, was der Laden hergibt.

Er hat das ganze Restaurant gemietet, damit wir unter uns sind. Ich fühle mich geschmeichelt, aber es ist protzig und überflüssig, falls er annimmt, er müsse damit seine letzte Einladung wettmachen. Und da sich um uns herum keine anderen Gäste beobachten lassen, die uns voneinander ablenken könnten, fühlt sich die Situation so gezwungen an wie eines dieser Einzeldates in einer Datingshow. Das und die Tatsache, dass es sich so anfühlt, als befänden wir uns in einem Spukrestaurant, trägt nicht gerade zur Verbesserung des Ambientes bei.

Ich behaupte nicht, dieses Date sei Horror, aber es ist definitiv nicht die Erfahrung, auf die ich gehofft hatte, als Jacob mich anrief und um ein weiteres Date bat, weil er mich »auf der Party verloren« habe. Anfangs zögerte ich, ihm noch eine Chance zu geben, denn er schien es erst gar nicht bemerkt zu haben und ließ eine ganze Woche nichts von sich hören, nachdem ich mit Dominick abgezogen war, aber schließlich sagte ich doch Ja. Seine Blumenlieferungen zur Entschuldigung überforderten mich langsam ... und sprengten meinen Vasenbestand.

Und um ehrlich zu sein, hatte ich seinen Instagram-Account durchstöbert und dort ein Foto von mir entdeckt, zusammen mit allen möglichen Zitaten über seine aufgeregte Hoffnung auf neue Abenteuer, die sehr schmeichelhaft waren.

Das Problem ist, es wirkt komplett vorgefertigt. Ich hatte auf etwas Einfaches, Aufrichtiges gehofft, doch dies hier fühlt sich immer klischeehafter an. Das gleiche Problem habe ich mit diesen Datingshows, bei denen sie die Kandidaten auf diese märchenhaften Luxusdates schleppen und hoffen, die Frau – oder der Mann – verliebe sich in die Person, um die alle kämpfen.

Sicher, vielleicht entwickeln manche Leute wirklich echte Gefühle für die Person, aber kann man einen Fremden wirklich so toll finden, dass man ihn gleich beim ersten Date heiraten will? In dem Fall ist man wahrscheinlich nicht verliebt in die Person, sondern in die Vorstellung von ihr. Ich behaupte nicht, dass sich nach anfänglicher reiner Lust oder Anziehung nicht auch wahre Gefühle entwickeln könnten, aber seien wir mal ehrlich: Zu so einem frühen Zeitpunkt kennt man den anderen Menschen gar nicht. Und die Produzenten dieser Formate wissen das; deshalb betonen sie den Wettbewerbsaspekt dieser Shows so stark und befördern den Neid und das gegenseitige Ausspielen der Kandidaten untereinander, sodass es am Ende mehr ums Gewinnen geht als darum, wirklich eine Verbindung zum anderen zu finden.

Die meisten Frauen verlieben sich in das Erlebnis und übertragen diese Gefühle auf den Typen, anstatt zu analysieren, ob sie sich nun wirklich verliebt haben. Und das Problem liegt nicht bloß bei den Frauen – der Mann verspürt den Druck, sich in eine der Kandidatinnen zu verlieben, auch wenn die Passende für ihn vermutlich gar nicht darunter ist. Sie manövrieren sich in einem total unrealistischen Zeitrahmen in eine Beziehung, und dann sind alle enttäuscht (aber nicht überrascht), wenn sich das Paar kurz nach der Sendung mit Schlagzeilen wie »Warum sie sich getrennt haben« oder »Die Liebe ist vorbei« auf den Titelblättern der Klatschmagazine wiederfindet.

Studien belegen, dass man sich aufgrund des erhöhten Erregungszustandes eher ineinander verliebt, wenn man beim ersten Date etwas Aufregendes miteinander macht. Das Gehirn interpretiert es als Verliebtheit, und man fühlt sich schneller zueinander hingezogen. Will man also etwas erzwingen, dann setzt man auf einen Adrenalinschub. Das erklärt, warum viele Datingshow-Ausflüge etwas mit Seilrutschen und Bungeejumping zu tun haben.

Damit man sich besser etwas vormacht.

Da wird es auch verständlich, wenn die Kandidaten mehr auf die Erlebnisse abfahren anstatt auf den Bachelor oder die Bachelorette.

Es geht nur um die sorgfältig gepflegte Fantasie, bis sie vergessen, dass zu Hause keine Hubschrauberflüge zu exotischen Berggipfeldates auf sie warten werden oder riesige Villen zum Übernachten. Sie sollen sich nicht daran erinnern, dass sie zu Hause wieder arbeiten müssen, anstatt bloß herumzusitzen und die Traumeigenschaften ihres potenziellen Ehemannes mit sieben ihrer engsten Freindinnen zu diskutieren, was ihn begehrenswerter erscheinen lässt, als er eigentlich ist. Sie vergessen, dass es keinen großen Pool zum Abhängen geben wird oder Privatkonzerte ihrer Lieblingsbands nur für sie.

Also finde ich es noch beleidigender, dass Jacob offensichtlich versucht, mich mit noch mehr Spielzeug und Geschenken und protzigem Mist herumzukriegen, der mir schnurzegal ist. Ich wäre eher beeindruckt gewesen, wenn er sich an den Drink erinnert hätte, den ich mir an unserem ersten Abend an der Bar bestellt habe, und mich gefragt hätte, ob ich wieder so einen wolle, anstatt sich mit der Qualität des Champagners zu brüsten.

Oder wenn er mich gefragt hätte, was ich essen möchte, anstatt mich darüber zu informieren, dass das Restaurant Kobe-Rind zubereitet hat, welches er extra für diesen Anlass hat einfliegen lassen. Ich hasse es, wenn Leute das machen und dann noch Lob dafür einstecken wollen, dass sie sich selbst in Szene setzen. Ich will mich nicht überschlagen müssen vor überschwänglicher Begeisterung für etwas, das ich nie haben wollte und das mich auch nicht interessiert.

Ich habe mir abgewöhnt, Angeber zu verhätscheln. Nach Jack habe ich mir geschworen, ehrlich zu mir selbst zu sein, und ich gedenke, dieses Versprechen zu halten. Es entspricht aber auch nicht meiner Art, gänzlich unhöflich zu sein, also nehme ich das hier als das, was es ist – eine Erfahrung –, nippe an meinem Champagner und weiß jetzt, dass ich den nicht einmal dann mag, wenn er perfekt gekühlt ist und aus einer lächerlich überteuerten Jahrgangsflasche stammt. Immerhin kann ich jetzt sagen, dass ich so etwas schon getrunken habe.

»Gut, hä?«, fragt Jacob mich und stürzt einen weiteren Schluck hinunter.

Ich gebe einen unverbindlichen Laut von mir und stelle mein Glas ab.

»Ich bin froh, dass du doch noch zur Vernunft gekommen bist. Zweite Verabredung. Die meisten Mädels hätten ihrem wahren Verlangen schon früher nachgegeben. Wären viel früher eingeknickt.«

»Dann bin ich wohl nicht wie die meisten Mädels«, sage ich lächelnd.

Er zwinkert mir zu. »Ich finde, am Ende des Tages sind die meisten Mädels im Grunde ziemlich gleich.«

Das fasse ich als echte Beleidigung auf. »Findest du es echt in Ordnung, so was über Leute zu sagen?«

Er grinst. »Ich mach bloß Witze.« Sein Lächeln verlischt, als er merkt, dass ich mich nicht von seinem Charme einwickeln lasse. »Hey, tut mir leid, okay? Du machst mich nervös. Du bist eine einschüchternde Person, Catherine.«

Auch darauf falle ich nicht rein, aber ich entspanne mich ein wenig. Ab welcher Steuerklasse fängt man an zu glauben, dass Menschen Dinge sind, die man sich kaufen kann, und keine lebendigen Wesen, mit denen man interagiert und aus denen man sich etwas macht? Er stellt mir bloß nach, weil ich ihm widerstehe. Er ist es gewohnt, dass Mädels sich um ihn reißen, wenn er nur mit dem Finger schnippt. Kein Wunder, dass er sich für mich interessiert. Ich bin eine Herausforderung für sein monströses Ego.

»Das nehme ich mal als Kompliment, Jacob.«

»Das solltest du auch. Mann, ich hatte vielleicht eine verrückte Woche.« Er lehnt sich zurück und wartet, dass ich frage, was denn so verrückt an seiner Woche war.

»Ach?« Mehr als eine Silbe bekomme ich nicht heraus, ohne sarkastisch zu klingen.

»Ja.«

Jemandem Informationen zu entlocken, die einen nicht wirklich interessieren, ist schwer. »Was war denn so wild an deiner letzten Woche?«

»Na ja, ich hatte verdammt viel zu tun. Hab recherchiert, ich schätze, so wie du für deine Arbeit.«

»Was hast du denn recherchiert?«, frage ich.

»Ich hab ein neues Auto gekauft.«

Mein Telefon summt, und ich werfe ohne schlechtes Gewissen einen Blick aufs Display, denn Jacob hat sein Handy schon den ganzen Abend lang kaum aus der Hand gelegt. Es ist eine Nachricht von Dominick, aber ich antworte ihm jetzt nicht. Wenigstens einer von uns sollte bei dieser Verabredung hier ein Mindestmaß an Anstand und Höflichkeit wahren. Ich schalte mein Handy aus, ohne die Nachricht zu lesen. »Was für ein Auto hast du dir denn gekauft?«

»Einen Ferrari.«

»Was war falsch an dem Lambo?«

Er zuckt die Schultern. »Den hatte ich schon eine Weile.«

»Du wurdest also bereits darin gesehen. Wie peinlich.« Dieser Trottel.

Er lacht, aber es klingt gezwungen, und ich unterdrücke weitere Sticheleien, wo ich doch weiß, dass er unsicher ist und nur versucht, es mit protzigem Gehabe zu überspielen.

»Welche Farbe hat er?«, erkundige ich mich als Friedensangebot. »Die Farbe deines letzten Wagens gefiel mir ganz gut. Sehr außergewöhnlich.«

Er lebt sichtlich auf. »Es ist so ein perlmuttartiges Grau. Sonderanfertigung.«

»Hübsch. Neulich hab ich ein Auto gesehen, dessen Farbe changierte violett-grün. Keine Ahnung, wie die das machen.« Doch mein einziger Gedanke ist: falsche Farbwahl.

»Ich hatte auch überlegt, das machen zu lassen, aber ich habe schon drei davon gesehen. Ich wollte was anderes.«

»Woher weißt du, dass es drei waren und nicht bloß dreimal derselbe Wagen?«

Er nimmt einen Schluck Champagner. »Ich weiß es nicht, schätze ich.«

Das Gespräch stockt, und mein Telefon summt erneut.

»Willst du nicht rangehen?«

Ich schüttle den Kopf.

»Ronny? Hey, wie läuft's?« Er ist an sein eigenes Telefon gegangen und schneidet somit meinen nächsten Satz ab, der gelautet hätte: *Es wäre unhöflich von mir während unseres Dates.*

Und wieder sitze ich in der ersten Reihe und darf ihm dabei zuhören, wie er mit seinem Erfolg und seinem neuen Auto angibt. Allerdings ist es der Erfolg seines Vaters, nicht sein eigener, und meine Geduld neigt sich dem Ende zu. Angeberei ist ein Abtörner vom Feinsten. Und das hier ist noch schlimmer.

Das ist das letzte Mal, dass ich mich auf ein Date einlasse, bloß weil ich meine Arbeit vor mir herschieben will. Vielleicht bin ich nicht mehr derselbe Mensch wie ganz am Anfang, aber ich versuche doch immer, bescheiden zu bleiben, während ich in diese verrückte Welt hineinwachse. Die Balance zu halten zwischen der Normalität und den wohlhabenderen Leuten, mit denen ich zu tun habe, ist eine Herausforderung. Wenn man lange genug in einen bestimmten Lifestyle eintaucht, fängt man an, Dinge zu übernehmen.

Vokabular, Gewohnheiten, Einstellungen. Sogar Frisuren.

Aber ganz gleich, mit welchen Leuten ich mich umgebe oder was ich in meinem Leben tue und sehe, ich werde verdammt nochmal dafür sorgen, dass ich als ich selbst sterbe und nicht als Heuchlerin. Als irgendeine Angeberin.

Ich tausche meinen Champagner gegen Wasser ein und genieße die Kühle der Eiswürfel, während er sein Telefonat fortsetzt und mich erneut ignoriert, bloß dass es sich diesmal schlimmer anfühlt, weil ich niemanden sonst zum Unterhalten habe. In einem leeren Raum ignoriert zu werden, trifft einen härter.

8

Ich bin aus dem Uber-Taxi gestiegen und gerade auf dem Weg zu meiner Tür, als ich bemerke, dass Dominick vor meinem Haus auf mich wartet. Ich zögere ein wenig, gehe aber weiter.

»Du hast nicht auf meine Nachrichten reagiert«, sagt er.

Um ehrlich zu sein, hatte ich sie total vergessen, weil ich versucht habe, Jacob eine sanfte Abfuhr zu verpassen eine interessante Aufgabe, wo Jacob ja deshalb hinter mir her zu sein schien, weil ich nicht an ihm interessiert bin. Als ich ihm sagte, dass ich ihn mir nur als Freund vorstellen könne, erregte das seine Aufmerksamkeit, und plötzlich wollte er mich wieder. Aber ich habe ihm zwei Chancen gegeben, das war Enttäuschung genug. Langfristig gesehen ist es für uns beide so am besten.

Er sollte mit jemandem zusammen sein, der sich von solchen Dingen beeindrucken lässt. Natürlich haben die wenigen Angestellten des Restaurants die Show, wie er versuchte, mich doch noch rumzukriegen, genossen.

Er baggerte immer weiter an mir herum, und ich versuchte höflich zu bleiben. Aber es gibt keine richtige Art, einem Typen Nein zu sagen. Sie werden immer am Boden zerstört sein. Diese Worte stammen aus dem Mund eines Kumpels von mir. Ich fragte ihn einmal um Rat, wie ich mit einem netten Typen umgehen solle, dem ich gesagt hatte, dass ich nur eine Freundschaft mit ihm wolle, und er meinte, das sei im Prinzip so, als sage man einem Typen, dass man nicht in einer Million Jahren mit ihm vögeln würde. Das sei ein absoluter Tiefschlag und durch nichts abzumildern.

Wahrscheinlich hätte Jacob sich gar nicht ernsthaft um mich bemüht, aber sein Ego wäre trotzdem verletzt. Also riss ich das Pflaster schließlich mit sanfter Entschlossenheit ab und verabschiedete mich danach zügig. Ich bezweifle, dass Jacob ernsthaft traurig darüber war, dass es mit uns beiden nichts wird. Erstens hatte er sich nie wirklich für mich interessiert, und außerdem hatte er eine Ex erwähnt. Es war klar geworden, dass er mich entweder bloß dazu benutzte, über sie hinwegzukommen, oder um sie eifersüchtig zu machen. So oder so wurde ich benutzt.

Aber ich bin keine Schachfigur und wollte sein Spiel nicht mitspielen. Ich wollte bloß Sex.

Und jetzt steht da ein Mann vor mir, der weiß, wie ich bekomme, was ich will.

»Dir auch einen guten Abend, Dominick.«

»Wo warst du denn heute Abend?«

Sein besitzergreifender Ton nervt mich, beflügelt mich aber auch irgendwie. Er ist ein bisschen alphatiermäßig, was mich nach diesem Abend antörnt. »Ich war aus.«

»Offensichtlich.«

Ich weiß nicht, ob es nur ein Spiel ist und er den eifersüchtigen Freund mimt oder ob er tatsächlich schon nach so kurzer Zeit mir gegenüber besitzergreifend wird, aber ich schließe die Tür auf und öffne sie so weit, dass er mir nach drinnen folgen kann, wenn er denn möchte.

Mir gefällt das Funkeln in seinen Augen.

Es fallen keine Worte, als wir zusammen mit dem Lift zu meiner Etage hinauffahren. Keine Worte, als wir meine

Wohnung betreten. Auch nicht, als wir ins Schlafzimmer gehen und uns Stück für Stück ausziehen, während wir uns beäugen wie Raubtier und Beute, auch wenn es in diesem Zimmer jetzt nur noch Raubtiere gibt und keine Opfer.

Vielleicht wird er am Ende um Gnade winseln. Vielleicht ich.

Er legt die Arme um mich, und ich sauge für einen Moment die Wärme seiner Brust in mich auf, bevor ich mit meinen Fingernägeln die Haut an seinem Rücken zerkratze. Er erschaudert und weicht so weit zurück, dass er mir in die Augen schauen kann, als er mit beiden Händen meine Pobacken packt und so fest zukneift, dass ich seinen Finger noch immer dort spüren kann, als er seine Hände bereits mit knetenden Bewegungen meinen Rücken hinaufwandern lässt.

Ich stoße meine Zunge in seinen Mund und reibe mich an seiner Hüfte. Ich lächle, die Lippen auf seine gepresst, weil ich spüre, wie er richtig hart wird.

Schon komisch, dass man jeden Tag ficken kann, und doch fühlt es sich, bevor wieder ein Schwanz in einen eindringt, an, als wäre das letzte Mal eine Ewigkeit her. Ich ziehe ihn zum Bett und auf mich drauf. Er knabbert mit den Zähnen an meiner Kinnlinie, doch dann rückt er wieder ein wenig von mir ab und kitzelt mich mit der Zunge in der Mulde an meinem Hals. Ich habe schon genug von diesem Katz-und-Maus-Spiel, schlinge mein Bein um seines, schiebe die Decke aus dem Weg, ungehalten über das kleine Knäuel, das zwischen mir und einer guten Zeit steht.

Er greift zwischen uns, und ich schaue ihm in die Augen, voller Erwartung, dass er bemerkt, wie triefnass ich bin. Ich bin schon feucht, seit wir in den Aufzug gestiegen sind.

Er beißt sich auf die Lippen und stößt ein Stöhnen aus. Ich verstehe das. Es ist verdammt scharf zu wissen, dass man jemandem zum Triefen gebracht hat. Er schiebt zwei Finger in mich hinein und streichelt mich in einem gemächlichen Tempo, das mein enges, kleines Loch öffnet. Zitternd lechze ich nach mehr. Doch er zieht sie wieder heraus und verteilt mein Come über meine Klitoris, reibt sie mit flinken, kreisenden Bewegungen, die mich keuchen und zucken lassen. Und wieder hört er im letzten Augenblick damit auf.

Ich zerre an seinen Haaren, zur Strafe, dass er mich warten lässt.

Und dann reibe auch ich meine Muschi und mache meine Hand schön nass, verwende mein eigenes Lube, um seinen dicken Schwanz zu massieren. Er zahlt es mir zurück, indem er seinen Schwanz an meiner Öffnung platziert und ihn gerade so hineinschiebt, bloß die Spitze, und meine Titten streichelt, mir mit seinen glitschigen Fingern in die Nippel kneift, als wollte er mich melken.

Ich will seine Sahne in mir.

Ich öffne meine Knie wie ein Schmetterling und weiche leicht zurück, lasse ihn mich mit seinem Becken jagen, wenn er in mir bleiben will. Er ist ein guter Junge und macht es.

Lieber Himmel, er macht es gut.

Er gleitet rein und raus, und ich bin so verdammt feucht, dass ich es bis runter zu meinem Poloch und aufs Bett rinnen spüre. Vielleicht ist das auch schon sein Vorsaft, doch ich bin so von seiner seidigen Textur gefangen und will einfach nur mehr davon.

Aber ich will das noch in anderen Stellungen spüren, also stoße ich ihn weg und drehe mich um, als er aus mir raus ist, damit er mich von hinten nehmen kann.

Ich schiebe die Knie auseinander und spanne meine Hüfte an. Ich befummle mich selbst in der Lücke, die ich zwischen meiner Klitoris und dem Bett lasse, während er seinen Schwanz von hinten in mich hineinrammt. Seine Hüfte macht leise schmatzende Geräusche an meinem Hintern, seine Hände kneifen in meine Schenkel, Seiten, Schultern.

Ich könnte für immer weitervögeln. Mein Körper kämpft mit jemandem, der weiß, was er tun muss, damit ich mich so präsent und so gut fühle. Ich will jemanden, der mich die sein lässt, die ich sein muss, damit ich am besten komme. Mich stark sein lässt, mich schwach sein lässt, mich nicht dafür verurteilt, was ich will, oder dafür, dass ich manchmal gar nicht weiß, was das ist, bis es passiert.

Er bewegt sich heftiger und schneller, und dann landen wir an der Wand, und mein Kopf prallt dagegen, als er in mich hineinstößt, und der Schmerz ist brutal perfekt. Wenn er jetzt damit aufhört, kratze ich ihn blutig.

Mein Orgasmus tanzt knapp außer Reichweite vor mir, und ich spreize meine Beine, so weit ich kann. Er hält meine Hände über meinem Kopf fest, meine Nippel reiben am Laken und werden mit der Reibung durch die Bewegung unserer Becken heiß. Ich spüre, wie sich mein Bauch anspannt und sich tief in mir drinnen die Spannung aufbaut, und seine Hände drücken meine noch einmal, bevor er sie loslässt. Er packt mich an den Hüften und führt sie so, dass ich jeden Stoß seines Schwanzes ganz tief empfange. Ich vergrabe mein Gesicht ins Kissen, fest genug, um mein Stöhnen zu dämpfen, als sich meine

Muschi wie ein Schraubstock um seinen Schwanz zusammenzieht.

Er erschaudert, und sein Spermastrahl ergießt sich in meinem Inneren, bevor er auf mir zusammensinkt.

»Wie gut war das denn?«, sagt er ein paar Minuten später.

»Weiß auch nicht«, antworte ich und frage mich, wann er geht, damit ich ein Bad nehmen und mir ausmalen kann, wie meine nächste Begegnung sein wird. Mit wem es sein wird.

»Catherine, ich wäre nicht abgeneigt, das zu wiederholen. Oft.«

Verdammt. Das wird jetzt meine zweite »Es hat nichts mit dir zu tun, sondern mit mir«-Ansage heute Abend. Ein echt glorreicher Tag an der Beziehungsfront. Er war heute schon so alphatiermäßig aus Eifersucht, weil ich ein Date hatte. Das bedeutet, dass er bald die Exklusivrechte fordert. »Dominick, du bist ein Supertyp, aber ich muss mich momentan auf mein berufliches Fortkommen konzentrieren.«

»Soll das heißen, dass du mich nicht mehr sehen willst?«

Ich schüttle den Kopf. »Ich suche im Moment nichts Festes. Das habe ich schon probiert, und es war nichts für mich. Vielleicht auch nie. Weiß nicht.«

»Ich kann nicht das sein, was du brauchst?« Er setzt sich auf.

»Wir sind uns in so vielem ähnlich. Sogar kompatibel.« Ich muss an seinen Film denken und finde es toll, dass er was von Kunst versteht und Inspiration und Ausdruck. »Deine Kunst ist bewundernswert. Wir wollen bloß im Moment unterschiedliche Dinge.«

»Verstehe. In Ordnung.« Er zieht sich an und geht. Ich biete ihm nicht an, bei mir zu übernachten, und er fragt nicht, ob er bleiben kann. Wir wissen beide Bescheid.

Game over zwischen uns.

9

Es heißt, wenn man stirbt, zieht das Leben noch einmal an einem vorbei.

Vielleicht ist das manchmal wirklich so. Vielleicht, wenn man es kommen sieht.

Das Messer, das in einem anmutigen Bogen auf dich herabstößt.

Das Aufblitzen des Pistolenlaufs.

Hände, die sich einem immer fester um den Hals legen.

Ein Flugzeug, das abstürzt, während die Schwerkraft einen in den Sitz drückt.

Vielleicht hat das Gehirn dann Zeit, einen Schalter zu diesem Erinnerungsmodus umzulegen und zurückzublicken.

Bei mir nicht.

Ich bekomme keinen hübschen kleinen Zusammenschnitt von Momenten voller Wehmut und Bedauern. Ich bekomme es eigentlich überhaupt nicht mit, als das Auto in meines kracht und auf der Beifahrerseite den Kofferraum rammt, abgesehen davon, dass alles außerhalb des Wagens in einer zeitlupenartigen Unschärfe verschwimmt. Es dauert länger, als ich gedacht hätte, bis die Welt aufhört, sich zu drehen – ich habe sogar noch Zeit zu denken: »Was zur Hölle war das? Wieso schleudere ich? Das fühlt sich ja an wie in einem Tassenkarussell«, bevor der stechende Gestank von verbranntem Gummi mir in die Nase schießt. Als die Welt dann stehenbleibt, hebe ich den Kopf vom Lenkrad und muss blinzeln, um wieder scharf zu sehen.

Der beißende Geruch lässt mich würgen, doch dann setzt schlagartig der Schmerz ein, und ich kann mich auf nichts mehr konzentrieren als auf seine brutale Heftigkeit, die alles durchdringt und meine Welt auf blanke Empfindungen reduziert. Schmerz ist überaus besitzergreifend: Er will, dass wir nur an ihn denken. Ein Systemneustart, der nicht verweigert werden kann, der in einem Moment deine ganze Existenz hinwegfegt, bis nichts mehr davon übrig ist als Schmerz. Aber irgendwie verkraftet man es.

Große Hände ziehen mich weg vom Lenkrad und lehnen mich zurück in meinen Autositz. Ein Tuch wird mir an die Stirn gedrückt. Eine Serviette?

»Bewegen Sie sich nicht, Liebes. Ich habe schon die Rettung gerufen. Sind unterwegs«, sagt ein Mann mit Bostoner Akzent.

Ich fasse nach dem Tuch und schiebe seine Hand weg. »Was ist passiert?«, frage ich, noch immer benommen vom Aufprall. »Geht es dem anderen Fahrer gut?«

»Ich saß gerade auf der Veranda, als er Ihnen reingefahren und abgehauen ist, der Feigling. Hat nicht mal angehalten, um zu schauen, ob Sie okay sind. Vermutlich hatte er Angst, Sie umgebracht zu haben.«

Ich öffne die Wagentür und schwinge meine Füße hinaus.

»Vorsicht, meine Liebe. Ich glaube nicht, dass Sie jetzt rumlaufen sollten.«

»Ich bin okay.« Ich gehe hinüber zur Beifahrerseite und versuche den Zustand meines Autos zu erfassen. Es ist definitiv ein Totalschaden, aber man sieht, dass ich auf meiner Seite Glück hatte. Wahrscheinlich hatte der andere Fahrer nur die Hosen voll und ist geflohen, weil er keine Versicherung hat. Ich habe mal einen Artikel darüber geschrieben und herausgefunden, dass ungefähr zwölf Prozent der Autofahrer in den USA unversichert unterwegs sind. Bei der aktuellen Wirtschaftslage können manche Rechnungen einfach nicht mehr bezahlt werden, und es ist tragisch und traurig, dass in einem so großartigen Land solche Dinge passieren. Dass viele Menschen nicht nur auf Luxus verzichten müssen, sondern auch auf etwas so Wichtiges und Notwendiges wie eine Kfz-Versicherung.

Andererseits sind die Versicherungsgesellschaften die größten Betrüger. Von den Krankenversicherungen und deren hochgradig unethischem Verhalten will ich gar nicht erst anfangen. Vielleicht sollte das mein nächster großer Artikel werden. Allerdings ist es nicht gerade eine Überraschung, dass Riesenunternehmen böse sind.

»Miss?« Der Mann runzelt die Stirn, und ich merke, dass ich dastehe, vermutlich mit glasigen Augen, und über mögliche Artikel sinniere, die ich schreiben könnte.

Ich habe nicht mal ein Auto auf mich zukommen sehen. Ich muss mich wirklich besser konzentrieren. »Was für einen Wagen ist er gefahren?«

Mein guter Samariter zuckt mit den Schultern. »Ich weiß nicht, einen Volvo oder so. Ich hab mir nach dem Notruf mehr Gedanken über Ihr blutiges Gesicht gemacht.«

Ich ziehe die Serviette weg und spüre wieder, wie etwas sanft über mein Gesicht rinnt. Das muss wahrscheinlich genäht werden. Ich hocke mich vor einen Seitenspiegel. Abgesehen von den Blutspuren in meinem Gesicht, die es schlimmer aussehen lassen, als es eigentlich ist, gibt es da bloß eine kleine, aber heftig blutende Schnittwunde entlang meines Haaransatzes. »Sonst bin ich okay.«

Gefühlt eine Sekunde später hält auch schon der Krankenwagen neben uns, aber mein Zeitgefühl ist wohl außer Kraft, denn mein Handy zeigt an, dass zehn Minuten vergangen sein müssen.

Obwohl mein Auto angefahren wurde, fühle ich mich so, als wäre ich irgendwo hineingekracht. Noch haben sich keine Blutergüsse gebildet, aber sie sind da, wandern langsam von meinen Knochen durch mein Gewebe an die Hautoberfläche hinauf, und in ein paar Tagen werden sie sichtbar sein.

Ich scheine keine Gehirnerschütterung zu haben oder ein Schleudertrauma, aber mein Nacken tut weh. Mir ging's schon schlimmer, trotzdem bewege ich mich langsam ins Bad. Es ist schon komisch, dass man Dinge wie Gesundheit und Beweglichkeit immer für selbstverständlich hält, bis etwas schiefgeht und man verletzt wird und einem plötzlich jeder Schritt schwerfällt. Meine Rückenmuskulatur protestiert, als ich heißes Wasser in die Wanne laufen lasse und Badesalz hineinkippe und es zum Auflösen am Boden herumwirble. Die Hitze des Wassers lässt mich zusammenzucken, auch die Bewegung beim Hineinsteigen, doch kurz darauf umhüllt mich Wärme. Schweißperlen bilden sich auf meinem Gesicht, meine Stirn um die Stiche herum brennt, aber da ich ohne weitere schlimmere Verletzungen davongekommen bin, darf ich wohl sagen: Glück gehabt.

Es gibt einen Ort, schwül und feucht, der erfüllt ist von allem, was man sich vorstellen kann.

Eines Tages muss man sterben, um dorthin zu gelangen. Andere behaupten, man erreicht ihn bloß, indem man wirklich lebt.

Carpe diem, aber eher noch carpe noctem.

Ich gehe einen Weg entlang, versteckt zwischen Pflanzen mit riesigen weichen Blättern, die ich noch nie gesehen habe, außer auf Bildern. Ich bleibe stehen und bohre meinen Fingernagel in eines von ihnen, um zu sehen, ob es echt ist. Die Pflanze zuckt, und milchige Tränen, die nach Sex riechen, sickern in den Boden. Wellen kräuseln sich, als wären Tropfen in eine Pfütze gefallen, bloß dass es hier Staub ist.

Eine Schlange schlängelt sich vorbei, grün, schwarz, glänzend. Ich folge ihr mit dem Blick, wie ihr Bauch sich zusammenzieht und wieder entspannt, während sie sich vorwärtsschiebt. Ich werde mitgezogen in ihrem seltsam hypnotischen Sog, warm, und bin neugierig, wohin er mich führen wird.

Am Wegesrand tut sich eine Lücke im Grün auf, und durch sie hindurch wird der Terrakottaton einer mit Stuck verzierten Mauer sichtbar. Das habe ich schon einmal gesehen, bloß wo? Ich weiß, dass sich hinter dieser Mauer etwas befindet, zu dem ich gelangen muss, aber ich kann mich nicht mehr recht erinnern, was das ist.

Eine hellrote Blüte taucht auf, als ich ein tief hängendes Blatt zur Seite schiebe. Ich halte inne, um die seltsame Form ihrer Blätter zu bewundern.

Ich atme tief ein, und der Gestank von Fäulnis überfällt mich so heftig, dass ich würgen muss. Ich weiche zurück – dabei beißt mir die Schlange in den Fuß.

Gift breitet sich vom Biss aus und pulsiert im Tempo meines schlagenden Herzens durch meine Adern.

Aber irgendwie weiß ich, dass mir nichts passieren wird.

Mit einem Ruck komme ich zu mir. Mein Nacken ist steif, und ich liege im kalten Wasser. Die Überreste meines Traumes lösen sich auf, bevor ich ihn analysieren kann. Irgendetwas mit Dominicks Video ... die Kolonie im Urwald, die ich gesehen habe ... dann ist es weg. Mit den Zehen ziehe ich den Stöpsel, will nach dem Handtuch greifen. Doch ich halte inne und starre auf meine Finger.

Anscheinend werden unsere Finger deshalb schrumpelig, wenn sie nass werden, weil die Runzeln und Falten uns im Nassen einen besseren Halt bescheren. Meine sind brutal schrumpelig. Wie lange habe ich geschlafen?

Ich kann von Glück reden, dass ich nicht unter die Wasseroberfläche gerutscht und ertrunken bin.

Das Gute ist, ich atme noch. Das Schlechte, ich hatte womöglich doch eine Gehirnerschütterung. Es ist erschütternd, auf diese Weise Zeit zu verlieren, fast als hätte ich eine Weile aufgehört zu existieren. Vielleicht habe ich das.

Vielleicht tun wir das. Sind wir mehr als unsere Körper? Sind wir unser Bewusstsein? Falls dem so ist, was geschieht mit uns, wenn wir schlafen? Die Franzosen sagen, der Orgasmus sei der kleine Tod. Ich glaube eher, das entspricht dem Zustand des Tiefschlafs. Beim Orgasmus ist man doch am präsentesten in seinem Körper und sich dessen voll bewusst. Ich hülle mich in ein Handtuch und gehe direkt zu Bett, auf nichts anderes mehr vertrauend und nichts anderes wollend als Schlaf.

10

Sanft komme ich zu mir, und Bewusstheit breitet sich über mir aus, warm und feucht wie das Handtuch, das noch immer meinen Oberkörper umhüllt. Leider hat es seine Nässe auch ans Laken abgegeben. Ich verziehe das Gesicht, und als ich mich aufsetze, zucke ich zusammen, denn mein Kopf protestiert gegen die Höhenveränderung mit heftigen, pochenden Schmerzen. Er fühlt sich weich an, wie eine überreife Frucht, die zusammengequetscht wird.

Ich koche Kaffee, in der Hoffnung, dass die Kopfschmerzen wenigstens teilweise auf Koffeinmangel zurückzuführen sind, und schlüpfe in Höschen und Tanktop, ohne mir weiter Gedanken zu machen. Die Kopfschmerzen verschwinden nach ein paar tiefen Atemzügen und einigen Schlucken Kaffee, also greife ich nach meinem Handy, um mich dem Tag zu stellen.

Ich habe hundertsiebenunddreißig Nachrichten verpasst.

Neunundvierzig Sprachnachrichten.

Die letzte ist von meinem Bruder, der mir sagt, ich solle den Fernseher einschalten. Mein Herz fängt an zu hämmern, und ich greife nach der Fernbedienung, während mir verschiedene Katastrophenszenarios durch den Kopf schwirren.

Die Ermordung Kennedys.

Der Amoklauf in Columbine.

9/11.

Das Massaker von Orlando.

Nachrichten beeinflussen uns alle auf ganz unterschiedliche Art, aber wenn große Ereignisse stattfinden, wenn eine Tragödie geschieht, dann verbinden sie uns alle, denn sie erinnern uns daran, dass wir menschlich sind. Eine Weile, wobei es nie auch nur annähernd lange genug anhält, geloben wir, dass wir die Welt zu einem besseren Ort machen und aufhören werden, uns gegenseitig zu verletzen.

Erst einmal eilen die Menschen an ihre Bildschirme und können die Augen gar nicht mehr abwenden von dem, was sie sehen. Die Geschichten müssen nicht mal voll von Toten sein, um die Menschen zu fesseln.

Die Mondlandung.

Die Oscar-Verleihung.

I am Cait.

Doch nach und nach schleicht sich die alte Trägheit ein. Gleichgültigkeit macht sich breit, und wir kehren zurück auf ein sozialverträgliches Niveau der Selbstversunkenheit. Wir stellen das gesellschaftliche Engagement wieder ein, können uns nicht mal mehr zu Hashtag-Aktivismus aufraffen und posten einfach wie sonst unsere Selfies und bedeutungslosen Erste-Welt-Probleme, ohne damit bei den anderen Leuten irgendwelche Empörung hervorzurufen, die auch alle wieder zur Tagesordnung übergegangen sind.

Aber heute ist es anders. Heute ist es eher ein persönliches Drama, das sich öffentlich abspielt.

Natürlich enthält jede Tragödie ein privates Drama. Jeder Mensch hat Verwandte oder Freunde, Leute, die ihn mochten und vermissen werden, wenn ihm etwas zustößt, aber normalerweise ist die Verzweiflung dann lokal statt landesweit.

Stellen Sie sich einmal vor, Sie schalten den Fernseher an und sehen sich selbst.

Nicht weil Sie interviewt wurden oder Sie selbst jemanden interviewt haben und das veröffentlicht wird.

Nicht weil Sie im Hintergrund einer anderen Geschichte auftauchen und Ihrer Mutter zuwinken.

Bei dem Filmmaterial kommt es mir so vor, als beobachte ich eine Fremde und nicht mich selbst, aber ich weiß sofort, dass ich es bin. Wer auch immer es gefilmt hat, wusste, was er tat, nur hatte ich keine Ahnung, dass ich gefilmt wurde und dass in der Villa an jenem Abend überhaupt Kameras erlaubt waren.

Die Maske, die er trug, zog mich damals irgendwie an, denn sie war so viel raffinierter als die anderen, die ich sonst dort sah. Und dann wurde es mir schlagartig klar: Er war der Mann aus einem Traum, den ich oft hatte, der Renaissancemann mit der Harlekinmaske.

Er strotzte vor Stolz, Arroganz und Selbstsicherheit. Seine Haut war gebräunt und ledrig, aber sein Körper muskulös und definiert. Er schien auf sich zu achten, schien zu trainieren. Seine Körperlichkeit sprach mich an und sagte mir, dass dieser Mann um seine Macht wusste und sie auch einsetzen konnte. Und für sein Alter, das ich auf Ende vierzig schätzte, sah er gut aus.

»Die Aufnahmen sind teilweise ziemlich schlecht belichtet, aber es handelt sich definitiv um sie.«

Die Nachrichtensprecherin redet in leierndem Tonfall weiter, während ich meinen Erinnerungen an diese Nacht nachhänge.

Dann war er mir so nah, dass ich ihn riechen konnte. Er roch nach Geld, und ich hätte sein Parfüm erkennen müssen. Doch als er vor mir stand, hatte er mich bereits am Haken. Irgendetwas hatte er an sich, aber anfangs konnte ich es nicht genau festmachen. Dann begriff ich es. Irgendetwas an ihm erinnerte mich an Jack.

An Jack irgendwann in der Zukunft.

Ich hatte mir immer gesagt, dass ich mit Jack alt werden will. Manchmal malte ich mir aus, wie wir mit fünfzig oder sechzig sein würden, nachdem wir unser halbes Leben miteinander verbracht hätten. Ich fragte mich, wie wir wohl mit all den Lebensjahren auf dem Buckel aussähen, wie unsere Beziehung aussähe, unser Sexleben

Und dieser Typ, das beschloss ich an jenem Abend, entsprach meiner Fantasievorstellung davon, wie Jack einmal sein würde, wenn wir älter wären.

Und ich weiß sehr gut, wie das sogar jetzt noch aussieht. Es klingt nach einer Ausrede, und in gewisser Weise war es das auch. Es war eine Entschuldigung, die mein Kopf sich ausdachte, um zu erklären, was mein Körper fühlte. Ich fühlte mich unglaublich hingezogen zu dem Mann, von dem ich absolut nichts wusste und auf den ich alles Mögliche projizieren konnte. Und ich nahm diese Erfahrung mit und lebte sie in vollen Zügen aus.

Rückblickend ist es mir fast peinlich, dass ich eine Entschuldigung für das brauchte, was ich wollte und was ich ohnehin machte. Ich betrog Jack und versuchte es dadurch zu rechtfertigen, dass ich meinen Freund in diesen Fremden hineinkopierte. Seinen Partner zu betrügen ist nichts, was ich gutheiße. Aber wenn man so etwas schon tut, sollte man sich wenigstens nicht selbst belügen und versuchen, sich sein Handeln schönzureden. Das wäre verlogen.

Die Kamera zoomt heran, so dass ich beinahe das gesamte Bild einnehme. Der Mann reicht mir die Hand.

Man sieht deutlich, dass ich sie ohne Zögern oder Zurückhaltung nehme. Dann führt er mich die Treppe hinunter in den Hauptraum und einmal durch das ganze Zimmer, als würde er mich vorführen, mit mir angeben.

Da ich heute weiß, dass dies wahrscheinlich meine erste Veranstaltung der Juliette Society war, gehörte er vermutlich dazu - vor allem, da es jemand gefilmt hat. Ich fühle mich dadurch seltsam missbraucht. Denn Einvernehmlichkeit betrifft eben nicht bloß die Tatsache, wer einen anfassen darf. Heimlich gefilmt zu werden ist abscheulich und eine klare Grenzüberschreitung, denn irgendwer hat dann beliebigen Zugriff auf die Bilder. Es ist schäbig, wenn jemand ein Vertrauen so missbraucht, es so hindreht, dass er sich immer wieder anschauen kann, wie er ihn vögelt, wenn der andere bloß einmal Ja gesagt hat.

Die Kamera zeigt mich, wie ich mich mit geschlossenen Beinen hinsetze, die Hände im Schoß, so sittsam und anständig wie ein katholisches Schulmädchen. Dann klopft er auf die Armstützen des Sessels, und ich schwinge die Beine über die beiden Lehnen und rutsche mit dem Hintern vor an den Rand der Sitzfläche. Die Kamera zeigt nicht, wie er sich vor mich hinkniet, meinen linken Fuß in seine Hände nimmt und anfängt, meine Sohle mit den Daumen zu massieren. Sie zeigt nicht, wie er meine Fußsohle küsst, an jedem einzelnen Zeh lutscht und mit der Zunge in die Zwischenräume fährt.

Aber sie zeigt, wie er mit den Händen meine Beine nimmt, sie wieder zusammenführt und hochhebt, sodass meine Füße über meinem Kopf sind und meine Muschi hervorsticht, feucht und prall und in Vollansicht. Ich schlinge die Arme um meine Beine, um sie dort zu halten, während er eine Hand an meinen Oberschenkel legt und mit der anderen meiner Muschi einen kleinen Klaps versetzt.

Die nächste Einstellung zeigt wieder nichts vom Gesicht des Mannes, nur seine Hände und alles von mir – alles bis auf die Teile, die sie im Fernsehen unkenntlich machen müssen.

Das Video davon im Internet zensiert nichts. Man sieht, wie der Saft bis hinunter zu meinem Anus tropft, wie seine Finger in mich hineingleiten und den weichen fleischigen Hügel hinter meiner Klitoris erforschen. Man kann zusehen, wie ich mich umdrehe, mit den Armen aufstütze und mich langsam auf seinen Schwanz setze. Ich spucke mir in die Hand und pumpe damit an seinem Schaft, benetze ihn mit Speichel und Saft und massiere ihn immer weiter, als hätte ich das schon tausendmal gemacht.

Doch dann schneidet das Video auf den Teil, bei dem ich umgeben bin von einer Wand aus männlichen Körpern, die mich vom restlichen Raum separieren, und man sieht nur noch mich und alles, was ich tue. Keines der Gesichter der Männer ist zu erkennen und auch kein anderes Detail, das verfänglich für sie sein könnte, stelle ich grollend fest.

Man sieht bloß, wie sich mir die anonymen Schwänze nähern und wie ich nach allem in meiner Reichweite greife, mit allem, was ich habe. Sperma läuft überall an mir herunter. Mein Gesicht zeigt reine Ekstase und Lust.

Und dann folgen noch ein paar Einstellungen, die zeigen, dass ich eine ganze Weile nicht damit aufhöre.

Es ist verheerend.

Aber nicht, weil ich bereue, es getan zu haben. Es ist verheerend, weil jemand es gegen mich verwendet, als ob mich diese eine Handlung, etwas, das ich einmal in meinem Leben getan habe, definieren würde. Sie richten meine Sexualität wie eine Waffe gegen mich, ohne dass ich die Chance hätte, es ihnen gleichzutun.

Verflucht, wenn sie auf die Männer schwenken und zeigen würden, mit wem ich da ficke, würden sie mich vergessen und sich auf DeVille konzentrieren. Doch dann wäre ich bloß die 2.0-Version von Monica Lewinsky, und das würde garantieren, dass dieser Skandal dauerhaft in die Geschichtsbücher käme.

Ich checke meine E-Mails und lösche direkt alle unangemessenen, von Leuten, die mit mir »eine Fortsetzung« drehen wollen. Ich entferne Posts von meiner Facebook-Seite, aber gegen den Hashtag auf Twitter bin ich machtlos, oder die geschmacklosen Sachen, bei denen mich die Leute auf Instagram getaggt haben.

Ich kann die Geschichte nicht mehr eindämmen. Sie ist schon zu groß und außer Kontrolle geraten. Ich bin gerade bekannt genug, dass die Leute mich schlechtmachen wollen. Tränen der Frustration brennen in meinen Augen.

Wird auch meine Karriere wie die anderer Frauen, die solche Skandale durchstehen mussten, davon zerstört werden? Selbst wenn der Sturm schnell vorüberziehen würde – was nicht geschehen wird –, hätte das Gerede doch kein Ende. Obwohl es Schwachsinn ist, werde ich auf eine Art und Weise gesehen werden, die ich nicht willentlich von mir preisgegeben habe. Heiße Wut breitet sich in meiner Magengegend aus, denn es ist eine gute Metapher dafür, dass Frauen, die gerne Sex haben, noch immer ein Tabu sind, und dass sie keine eigenständigen sexuellen Wesen sein dürfen, ohne dass es sie beschmutzt und geringer erscheinen lässt. Männer, die genau das Gleiche tun, in der gleichen Situation, umgibt stattdessen eine Aura von Macht.

Es macht mich wütend, weil es unfair ist.

Ich rufe Diane an, und sie hebt sofort ab. Es überrascht mich nicht. »Diane …«

»Spar's dir«, unterbricht sie mich. »Ich muss die Details nicht wissen. Du solltest ein paar Tage freinehmen, dich unauffällig verhalten und warten, bis sich der Staub etwas gelegt hat. Wir versuchen herauszufinden, wer das Material in Umlauf gebracht hat, aber bis jetzt haben wir keine Ahnung.«

»Diane, ich muss meine Version der Geschichte erzählen.«

»Es wird dir niemand zuhören, Catherine.« Ihre Stimme klingt jetzt sanfter, aber ich kann die Entschlossenheit darin noch immer hören. In einer Branche, in der Image alles ist, habe ich verkackt und muss ernsthaft Schadensbegrenzung betreiben.

Doch wie soll ich das wieder hinbiegen? Ich kann nicht bestreiten, dass ich das bin, die sich da das Hirn wegvögeln lässt von mehr als ein paar Männern. Mein Name wird mit Jack in Verbindung gebracht und über Jack mit DeVille.

Schon komisch: Keiner kommt darauf, dass er das in dem Video mit mir ist. Andererseits war er da auch in mir drin, ohne dass ich es gecheckt hätte. Das Hirn zeigt einem, was man sehen will, und macht einen meist blind für das Offensichtliche.

Das erinnert mich an jemand anderen, der mit filmischen Mitteln das Auge manipuliert. Dominick.

Dieser Bastard.

Ich weiß nicht, wie er an dieses Video gelangt ist – verflucht, vielleicht hatte er es sogar selbst gedreht –, aber das kann einfach kein Zufall sein. Kaum weise ich ihn ab, schon beschließt er wie irgendein sitzengelassener Lover, mein Leben zu ruinieren.

Nur dass er in diesem Fall nicht bloß wütende Facebook Posts verfasst oder mein Auto zerkratzt. Er will mich wirklich fertigmachen.

Ich bin vielleicht überrumpelt, aber nicht völlig machtlos.

Ich schreibe eine Nachricht.

Ich: *Sind Sie noch immer bereit, mir dieses Interview zu geben?*

Mr. X antwortet fast unmittelbar: *Bist du interessiert? Du müsstest morgen fliegen.*

Ich: *Das passt. Wenn es noch steht, nehme ich Ihr Angebot gerne wahr.*

Mr. X: *Das tut es, aber du musst mir beweisen, dass du es ernst meinst, also wird dir kein Ticket zur Verfügung gestellt.*

Das ist okay für mich. Ich bin sowieso gerade nicht in der Stimmung, auf das zerbrechliche Ego eines Mannes und auf seine Großzügigkeit mit verstecktem Haken dran angewiesen zu sein. Dominick kann mich mal kreuzweise, und X wird noch alles zurücknehmen.

Ich: *Ich mein's todernst.*

Mr. X: *Trotzdem möchte ich, dass du handelst und nicht bloß Worte verlierst.*

Dominick hat gesagt, Mr. X regelt die Dinge gern auf seine Art.

Ich checke mein Konto online und schaue dann, was ein Ticket nach Honduras kostet. Wenn ich meine letzten Ersparnisse zusammenkratze und sie mit meinen gesammelten Flugmeilen kombiniere, kann ich mir das Ticket kaufen. Ich werde dort ein paar Tage vor der Konferenz eintreffen, um mich vorzubereiten und auch um dem Skandal hier zu entkommen, der mir bereits emotional zusetzt.

Ich: *Ich habe eben gebucht.*

Mr. X: *Mach dich auf eine Riesensache gefasst. Das bringt dir die ganz große Karriere.*

Im Moment würde es mir schon reichen, wenn ich meinen Beruf einfach nur weiterhin ausüben könnte.

11

Selbstverständlich sind manche Länder korrupter als andere, und es gibt kein Land, das kein Blut an den Händen hätte, aber einige haben mehr Grauen gesehen als andere.

Horrorfilme zeigen Häuser, in denen es spukt, weil sie auf Friedhöfen errichtet wurden, aber wer nennt mir ein Stück von Amerika, auf dem noch kein Mensch gestorben ist. Seit Urzeiten wurden Bürgerkriege auf unserem Boden ausgetragen, und so wird es vermutlich auch in Zukunft sein, denn irgendwie scheinen wir nicht dazuzulernen. Das betrifft nicht bloß Amerika, sondern die ganze Welt.

Mir ist aufgefallen, dass es an heißeren Orten mehr Gewalt gibt. Vielleicht liegt es an der Hitze und deren Auswirkungen auf unsere primitiven Hirnareale. Als wir froren, mussten wir in erster Linie dafür sorgen, dass wir nicht erfrieren, und genug Nahrung zusammentragen, um den Winter zu überstehen, anstatt den Leuten aus dem Nachbardorf die Köpfe einzuschlagen.

Früher mussten die Menschen auch entweder zu den Kriegen reiten oder laufen. Natürlich müssen Soldaten Befehle befolgen, aber wenn man tage-, wochen-, monate- oder gar jahrelang unterwegs ist, nur um an den Kriegsort zu gelangen, dann macht das die Sache schwieriger. Heutzutage können unsere führenden Köpfe Menschen ganz bequem von ihren Büros aus töten lassen, wo sie auf ihren fetten Ärschen sitzen und an ihrer Full-fat-Latte nippen, während andere für sie die Bomben abwerfen – oder die Raketen sich selbst abschießen. Es bedarf nur eines Knopfdrucks ... Wir sind heute so fortschrittlich, dass Krieg definitiv weniger persönlich geworden ist als zu der Zeit, als die Anführer noch zusammen mit ihren Soldaten auf dem Schlachtfeld kämpften.

Ich weiß nicht, ob es sie mehr oder weniger jucken würde, wenn sie höchstselbst mitansehen müssten, wie durch ihre Konflikte Leben ausgelöscht werden. Wenn sie den Leuten, die für sie kämpfen, in die Augen schauen und ihnen sagen müssten, sie sollen weiter vorstoßen, in dem Wissen, dass keiner von ihnen je wieder heimkehren wird. Vielleicht wären die Verantwortlichen dann eher darum bemüht, Kriege von vornherein zu vermeiden, wenn es wieder so eine persönliche Sache wäre.

Vermutlich nicht.

Krieg ist für die Soldaten eine ganz persönliche Sache, aber nicht für die Verantwortlichen. Es ist eine persönliche Tragödie für die Zivilisten, die vor den Trümmern ihrer Heimat stehen und sich fragen, wie sie sich jemals wieder von einem Verlust erholen sollen, der jede Vorstellungskraft übersteigt.

Mittelamerika ist insgesamt betrachtet verdammt arm. Die Korruption blüht, und die Menschen bekommen bei Weitem nicht die Hilfe, die sie brauchen. Darüber sollten sich eigentlich viel mehr Leute empören, wenn man bedenkt, dass dort jede Menge Menschen an den Folgen ihrer Armut sterben und in Lebenssituationen gefangen sind, die weder Hoffnung noch Möglichkeiten zulassen. Aber das ist ja nicht neu.

Wir wissen bereits, dass die Leute dort Hilfe benötigen. Andererseits gibt es auch in den USA Kinder, die hungern, in unsicheren Verhältnissen aufwachsen und getötet werden.

Allein der Zustand meines Hotels ruft mir bitter in Erinnerung, welche Privilegien wir in den USA genießen. Bei der Buchung habe ich gar nicht darüber nachgedacht, doch diese Absteige ist, was ihren Standard betrifft, mit einem unserer Stundenhotels zu vergleichen. Okay, wir befinden uns hier auch nicht gerade in einer Tourismushochburg, also ist diese Gegend vermutlich noch ärmer als manch andere. Schon beim letzten Mal, als ich in einem Sternehotel übernachtete, wurde mir trotz meiner bescheidenen Erfahrung mit solchen Häusern klar, dass fünf Sterne nicht überall auf der Welt dasselbe bedeuten.

Ich stelle meine Tasche in meinem Zimmer ab und gehe dann wieder nach unten zum Empfang, um meinen Pass dort in den Safe einschließen zu lassen, da es auf meinem Zimmer keinen gibt. Es besteht kein großer Zeitunterschied, also werde ich kein Problem mit Jetlag haben, aber ich könnte etwas zu trinken und vielleicht auch einen Happen zu essen vertragen, also betrete ich das kleine Hotelrestaurant.

Ich werfe einen Blick in die Karte aus Papier, die auf dem Tisch liegt, und versuche gerade, mich für ein Getränk zu entscheiden, als sich der Duft von Hermès d'Orange Verte in meine Wahrnehmung schleicht.

Ich blicke auf. Penelope. So ganz aus dem Kontext gerissen, hätte ich sie im ersten Moment fast nicht erkannt, denn warum zur Hölle sollte sie ausgerechnet an diesem Ort sein?

»Penelope?« Ich stehe auf und umarme sie. Ihr Duft hüllt mich ein. Es ist ein paar Jahre her, doch sie fühlt sich noch immer nach Stärke und Sicherheit an. »Was machst du denn hier?«

Penelope drückt mich an sich. »Ich bin wegen dir hier.«

Tränen der Verbitterung schießen mir in die Augen. »Penny, mich hat jemand total reingeritten. Er hat ein Video von mir veröffentlicht – von einer Party der Juliette Society vor Jahren. Keine Ahnung, woher er das hat.«

Sie hebt die Hand. »Ich weiß. Und wir werden ihn nicht damit davonkommen lassen.«

Erleichterung, Dankbarkeit, Empörung, Angst und Fassungslosigkeit bekriegen sich einen Moment lang in mir. Aber hinter all dem verbirgt sich Zuneigung für diese Frau. Eine alte Freundin und frühere Geliebte.

Penelope ist mir einmal die Freundin gewesen, die ich damals so verzweifelt nötig hatte, das ist die Wahrheit. Und wir haben uns auch geliebt. Sie berührte Bereiche in mir, von denen ich zuvor nichts geahnt hatte. Ich war ihre Geliebte. Bei ihr fühlte ich mich begehrt und gebraucht, auf ganz andere Art als von einem Mann, und genau das fehlte mir damals in meinem Leben.

Unsere Wege trennten sich dann auf eine bemerkenswert undramatische Weise, doch sie ist noch immer einer der Menschen, an die ich mich mit größter Zärtlichkeit erinnere. Jede Trennung sollte so reibungslos verlaufen.

»Wie hast du mich gefunden?«, frage ich.

»Ist das wichtig?«

»Nein. Du hast recht.«

Sie schiebt mir eine Haarlocke hinters Ohr und küsst mich auf die Stirn. »Lass uns deine Sachen holen und von hier verschwinden.«

Zum ersten Mal seit der Veröffentlichung des Videos habe ich das Gefühl, dass die Dinge wieder in Ordnung kommen könnten. Entspannung naht, denn mit dieser Frau würde sich niemand so schnell anlegen. Penelope ist mächtig, souverän und strahlt Kompetenz aus. Ich muss diesen Kampf nicht länger alleine führen.

Penelope und ich fahren mit dem Auto zu dem Privatjet, den sie Winifred nennt.

Ich frage nicht, wohin wir fliegen. Ich würde dieser Frau mein Leben anvertrauen. Sie hat mich schon einmal gerettet. Als sie nicht darauf achtet, betrachte ich ihr Gesicht eingehend und bemerke die neuen zarten Linien um ihre Augen und dass die um ihren Mund ein wenig tiefer geworden sind, obwohl es noch nicht besonders lange her ist, dass wir uns zuletzt sahen. Was bereitet einem Menschen wie Penelope wohl Sorgen?

Ungefähr eine Stunde später setzt das Flugzeug zum Sinkflug an, und ich spähe aus dem Fenster, plötzlich doch gespannt darauf, wo wir uns wohl befinden.

Eine Urwald-Insel, mittendrin eine kolonieartige Siedlung. Eine auserlesene Gemeinschaft. Wir fliegen bereits so tief, dass ich Details der Gebäude erkennen kann, die alle perfekt ineinander übergehen. Einige sind durch Innen- oder Außenbrücken miteinander verbunden oder über Gemeinschaftsbereiche, die sich zu prachtvollen Gärten ausweiten, von denen keiner privat zu sein scheint. Trotzdem sieht man niemanden draußen herumlaufen oder den Rasen bewässern und nur wenige Autos weit und breit. Auch Kinder sind nirgends zu entdecken.

Wir fliegen noch tiefer und über die Mauer der Kolonie hinweg.

Auf dem verschnörkelten schmiedeeisernen Tor steht etwas geschrieben. Ich recke den Hals und kneife die Augen zusammen, um den Namen dieser Siedlung zu lesen.

Ob er hochtrabend, intellektuell oder vulgär ist – irgendetwas, das mir eine Vorstellung von dem Ort vermittelt, bevor ich lande.

Ich erkenne die Wörter, und es durchfährt mich kalt.

Ich habe diese Wörter schon einmal gesehen.

Eine Inschrift ziert den oberen Bogen, rot wie ein Tattoo.

Audācissimē Pēdite.

Das Maul des Ungeheuers ist weit aufgerissen, als ob es lacht oder schreit. Ich kann nicht sagen, was … Und dann auf einem Bild in meiner Hand, das kein Bild war; es war ein Schlüssel. Es war eine Antwort, die noch mehr Fragen nach sich zog.

Ich blinzle und starre auf den Punkt direkt über Inanas linker Schulter. Es ist der Blick durch einen venezianischen Spiegel – und er verschafft einen Einblick in den VIP-Club unterhalb von La Notte – ich erkenne die Bar aus diesem Winkel, auch wenn die Leute darin so verblichen wirken wie Geister und unwirklich.

Ich habe das Gefühl, dass sie, selbst wenn sie sich im selben Raum wie Inana befänden, neben ihr trotzdem fahl erscheinen würden.

Doch das Bild. Das Fenster. Der Spiegel. Es ist ein Eingang, und jetzt weiß ich genau, wohin ich gehen muss, um das zu finden, was für mich als Nächstes kommt.

Ich hätte die Worte hinter Inana an der Wand beinahe übersehen.

Audācissimē Pēdite.

Diese Orte waren Schlüssel auf der Reise zu diesem Ort hier, was sich auch immer dahinter verbirgt. Ich bin soeben über das Tor hinweggeflogen und nun im Inneren.

Ich bin endlich angekommen.

Ich sage die beiden Worte laut, vermutlich mit ziemlich schiefer Aussprache. Penelope lächelt.

»Ja. Wir sind da.«

Ich bebe innerlich, doch meine Hände zittern nicht.

Ein Fahrer holt uns ab, und Penelope führt mich in ihr Haus – eine prächtige Villa im spanischen Stil.

Die Decken sind mindestens sechs Meter hoch; die Fliesen glänzen unter meinen Füßen. Ein opulenter Teppich schmückt die Treppenstufen, die hinauf in einen zweiten, kleineren Hauptraum und das Schlafzimmer führen, dessen angrenzendes Bad größer ist als meine gesamte Wohnung.

Verdammt, selbst der begehbare Kleiderschrank ist größer als meine Wohnung.

»Du hast ein tolles Haus, Penelope.«

Penelope lacht. »Das ist nicht mein Haus.«

»Wessen dann?«

»Deins.«

»Meins? Was ist das für ein Ort?« Ich meine damit die Insel, nicht bloß das Haus.

»Dieses Wissen musst du dir erst verdienen. Aber ich verrate dir schon mal so viel, dass es der Juliette Society gehört. Alle hier sind Mitglieder. Außerdem ist es für uns sicher, und du wirst hier ungestört sein.«

Ich zupfe an meiner Nagelhaut, um meinen Missmut zum Ausdruck zu bringen, während mir der Zugang ... ins Paradies gewährt wird. »Ich bin wirklich dankbar für die Auszeit, aber man hat mir meine Karriere genommen, und dafür will ich Rache an dem Typen, der das getan hat. Ich kann ihn doch nicht einfach meinen Ruf und meine Glaubwürdigkeit zerstören lassen.« Ich bringe es nicht mal übers Herz, seinen Namen auszusprechen.

»Hier geht es um mehr als eine Karriere – und du kannst dir das Leben verdienen, das du dir wünschst, wenn du bereit bist, dafür zu arbeiten. Du hast noch ein paar Tage bis zu der Konferenz, wegen der du hergeflogen bist. Ich schlage vor, du nutzt sie und lässt es auf einen Versuch ankommen. Wir werden denjenigen, der dich ausgenutzt hat, nicht ungestraft entwischen lassen, falls dir dieses Wissen hilft.«

Ich nicke und entspanne mich ein wenig. Penny hatte schon immer ein Händchen dafür, mich zu beruhigen, mich auf den Boden zu holen. Bis zur Konferenz sind es noch ein paar Tage. Mich überkommt ein leiser Schauder. Ich befinde mich auf einer Insel ausschließlich mit Mitgliedern der Juliette Society.

Irgendwie glaube ich nicht, dass sie bloß zum Golfen und wegen des Strandes hier sind.

Ich lächle Penelope an und mache einen Schritt auf sie zu.

12

Die Sache ist, dass Penelope so gut wie keine Körperbehaarung hat. Fast so, als litte sie vom Hals abwärts an Alopezie. Es kann schon irritierend sein, keinerlei Haare vorzufinden, nicht mal Pfirsichflaum, doch nach der anfänglichen Überraschung gefällt einem diese Erfahrung.

Am liebsten hatte ich in der Dusche mit ihr Sex, wo unsere Körper aneinander glitschten und meine Hände sich über ihre unglaublich glatte Haut schlängelten.

Diese feinen Härchen, die man normalerweise kaum bemerkt, haben in Wahrheit jede Menge Struktur, ohne dass man sich dessen überhaupt bewusst wäre, bis sie einmal fehlen. Ich verteilte auch gerne Lotion auf ihrem Körper und spürte, wie sie in ihre Haut einzog.

Penelope und mir ging es immer mehr um Sinnlichkeit als ums Vögeln, wir genossen es, uns ganz langsam gegenseitig auszuziehen und unsere Körper mit Küssen zu übersäen.

Sie riecht immer so edel. Ich weiß nicht genau, was es ist, aber wirklich reiche Frauen haben einen speziellen Duft, fast wie reiner, transparenter Puder, aber auch wie Parfüm. Es ist nicht bloß ihre Kosmetik, auch wenn sie sicher dazu beiträgt. Vielleicht ist es eher ein Nichtvorhandensein. Die Kleidung der Durchschnittsmenschen saugt über den Tag die Gerüche des Lebens auf, besonders von dem, was sie kochen. Leute aus der Elite setzen selten einen Fuß in eine Küche, also trifft man selten einen von ihnen, der nach Zwiebeln oder Knoblauch riechen würde.

Pennys Geruch ist pur, nur leicht parfümiert, als wäre dieser Duft, den sie verbreitet, schlicht der ihrer Haut. Er ist nie aufdringlich, und man möchte sein Gesicht hineinvergraben und tief einatmen.

Wir liegen auf unserer jeweiligen Seite im Bett und sehen uns an. Nackt bis auf die frischen, kühlen Laken, die uns von der Taille abwärts bedecken.

Penny ist gut in Form, aber etwas an der Art, wie sich ihre Haut an den winzigen Schlüsselbeinen spannt, weckt in mir den Beschützerinstinkt. Dieser eine zerbrechliche Teil ihres Körpers verleiht mir irgendwie das Gefühl, stärker und vitaler zu sein.

Ihre Hand streichelt meinen Körper mit sanften, behutsamen Bewegungen. Ich schließe die Augen und sauge die Zärtlichkeit auf, lasse sie die Anspannung der vergangenen Tage hinwegfegen.

Mit den Fingerspitzen malt sie Muster auf meine Haut und bereitet mir damit Gänsehaut am ganzen Körper. Ihre Hände ertasten meine Brüste und massieren sie, hegen sie und gewinnen dieser einen erogenen Zone auch noch den letzten Tropfen Lust ab, bevor sie sich der nächsten zuwenden.

Sie schaut mir immer gern in die Augen, wenn sie mich zum Orgasmus bringt.

Es ist nicht der Hurrikan der Lust wie mit Dominick, aber es fühlt sich tief und stark. Es erinnert eher an einen Strudel, der einen vom Ufer wegzieht und langsam im Kreis herumwirbelt, bevor er einen schließlich hinuntersaugt. So tief hinunter, dass man kaum noch Luft bekommt.

In einem Tanz über ihren Körper schließen sich meine Hände ihren an und treiben ihren Atem dazu, im Takt mit meinem eigenen schneller zu gehen. Bald sind wir beide feucht und winden uns keuchend miteinander.

Ich komme zuerst – Penny hat das schon immer mit Stolz erfüllt –, und nachdem ich aufgehört habe, vor Lust und Befreiung zu beben, darf ich sie zum Orgasmus bringen.

Das Beste daran, mit einer Frau Sex zu haben: Man muss nicht darauf warten, dass ein Schwanz wieder hart wird, bevor man noch einmal loslegen kann.

Es jagt einfach ein Orgasmus den anderen, bis eine der beiden oder beide vor Erschöpfung umkippen.

Es ist ein toller Empfang auf der Insel, besonders nach der Woche, die hinter mir liegt.

Als ich erwache, bleibe ich still liegen und schlage die Augen nicht auf, für den Fall, dass die letzte Nacht bloß ein Traum war.

Wenn ich mir aussuchen könnte, aus welcher Situation in meinem Leben ich lieber erwachen würde, ein Erlebnis, das ich lieber auslöschen würde, wüsste ich nicht so genau, für welches ich mich entscheiden würde. Das geleakte Video auszuradieren, wäre schön, aber es würde die Dinge nicht groß ändern, außer ich ginge bis zu jener Nacht zurück und hätte einfach gar nicht daran teilgenommen.

Und trotzdem war diese Nacht wichtig, ein Katalysator. Sie bedeutete zwar auch, dass ich Jack verlor, aber ich weiß mittlerweile, dass wir nie füreinander bestimmt waren, wie ich früher naiv geglaubt hatte. Ich hatte mir nur selbst etwas vorgemacht und war schon unzufrieden, lange bevor das Unvermeidliche passierte und wir uns immer weiter voneinander entfernten.

Ich könnte noch weiter zurückspringen, bis zu der Zeit, bevor ich Jack kennenlernte, aber ich möchte auch nicht alles ausradieren, was wir hatten. Wenn man Dinge rückgängig macht, weiß man nie, welche Teilaspekte von einem selbst man dann auch aufgeben muss, gelernte Lektionen durch die harten Zeiten, die einem widerfahren sind, die Dinge, von denen man dachte, man würde sie nicht überleben, als man seelisch zerbrochen am Boden lag.

Jede Erfahrung formt einen zu dem, der man ist. Die guten, die schlechten und die hässlichen.

Und irgendwie bin ich jetzt an diesem Ort, in diesem wunderschönen Haus, von dem Penny behauptet, dass es mir gehört, und versuche zu begreifen, was das zu bedeuten hat. Beginnt ein neuer Lebensabschnitt, der mir ermöglicht, alles außerhalb hinter mir zu lassen? Könnte ich einfach für immer hier bleiben und neu anfangen?

Könnte ich hinnehmen, dass die Dinge, die in den USA geschehen sind, mich für immer definieren – und von der Bildfläche verschwinden und für den Rest meiner Tage in dieser Gemeinschaft schwelgen, was auch immer sich hinter ihr verbirgt?

Was ist das für ein Ort?

Dies sind die Gedanken, die mich meine Augen aufschlagen lassen. Ich drehe mich um und will Penny fragen. Doch sie ist fort, und auf dem Kissen neben mir liegt etwas, fast wie eine Belohnung dafür, dass ich endlich dorthin gelangt bin, wo ich sein soll.

Ich setze mich auf, jetzt richtig wach.

Ich würde das abgegriffene mattrote Buch überall erkennen.

Ich berühre es, streiche einmal über seinen Deckel, bevor ich es aufschlage, um die vertraute blaue Schrift zu betrachten, die etwas ausgeblichener ist als beim letzten Mal, als ich die Wörter las.

Es trifft einen wie die scharfe, kalte Wucht eines frühen Schneesturms. Die Haut spürt noch die Sonne, erinnert sich noch an die Wärme, und dann wird sie von Schneeflocken getroffen, deren Ränder mit scharfen Sägezähnen bestückt zu sein scheinen.

Strahlende Messer des Schmerzes. Eine Strahlung, die sich ins Innere vorarbeitet und sich dort in Wonne verwandelt.

Ich bin verändert.

Und doch noch dieselbe.

Ich blättere ein paar Seiten weiter.

Wie lange kann ich weitermachen? Wie weit würde ich gehen? Acht sind so gut wie sieben. Zwölf so gut wie zwanzig. Was ist schon eine Stunde mehr, wenn du bereits siebzehn hinter dir hast?

Der Orgasmus ist so zerstörerisch wie ein Asteroid, der auf die Erde zurast – endet aber in einem angenehmeren Tod.

Inana Lunas Tagebuch wieder in den Händen zu halten fühlt sich an, als würde ich heimkommen zu jemandem, der ich einmal war.

Wir stecken tief in unserem Inneren fest, und der beste Weg, eine Verbindung zum eigenen Körper herzustellen, ist, den Körper eines anderen Menschen zu ficken. Und doch ist dieser Akt, wenn man ihn richtig angeht, ein Akt, der uns von unseren Körpern befreit und uns unsere Seelen zeigt. Der uns an unsere Essenz erinnert, sodass wir wieder die Gesichter der Götter sehen können.

Und von denen gibt es mehr, als wir uns vorstellen können.

Manchmal wandeln Götter in menschlichen Körpern unter uns, sodass wir fälschlicherweise glauben, dass wir die Spitze der

Evolution sind, obwohl es doch so viel mehr gibt, das uns direkt ins Gesicht starrt, wartend, beobachtend.

Gespannt darauf, dass wir mehr werden, als wir sind.

Für sie. Für uns selbst.

Ich schlage das Buch zu, drücke es an die Brust, überwältigt davon, wieder an Inanas persönlichen Gedanken und Gefühlen teilhaben zu können. Als mir ihr Tagebuch genommen wurde, ließ ich es los, aber ohne seinen Verlust je vergessen zu haben.

Wie könnte man je wahrhaft hinwegkommen über den Verlust eines Teils von sich selbst, den jemand anderes entdeckt und beschrieben hat? Es war, als hätte ich mich selbst gefunden.

Das Tagebuch wurde durch den USB-Stick ersetzt, und ich akzeptierte das. Dennoch war es, als ich Inanas Geschichte veröffentlichte, statt die Inhalte des USB-Sticks zu lesen, als würde ich Inana verlieren. Meine Erinnerung an ihre Worte war nicht gut genug, und alles, was ich hatte, waren die Seiten, die irgendwelche Leute online gestellt hatten. Ein winziger Bruchteil des Puzzles.

War es Penelope, die mir das Tagebuch damals nahm?

Ich weiß es nicht. Ich denke nicht, doch letztlich spielt es keine Rolle. Ich musste den Weg gehen, den ich ging, um hierherzugelangen, bereit, die Gelegenheit zu ergreifen. War es Inana je gelungen, diesen Ort zu entdecken, oder endete ihre Reise im La Notte?

Wir fliehen vor uns selbst in dem Versuch, eine andere Person zu finden. Wir geben uns der Dunkelheit hin, hoffend, dass das Licht auf uns scheinen und die Wahrheit sichtbar machen wird, obwohl es weitaus komplizierter ist als das. Es ist nicht das eine oder das andere. Es ist das eine UND das andere.

Dualitäten.

Dynamische Duos.

Superhelden brauchen einen Bösewicht. Sie brauchen die Schatten, um das Licht zu sehen. Was ist Musik ohne Stille? Schmerz ohne Lust? Schwarz ohne Weiß, Wasser ohne Wein, Filme ohne Bewegung?

Stillstand ist der Tod.

Gewohnheit ist der Tod.

Vergiss Absichten und Pläne und lebe einfach.

Vielleicht sind die Dinge vorherbestimmt. Aber ich bin jetzt hier.

Ich bin jetzt hier. Es spielt keine Rolle, was in den USA gerade in den Nachrichten kommt. Es spielt keine Rolle, was die Leute denken. Im Moment bin ich weit weg, und ich werde noch das letzte Wort haben. Aber erst einmal brauche ich eine Auszeit. Also werde ich eine Weile einfach nur leben.

13

BDSM ist in den letzten Jahren zunehmend Teil des Mainstreams geworden, weil die Leute nicht mehr so pathetisch und leicht zu schockieren sind wie früher. Trotzdem haftet dem Sex noch immer dieses zwiespältige Tabu an, das für Gewalt nicht gilt. Man kann getrost zeigen, wie jemandem der Kopf weggerissen wird, aber wenn eine Frau in der Öffentlichkeit stillt, sind viele Leute gleich empört.

Gewalt gegenüber sind wir ziemlich abgestumpft, erst in Verbindung mit Sex schockiert sie uns noch. Perversionen beginnen zwar im Verborgenen, dringen aber irgendwann bis in den Mainstream vor, und wie jede andere Modeerscheinung wollen die Leute es dann ausprobieren. Man will schließlich nicht der Letzte sein, der den neuen Blockbuster gesehen hat. Genauso wenig will man der Einzige sein, der *das* Buch der Stunde nicht gelesen hat. Ganz zu schweigen von den neuesten Klamottentrends, Schuhen und Accessoires. Wir sind eine Konsumentennation, immer auf der Suche nach dem nächsten heißen Scheiß. Und wir sparen schon auf das kommende große Ding, das uns das Geld aus den Taschen ziehen wird. Denn Menschen brauchen Ziele, um glücklich zu sein. Den Leuten wird seit der Kindheit eingetrichtert, dass sie Dinge erwerben müssen, sonst würde die Gesellschaft, wie wir sie kennen, zusammenbrechen. Man hört Leute von einer Zombie-Apokalypse palavern, während sie

Madeleines mampfen, aber man stelle sich vor, der Fall träte tatsächlich ein.

Das Internet würde zusammenbrechen, was zur Folge hätte, dass auch die Banken und der Handel erledigt wären. Es gäbe keine Kommunikation mehr, außer mit Menschen in der direkten Umgebung. Aber auch die Anarchie wäre kein dauerhafter Zustand. Für den Menschen gebührt es sich, moralisch zu handeln. Wenn die Mehrheit der Leute rumläuft und sich gegenseitig umbringt, funktioniert unsere Zivilisation nicht. Abweichendes Verhalten widerspricht der Ordnung. Und die meisten Menschen sind von Natur aus gut und wollen keine anderen verletzen.

Aber manche schon.

Und manche wollen verletzt werden.

Ich habe von zwei Typen gelesen, die sich über eine Onlineplattform gefunden haben. Einer der beiden gab eine Anzeige auf, in der er darlegte, dass er gerne gefoltert und getötet werden wolle. Und der Mann, der darauf antwortete, wollte jemanden foltern und umbringen.

Sie hätten das perfekte Paar sein können, wenn man die Gesetze außer Acht ließe. Es wurde argumentiert, dass der Verfasser der Anzeige geistig verwirrt und nicht bei Verstand war und dass der andere diese Situation ausnutzte. Der Täter musste ins Gefängnis, obwohl das Opfer einen detaillierten Brief hinterließ, in dem er den anderen von jeder Verantwortung befreite.

War er wirklich ein Opfer? Man wird nie erfahren, was wirklich geschah, etwa ob er es am Ende nicht doch bereute, aber nicht mehr fähig war, die Sache zu stoppen – vielleicht geriet der Mann, der ihn umbrachte, einfach in einen Rausch und ignorierte den anderen, als der ihn bat, jetzt aufzuhören.

Ich bin mir ziemlich sicher, dass auch Kannibalismus im Spiel war.

Manchmal erscheint etwas von außen betrachtet sonderbar oder verletzend, obwohl es eigentlich genau das ist, wonach die Leute suchen.

Dies gilt besonders für Sex. Jeder von uns hat schon einmal etwas gehört, das ihn irritiert hat. Infantilismus, Ponyplay, Furries. Klar, wenn einem zum ersten Mal eine sexuelle Spielart begegnet, die einem neu ist, kann es einem seltsam oder sogar lächerlich vorkommen. Es gab da zum Beispiel diese Schlagzeilen über einen korpulenten Mann, der die Löcher eines Schweizer Käses denen einer Frau vorzog. Daran muss ich oft denken. Ich frage mich, ob dieser Fetisch eher auf der Textur oder dem Geruch beruhte. Vielleicht weckte der Geruch irgendwelche Erinnerungen in ihm.

Man erinnere sich an das erste Mal, als ein Partner den Wunsch äußerte, einen zu lecken. »Wo willst du mich lecken? Warum? Das ist widerlich!« Doch irgendwann später, wenn man älter ist, passiert es trotzdem, und verdammt, dann versteht man plötzlich, warum jemand so etwas machen sollte.

Sogar küssen klingt im Grunde seltsam. »Ich werde jetzt meine Lippen auf deine drücken, und dann bewegen wir unsere Köpfe hin und her. Unsere Zungen werden sich berühren und sich aneinander reiben, und vielleicht beknabbern wir uns auch ein wenig. Nein, das fühlt sich gut an, vertrau mir.«

Manchmal wird die Beschreibung der Funktionsweise den Handlungen selbst bedauerlicherweise überhaupt nicht gerecht.

Aber zurück zu BDSM.

Es gibt viel mehr Spielzeuge und Instrumente, als man denkt, und dann jeweils noch Varianten davon. Sogar große Onlineshops verkaufen jetzt schon Sextoys. Früher musste man in zwielichtige kleine Läden gehen, um die Hilfsmittel zu bekommen, auf die man abfährt, und dort echten Menschen in die Augen sehen, während man einen vibrierenden, zweiköpfigen Dildo mit Noppen kaufte.

Manchen Leuten ist es peinlich, einen Fuß in einen Sexshop zu setzen, was ich genauso lächerlich finde wie die Leute, denen es zu peinlich ist, nach Tampons oder Klopapier zu fragen. Das sind Dinge, die wir alle benutzen. Woher weiß ich denn, dass sich der Typ vor mir an der Supermarktkasse die Gurke oder Karotte nicht an einem ruhigen Dienstagabend in den Hintern schieben wird? Fakten sind Fakten. Wir scheißen und wir masturbieren alle, da kann man genauso gut auch Hilfsmittel benutzen, die daraus die bestmögliche Erfahrung machen.

Beim Ficken kann man doch versuchen, es zum ultimativ besten Erlebnis für seinen Partner zu machen. Für BDSM gilt das Gleiche.

Ich lese noch immer im Tagebuch, als Penelope zurückkommt und mir sanft lächelnd sagt, dass sie mir etwas zeigen möchte. Ich folge ihr durch den Flur zu einem unerwartet großen Zimmer, das jägergrüne Wände und einen hellen Parkettboden hat. An den Wänden befinden sich offene Schränke, doch erst als Penny einen zweiten Schalter an der Wand betätigt, werden auch die Schränke beleuchtet und offenbaren ihren Inhalt.

Peitschen, Ketten, Fesseln, Reitgerten, Gleitgels, Dildos, Vibratoren.

Es ist der feuchte Traum für jeden Kinkster. Wahrscheinlich im wörtlichen Sinne.

Ich schreite den Raum langsam ab und werfe einen Blick in alle Schränke, während Penelope sagt: »Die gehören dir, und du kannst damit machen, was du willst. Du kannst dich letztlich auch entscheiden, nichts davon zu benutzen, und es einfach bei Körper an Körper ohne Spielzeug belassen. Aber du musst lernen, wie man jedes einzelne benutzt. Von einigen weiß ich, dass wir beide bereits damit vertraut sind, doch jetzt musst du sie alle beherrschen, um deine Gespielen zu erfreuen – falls du welche möchtest. Du weißt bereits, was wir sind, Catherine. Hoffentlich lernst du nun auch, wer du bist.«

Ich nicke.

Sie lächelt und reibt sich die Hände. »Beginnen wir mit einigen unserer Lieblingsteile ... Buttplugs?« Sie formuliert es als Frage, nicht als Anweisung, eine gute Art, es mir angenehm zu machen.

Ich kann die Abneigung vieler Menschen gegen Analspielchen nachvollziehen. Was mit Kacke zu tun hat, ist nun mal von Natur aus unsexy – außer man steht drauf, was nicht für mich gilt. Seltsamerweise scheinen Kerle auf Anhieb fasziniert davon zu sein, aber ich habe neulich in einem Internetvideo einen Typen gesehen, der ein Auspuffrohr fickte, also schockt mich so schnell nichts mehr, wenn es darum geht, wohin Typen ihren Schwanz stecken wollen.

Ich habe nie kapiert, warum sie einem im Sexualkundeunterricht nicht mehr darüber beibringen, wie man sich selbst erforscht und Lust bereitet. Meine Erfahrung mag da von anderen abweichen, aber bei mir beschränkte sich das schon eindeutig auf Gänseblümchensex, mit herzlich wenig Abweichungen vom Missionarsstellungsdrehbuch. Warum trichtert man Teenagern alles über Kriege und quadratische Gleichungen ein, aber lässt sie nicht wissen, dass es okay ist, wenn sie ihre eigenen Körper erforschen? Ich verstehe ja, dass man sie nicht zum Sex ermuntern will, solange sie ganz jung sind, aber Selbstbefriedigung?

Wer einen ordentlichen Schreck bekommen will, schnappt sich einfach ein Schwarzlicht und geht damit ins Zimmer eines männlichen Teenagers. Ich bin mir ziemlich sicher, man könnte das Zeug nachts vom Weltraum aus erkennen. Abgesehen davon: Würden die Leute sich regelmäßig – und fachgerecht – selbst einen runterholen, dann wüssten sie, wie sie sich gegenseitig befriedigen können, wenn sie später bereit für Sex mit einem Partner sind.

Aber selbst im Rahmen der »Safer Sex«-Thematik in der Schule wurde niemals über Analsex oder schwulen Sex gesprochen. Und kaum über Oralsex, was schade ist. Wenn sie schon versuchen, Teenager in Sexualkunde zu unterrichten, dann sollten sie auch alles erwähnen, ohne nicht-heterosexuelle Normen auszuschließen. Ich meine, was für eine Botschaft ist das für LGBT-Kids?

Dass sie anders sind?

Dass ihr Sex nicht zählt?

Das ist weder fair noch richtig.

Und da können sie hundertmal behaupten, das sei eine Sache des Prozentsatzes – dass eben bloß ein kleiner Teil der Bevölkerung LGBT ist und sie einfach nicht die Zeit haben, alle möglichen Besonderheiten zu berücksichtigen. Denn auch Heteroleute mögen Analsex.

Ich frage mich, ob es wohl ursprünglich auf der Sexualerziehungsagenda stand, bis irgendeine bigotte Ehefrau von jemandem, die fand, dass alles jenseits der Missionarsstellung für Frauen herabsetzend ist, entschied, das Sprechen über Analsex sei tabu. Denn eigentlich entscheiden über so etwas doch immer noch die Männer. Und wie hoch ist Ihrer Meinung nach der Prozentsatz der Männer, die Analsex ausprobieren möchten?

Wenn die Chancen, im Lotto zu gewinnen, so hoch wären, würde ich mir sofort ein Los kaufen.

Stattdessen wird behauptet, Analsex sei etwas, was Frauen nur ihren Männern zuliebe zulassen – oder dann, wenn sie fürchten, dass sein Blick abschweift, und sie die Sache aufpeppen wollen. Etwas, das ihnen gar nicht gefallen könne, weil es schmerzhaft und furchtbar sei. Frauen wird beigebracht, sie müssten Analsex fürchten, es werde für sie unangenehm und schrecklich sein, und sie sollten es schnell hinter sich bringen, falls sie es überhaupt mitmachen.

Manche Menschen finden vielleicht nie Gefallen daran. Doch so manch einer verpasst etwas, allein aufgrund der Glaubenssätze, die er irrigerweise eingeimpft bekommen hat. Wer es noch nie ausprobiert hat, sollte es gleich mal versuchen. Meiner Ansicht nach sollte man sich auch mit seinem Arschloch vertraut machen und aufhören, es als reinen Ausgang zu betrachten. Vielleicht findet man es doch gar nicht so übel, wenn man erst mal ein wenig daran herumgespielt hat. Oder sogar richtig geil.

Aber man sollte Gleitgel verwenden.

Das gilt auch für Männer.

Es gibt diese Buttplugs übrigens auch mit schicken langen Kunstpelzschwänzen dran, falls jemand sein

Sexy-Katze-Kostüm aufpeppen möchte, an Halloween oder wann auch immer. Ich habe online mal einen Artikel gelesen über eine Mutter, die bei Etsy einen dieser »Katzenschweife« für das Halloweenkostüm ihrer Tochter gekauft hat, aber nicht checkte, wie sie ihn anbringen sollte.

Natürlich haben sich die Leute totgelacht über ihre Ahnungslosigkeit.

Fairerweise muss ich sagen, dass ich die Dinger auch nicht besonders geil finde, aber hauptsächlich weil sie so … schlaff sind. Wenn sie buschig hochstehen würden wie bei Eichhörnchen, könnten sie vielleicht niedlich sein, aber die meisten sehen so aus, als würde man gerade kacken und eine flaumige Wurst rausdrücken, die noch nicht runtergefallen ist.

Ich komme an einem Schrank mit verschiedenen Strap-ons vorbei, was mich an Pegging denken lässt. Strap-ons sind übrigens nicht bloß was für Lesben. Der männliche G-Punkt, alias die Prostata, sitzt im Hintern. Es ist, als hätte Gott gesagt, wenn ihr einen wirklich tiefen Orgasmus erleben wollt, dann müsst ihr wohl oder übel hin und wieder auch mal einen drinhaben. Man kann nie wissen, wobei man am heftigsten kommt, außer man gibt sich ordentlich Mühe und experimentiert herum, bis man es herausgefunden hat.

Daran ist nichts Gesetzeswidriges.

Apropos Gesetz: In diesem Schrank hier liegen alle möglichen Fesselutensilien, etwa D-Ring-Manschetten aus Leder, die bei mir immer Assoziationen mit Irrenanstalten wecken, und dann fallen mir perverse Sachen ein, die ich eigentlich gar nicht denken sollte. Ich stelle mir vor, dass ich dort als Patientin bin und von einer sexy Krankenschwester fixiert und gefickt werde. Was soll's, manchmal steht man einfach auf so einen fragwürdigen Scheiß.

Zwischen den Manschetten befinden sich auch ein paar altmodische Handschellen aus Stahl, wie sie von der Polizei benutzt werden. Ich frage mich immer, was zuerst da war: Handschellen oder die Sexy-Polizisten-Fantasie. Vielleicht wurde ja einmal irgendein perverses Arschloch von einem Polizisten festgenommen, und erst mit dem Klicken des kalten Metalls um seine Handgelenke wurde dann ein eigenes Sexfantasien-Untergenre losgetreten.

Waren Handschellen schon immer scharf, oder wurden sie es erst in Verbindung mit einem großen, starken Cop mit markanten Gesichtszügen und kühler Fassade, die man unbedingt knacken will?

Es ist schon komisch, dass ein Gegenstand je nach Kontext geil oder furchterregend sein kann. Handschellen, Augenbinden ... Panzerband. Wie weit jemand gehen mag, ist auch ganz unterschiedlich. Manche Leute stehen total auf Adrenalinschübe und gefühlte Gefahr und andere überhaupt nicht.

Dasselbe gilt für Schmerz. Sexuellen Masochisten bereitet er Lust, aber ich persönlich sehe jetzt keinen Zusammenhang zwischen etwas Geilem, wie von einem dominanten Partner rangenommen zu werden, und einer missglückten Betäubung beim Zahnarzt oder einem versehentlichen Tritt auf den Zeh. Das bleibt ja jedem selbst überlassen.

Wenn man sein Vergnügen durch Schmerz steigern und dieses perfekte Gleichgewicht der Sinne erlangen möchte, dann muss man vorher wissen, worauf man sich einlässt.

Will ich, dass mich jemand mit einem Rohrstock schlägt, während er mir einen Vibrator in die Muschi rammt?

Will ich gefesselt von der Decke hängen und auf niedriger Stufe mit einem Elektroschocker bearbeitet werden, während mir jemand die Muschi leckt?

Will ich beim Ficken gewürgt werden, bis ich fast das Bewusstsein verliere, und erst wieder atmen dürfen, wenn ich komme?

Es spielt keine Rolle, ob einem solche Fantasien ekelhaft vorkommen. Anderen gefallen sie vielleicht.

Als ich vor ein paar Jahren mit einem Typen das erste Mal Sex hatte, musste ich schlucken, weil er ein riesiges Auge Saurons auf seine Brust tätowiert hatte. Es lenkte mich total ab, da ich direkt auf seine Brust blickte – der Kerl war so groß wie ein Basketballspieler –, also starrte mich dieses Tattoo die ganze Zeit an. Ich kam mir vor, als würde ich vom »lidlosen Auge« gevögelt.

Vielleicht hätte jemand anderes ihm gerne einen Ring ins Loch gedonnert, aber bei mir funktionierte das Tattoo nicht. Was ich damit sagen will: Jeder Topf findet seinen Deckel.

Mein Spielzimmer ist der Wahnsinn, und ich kann es kaum erwarten, jeden Zentimeter davon zu erforschen wie einen neuen Liebhaber.

Ich bin für diesen Ort gemacht.

14

Ich liege in der Badewanne, um die Flüssigkeiten des Tages abzuwaschen, und blättere in Inanas Tagebuch. In den hinteren Buchdeckel hat jemand ein paar Seiten geklemmt, die am Ende herausgerissen worden sind. Sie hat darauf exotische Blumen gezeichnet, die hier in der Kolonie heimisch sind.

Wenn ich alles bin, was übrig ist, werde ich die Hälfte von dem sein, was ich sein werde, aber doppelt so viel wie die Frau, die ich war. Die Illusion und die Wahrnehmung durch andere abzuwerfen wie die Schlange ihre Haut, ist der Schlüssel zu tiefer Atmung.

Luft ist Leben. Leben ist eine Illusion. Lügen sind Illusionen.

Wo die Illusionen enden, explodiert wahres Leben in bewusster Farbe und enthüllt das Drumherum im Schatten, von dem man gar nicht wusste, dass es da war.

Ich werde da sein.

Wir werden da sein.

Je weiter ich mich auf diese Reise begebe, desto weiter möchte ich gehen.

Ich frage mich, wo ich wohl sein werde … eines Tages.

Ich frage mich, was Inana noch getan hätte, wenn sie länger am Leben geblieben wäre. Hätte sie zu einer anderen Form des Ausdrucks gefunden? Sie hätte die Dinge nicht viel weiter treiben können, außer wenn sie eine dieser Künstlerinnen geworden wäre, die sich selbst schneiden und ihre Kunst buchstäblich mit ihrem eigenen Blut auf die Leinwand bringen.

In der Kunst gibt es immer einen Höhepunkt, bevor es albern oder zu einer Karikatur seiner selbst wird.

Ein Kleid aus rohem Fleisch.

Mit einer Limousine voller Rüben bei einer Ausstellung vorfahren.

Die Schockwirkung solcher Aktionen schreckt uns auf, sie sind kreative Ohrfeigen, die uns aus unseren bequemen Bahnen reißen. Es sind Stellungnahmen zur Beschissenheit der Dinge, die dafür sensibilisieren sollen, dass sich etwas ändern muss.

Doch es gibt eine klare Linie zwischen einer Stellungnahme und Spott. Manchmal wollen Künstler unbedingt eine Reaktion provozieren, sie gehen, so weit sie nur können, bis die Leute darauf reagieren. Andere haben es irgendwann so satt, dass sie alles tun, um klarzumachen, wie lächerlich das, was sie produzieren, eigentlich ist. Je nachdem, wer man ist, sagen die Leute vielleicht nie etwas und applaudieren stattdessen immer lauter, bis man nicht mehr klar denken kann und selbst anfängt, seine eigenen Lügen zu glauben, weil man für die Wahrheit blind geworden ist.

Das alte Märchen über des Kaisers neue Kleider. Eine absurd lange Zeit traut sich niemand, ihm etwas zu sagen, denn keiner will derjenige sein, der den Wert der Illusion nicht erkennt, aber alle stimmen in den Jubel ein. Es ist erstaunlich, wie viel Angst die Leute haben, gegen den Strom zu schwimmen, sich abzuheben, wo doch so viele berühmt werden oder Promis sein wollen.

Dolly, das Schaf, bereit für seine Nahaufnahme, Mr. DeVille.

Die Leute wollen nicht sehen, was sie bereits gesehen haben oder was bereits gemacht wurde, außer es handelt sich um eine unabwendbare Katastrophe, die höllisch unterhaltsam ist. Deshalb haben die Leute auch so bereitwillig mein Video weiterverbreitet. Ich bin sichtbar genug, dass die Leute irgendwie wissen, wer ich bin, und zudem sehen sie mich jetzt als Promi, der Privilegien genießt, über die sie wahrscheinlich nicht verfügen. Der öffentlichen Wahrnehmung nach kann man mich gewissermaßen aus einer Art Elfenbeinturm stürzen.

Wenn man mitbekäme, dass eine Freundin beim Sex gefilmt und das Band veröffentlicht wurde, wäre man wahrscheinlich entsetzt und empört. Man würde sich in ihre Lage versetzen und darüber nachdenken, wie man sich selbst dabei fühlen würde.

Handelt es sich dagegen um eine bekannte Persönlichkeit, wird man sensationsgeil. Man möchte das Video unbedingt anschauen, sehen, ob ihr nackter Körper wirklich so perfekt ist wie auf den retuschierten Bildern oder ob sich an ihrem Hintern nicht doch ein wenig Cellulite befindet oder Dehnungsstreifen an ihrer Hüfte. Bei Kerlen will man wissen, ob er einen großen Schwanz hat, ob er sich nach links oder rechts biegt, ob er beschnitten ist oder nicht, ob sein Schwanz seine Überheblichkeit rechtfertigt.

Es geht um die Makel. Man hat das Gefühl, ein Recht darauf zu haben, als hätte man dafür bezahlt. Man möchte sehen, ob da eine Narbe ist, die beweist, dass sie Implantate hat. Man fühlt sich nicht schlecht deswegen, denn Prominente haben kein Privatleben – dieses Recht haben sie verwirkt, weil sie sich freiwillig in die Öffentlichkeit begeben haben.

Dass jeder Aspekt ihres Lebens unter die Lupe genommen wird und ihr Charakter und ihr Image jeden

Moment des Tages in Stücke gerissen werden können, ist ein kleiner Preis, den sie für ihren glamourösen Lifestyle zahlen.

Zumindest denken die Leute das. Aber ich genieße diesen Lifestyle überhaupt nicht, denn ich bin bloß eine Journalistin, die sich den Arsch abarbeitet, doch die Leute meinen, ich müsse dazugehören, weil ich einige Leute aus der VIP-Lounge des Lebens interviewt habe.

Sie wären geschockt, wie Prominente hinter verschlossenen Türen sind. Paranoid, unsicher, kleinlich. Bodenständig, freundlich, kultiviert.

Sie sind alle unterschiedlich. Einige sind Narzissten. Das muss man auch sein, wenn man künstlerisch arbeitet oder etwas erzeugt, was von anderen konsumiert werden soll. Sonst würde man nie denken, dass die Leute das, was man verkauft, haben wollen. Andere können nur leben, wenn sie in andere Charaktere schlüpfen. Manchmal treiben wir Menschen mit unserer Wahrnehmung von ihnen in die Enge, mit unseren Erwartungen, die von unseren eigenen Sichtweisen genährt werden.

Menschen in Uniform zum Beispiel werden gern fetischisiert. Der heiße Polizist, der sexy Feuerwehrmann. Ihre Tätigkeit färbt auf sie ab.

Aber es gibt eine Berufsgruppe, an die ich in letzter Zeit öfter denken muss und von der ich auch schon ein paar gevögelt habe.

Bedienungen. Vor allem Kellnerinnen. Sie kommen einem irgendwie vertraut vor, haben wegen ihrer Uniform etwas Austauschbares: weißes Oberteil, schwarzer Rock oder Hose – wobei ich persönlich die Hosen schärfer finde als die Röcke. Zweckmäßiger und unbewusster verführerisch als ein Rock mit hohen Hacken. Obwohl sie natürlich alle einzigartige menschliche Wesen sind und alle ihr eigenes Leben im Hintergrund haben, bleiben sie die meiste Zeit ungesehen von denjenigen, die sie bedienen, sie verschmelzen bereitwillig mit dem Hintergrund.

Ihre Hauptaufgabe besteht darin, ihren Gästen ein reibungsloses, angenehmes Erlebnis zu verschaffen, und oft müssen sie sich ganz schön viel von diesen Leuten bieten lassen. Unhöflichkeiten, offene Beleidigungen, herablassendes Verhalten, beschissenes Trinkgeld, die Liste ist lang. Aber sie behalten ihr Lächeln und füllen die Gläser, und wenn man a) nicht unhöflich zu ihnen ist und b) sich von ihnen angezogen fühlt, dann kann eine Begegnung mit ihnen durchaus reizvoll sein.

Die Anonymität dabei ist noch ein extra Antörner. Man kann sich eine Geschichte ausdenken, wer sie hinter ihren Uniformen und den vorgefertigten Sätzen, die sie sagen müssen, wirklich sind.

Ist das Mädel, das einem den Ketchup bringt, eigentlich Tänzerin und hat unter ihren Klamotten vielleicht einen so knackigen Hintern, dass man Münzen drauf springen lassen kann, und diese leider hässlichen Ballerinafüße?

Macht die Frau, die einem das Glas füllt, diesen Job, um sich ihr Studium der Astrophysik zu finanzieren, und musste sie sich deshalb die komplizierten Bestellungen am Tisch nicht notieren?

Jungfrau, unersättlicher Sexteufel, brillanter Geist oder lernbegieriges Wesen – wir dürfen uns aussuchen, was wir in ihnen sehen. Wir können uns ihren Hintergrund selbst entwerfen und das Ganze in ihre Uniformen stecken, zusammen mit ihren Körpern. Die Uniformen lassen alle gleich geheimnisvoll und sexy wirken. Es macht Spaß, einen oder eine von ihnen mit nach Hause zu nehmen und sie dazu zu bringen, deinen Namen zu schreien und dann herauszufinden, ob die Geschichte, die man sich für sie ausgedacht hatte, irgendwie passt. Es läuft immer wieder auf Fantasie kontra Realität heraus. Auch was Hollywood und Prominente betrifft, sie pflegen ihre Marken und schüren unsere Erwartungen.

Inana kannte ihre Marke, kannte ihren Markt und ging Erwartungen aus dem Weg, was die Sache eigentlich hätte erschweren sollen und ihre Fans leicht hätte vor den Kopf stoßen können, doch das geschah nicht. Wenn es dir von Anfang an egal ist, ob du die Leute verprellst, gewinnst du die Freiheit, das zu tun, was du tun willst – denn der Grund, warum sie anfingen, dir zu folgen, bist du selbst. Nicht allen wird alles gefallen, was du tust, aber wenn du deiner Vision treu bleibst, dann gewinnst du immer neue Follower, die an die Stelle derjenigen treten, die du auf deinem Weg verlierst.

Ich wette, die Orte, die Inana hätte erreichen können, wären außergewöhnlich gewesen. Dasselbe gilt für die Gefilde, zu denen Anna womöglich gelangt wäre. Ich hätte sie und Inana gern zusammen gesehen.

Ich frage mich, ob Inana mich gemocht hätte. Hätte es gefunkt, wenn wir uns auf einer Party der Juliette Society getroffen hätten? Ich glaube, sie hat Anna kennengelernt, aber ich weiß nicht, ob sie sich angefreundet haben. Ich kann mir die Leute aus der Juliette Society nur schwer vorstellen, wie sie außerhalb davon ganz normale Dinge tun. Dafür sind die Erlebnisse zu intensiv. Wenn man das Brennen in einem anderen erfasst hat, dann ist es schwierig, es wieder herunterzudimmen, es auszublenden und bei einem Kaffee über Alltägliches zu reden.

Und wenn wir uns auf einer Party getroffen hätten, bei einer Veranstaltung von und für die Juliette Society? Hätten wir im anderen den Funken der Bereitwilligkeit und des Wagemuts erkannt? Aber ich bin jetzt stärker und mir meiner selbst sicherer als damals bei diesen Erfahrungen mit Anna als meiner Mentorin. Was, wenn es heute geschähe?

Wie wäre das?

Ich stelle mir ihre Augen vor, durchdringend und kokett, die mit meinen quer durch den Raum Kontakt aufnehmen. Ihre Lippen würden sich zu einem Lächeln formen, das meines spiegelt. Ich würde mich zu ihr hingezogen fühlen, wie sie zu mir, und jede würde sich in der anderen wiedererkennen.

Ich umschließe meine Brüste mit den Händen und spiele ein wenig an meinen Nippeln herum, kneife mir in die Spitzen, bis sie dunkler sind und kribbeln.

Anna würde sich auf ihre anmutige, geschmeidige Katzenart bewegen, scheinbar eine Beute belauernd, obwohl sie lieber auf Knien als der Jäger war. Ihre Bewegungen wären fließend. Ich wäre wie das züngelnde, flackernde Feuer, sie energiegeladen und hypnotisierend wie Wasser, denn in dieser Situation würde ich mich aufschwingen, um so schön zu sein wie sie.

Vielleicht bin ich bereits so schön wie sie.

Meine Hände schieben sich sachte hinunter über meinen Bauch bis zu meinem Venushügel, und ich massiere ihn, ohne mir schon zu erlauben, den Kitzler zu berühren.

In meiner Vorstellung von Anna und mir gibt es wirkliches Feuer und Wasser, Hitzewellen und Kühle wogen und tanzen mit uns. Nackt und im Dunkeln umgarnen wir uns in einem komplizierten Tanz, dessen Schritte wir beide irgendwoher kennen. Ich spritze mir warmes Wasser über den Unterleib, spüre, wie es zwischen die Lippen meiner Muschi rinnt, meine Haut weiter erhitzt, die Durchblutung erhöht und mich pulsieren lässt, bevor ich meine Hand Stück für Stück näher an meinen Kitzler wandern lasse.

Das Licht schimmert auf unserer glänzenden Haut, und eine Wand aus Körpern in schwarzer Beinbekleidung und weißen Oberteilen umringt uns, sie beobachten uns und warten darauf zu sehen, was wir als Nächstes tun werden. Die Luft flirrt elektrisiert, knistert beinahe im Rhythmus der Musik, die von unseren stampfenden Füßen herzurühren scheint.

Ich lasse einen feuchten Finger, dann zwei in mich hineingleiten, die Wärme aus meinem Inneren durchflutet mich, ich dehne mein Loch, damit das Wasser eindringt, rühre mit meinem Finger darin herum und vermische das Wasser mit meinem eigenen Come.

Ich lächle sie an und fahre mit dem Finger an meinem Schlüsselbein und am Genick entlang, spüre das Gewicht meiner Haare, als ich mir mit den Fingern hindurchfahre und es dann wieder herunterfallen lasse, sodass die Spitzen mich am Rücken kitzeln. Anna macht eine Drehung, ihr Haar wirbelt auf, schlägt in hohem Bogen blaue Wellen, die gegen die Haut der Zuschauer spritzen.

Meine Finger bestrafen meine Muschi, stoßen hinein und hinaus, bearbeiten gleichzeitig meinen G-Punkt und meinen Kitzler, ich strecke meine Beine hoch und stütze sie an der Wand ab.

Die Energie, die wir durch unseren Tanz erzeugen, nur indem wir wieder zur selben Zeit am selben Ort sind, ist elektrisierend.

Annas Lippen öffnen sich. »Komm, Catherine. Zeig ihnen alles.«

Ihre Worte winden sich um meinen Hals und hinunter zwischen meine Brüste, gleiten zwischen meine Beine und lassen mich in konzentrischen Wellen der Lust kommen, die immer und immer wieder über mich hereinbrechen.

Das Bild zerspringt, verwandelt sich in die salbeigrünen Wände meines Badezimmers.

Eine Träne rinnt mir die Wange hinunter, als ich meine Finger aus meiner Muschi ziehe.

Wir hätten zusammen unglaublich sein können.

Doch nun werde ich nie erfahren, wie es hätte sein können. Wenn jemand vor seiner Zeit stirbt, geht auch sein Potenzial verloren. Und wir werden nie erfahren, welche Verbindungen wir hätten eingehen können, die unsere Leben vielleicht immens bereichert hätten.

Ich steige aus der Wanne, schmiere mir Lotion auf die Haut und atme den köstlichen Freesienduft ein.

Ich war einmal auf einem Doppeldate mit einer Kollegin. Weder sie noch ich hatten danach ein weiteres Date mit den Typen, doch ein paar Monate später traf ich diese beiden zufällig wieder. Sie waren inzwischen Mitbewohner geworden, strikt platonisch, obwohl sie sich vor dem Abend, an dem wir gemeinsam aus waren, gar nicht gekannt hatten.

Man weiß nie, welche Verbindungen man für andere oder durch andere herstellt. Anna und ich hätten uns nach der ersten Verliebtheitsphase auseinanderleben und getrennte Wege gehen können. Wir hätten auch bis ans Lebensende beste Freundinnen werden können. Wir hätten ein Impuls für alle möglichen Menschen sein können, der Kreise zieht und die Welt auf unendliche Arten verändert.

Doch sie wurde aus der Welt gerissen – und sie ist nicht die Einzige.

Ich bedauere den Verlust von Frauen wie Inana und Anna und auch von mir selbst, die wir von Männern unterwegs ausgeschaltet werden, weil sie uns nicht besitzen können und das als die schlimmste Schmach der Welt empfinden. Statt sich einfach eine andere Partnerin zu suchen, vernichten sie uns.

Ich kann Dominick nicht gewinnen lassen. Ich habe es satt, dass am Ende immer die Männer in einer Machtposition sind und über die Zerstörung eines jungen süßen Dings lachen.

Ich kenne seine Beweggründe nicht, warum er versucht, mich zu diskreditieren oder mein Leben auf diese Weise zugrunde zu richten, bloß weil ich ihn abgewiesen habe. Ich weiß nur, dass ich es nicht zulassen werde. Ich bin heute mehr als dieses Mädchen auf dem Sessel in einem Video. Mehr Mumm, mehr Entschlossenheit, mehr Rückgrat. Sie war ganz devot und kein bisschen dominant, obwohl sie den Schalter dafür in sich trug und begierig darauf wartete, beides auszuleben.

Viele von uns mögen beides. Wollen alles. Manchmal sehen, wie viel man aushalten kann, und manchmal, wie weit man gehen kann. Manche sind bloß unersättlich und wollen alles probieren, und wenn die Erfahrung vorüber ist, brauchen sie als Ersatz noch mehr.

Ich überlege mir, wie Inanas Reise war, wie sie dominierte und sich unterwarf. Ich glaube nicht, dass sie eine klare Präferenz hatte.

Auch Janus blickt nach vorne und zurück. Man kann oben sein und hinuntersehen und von unten hinauf – vorausgesetzt, es handelt sich um die Missionarsstellung.

Aber man muss sich entscheiden, ob man zurück auf die Vergangenheit schaut und dabei die Dinge verpasst, die vor einem liegen, oder ob man sich Hals über Kopf den neuen Dingen im Leben stellt. Man kann nicht beides gleichzeitig tun. Man muss die zerbrochenen Stücke seiner Vergangenheit auflesen und wieder neu zusammensetzen.

15

Penny hat gesagt, ich solle mir was zum Tanzen anziehen, und führt mich in einen Eckbereich der Kolonie. Hier sind die Gebäude größer, wie ein klassisches französisches Schloss. Mir wird wieder bewusst, dass die Wege und alle Häuser auf der Insel miteinander verbunden sind. Ich höre Musik, doch das Portal, vor dem wir stehenbleiben, gibt mir keinen Hinweis darauf, was sich dahinter verbergen könnte; es weckt den Anschein, alt zu sein, doch ich weiß, dass alles an diesem Ort relativ neu sein muss. Helle Metallverkleidung, bräunliches flaches Dach. Die Fenster sind verhängt, und kein Licht entweicht ihnen, nichts deutet an, welches Treiben sich heute Abend abspielen wird.

Wir betreten einen großen Raum, der an eine große Lagerhalle erinnert, aber er ist alles andere als leer. Stattdessen befindet sich darin ein Club, der vor Musik und Hitze und Menschen pulsiert. Ich kann sie hören, doch sie sind noch immer außerhalb meiner Sichtweite hinter zwei großen Türen.

»Willkommen auf der Insel, Catherine«, sagt Penny mit einem zufriedenen Lächeln.

»Ist die Party für mich?«, frage ich.

»Natürlich.« Das wäre nicht nötig gewesen, aber das ist Penelopes Stil.

An der Tür steht ein Zitat, und sie wartet, bis ich es gelesen habe und lächeln muss. »Rabelais«, ordne ich es zu.

Es ist ein Zitat aus Rabelais' deftigem Romanzyklus *Gargantua und Pantagruel*, ein Text, der mir sehr gefiel, als ich mit Penelope in Paris war.

Sie neigt den Kopf. »Genau.«

Es ist eine Geschichte, die wir ausführlich diskutiert haben. Manche Menschen verbindet ein Lied oder ein Film. Uns verbindet dieser epische Text, und wir unterhielten uns bei Wein, Käse und Brot lang und breit darüber, so wie es sich in Frankreich gehört.

Die Sprache, die darin verwendet wird, ist spannend, denn Rabelais erfand einige Worte, ganz wie Shakespeare es gemacht hat. *Gargantua und Pantagruel* ist zwar kein Shakespeare, aber ein ziemlich respektloser Trip der Dekadenz und Sozialkritik, besonders hinsichtlich allem, was mit der katholischen Kirche und dem Katholizismus zu tun hat. Auch wenn das heutzutage nicht besonders aufregend klingen mag: Damals war es ausgesprochen gewagt und kontrovers, obwohl Rabelais es als humoristische Parodie formuliert hatte.

Jedenfalls war es anders als alles, was ich je gelesen hatte, und ich war von der ganzen Geschichte begeistert, speziell von dem Teil über die Abtei Thélème, eine erfundene utopische Gemeinschaft, deren Motto lautete: »Tu, was dir gefällt!«, und die im Übrigen auch das Vorbild für einen realen Sexgeheimbund war, den *Hellfire Club*, von dem man munkelt, dass Benjamin Franklin während seiner Zeit in England ein Mitglied war. Seither haben andere Clubs versucht, seinen Platz einzunehmen, und einer verwendet ziemlich unverhohlen das Motto *uno avulso, non deficit alter* – was in etwa bedeutet: Wird einer weggerissen, folgt sogleich ein anderer. Doch die Heldentaten der modernen Clubs unterscheiden sich sehr von ihren Vorläufern.

Penelope öffnet schwungvoll die Türen, und die Musik wechselt von Techno zu einer Art Klassik auf Steroiden, die an elektronische Violinen und Cembalos erinnert. Rauch wabert uns aus der Dunkelheit entgegen, und in der Ausstattung des Raums erkenne ich Teile von Rabelais' Geschichte.

Wir gehen durch die Türen hinein, an großen weißen Stalaktiten und Stalagmiten vorbei, und ich brauche einen Moment, bis mir bewusst wird, dass sie Pantagruels Zähne darstellen sollen. Wir betreten den Club wie die Bewohner seines Mundes. Eine Welt in einem Mund. Wir befinden uns also in seinem Mund. Kein Wunder, dass es heiß und feucht ist.

Die Männer und Frauen sind alle als Figuren der Geschichte verkleidet. Viele Lendenschurze, der Menge an Oralsex nach zu urteilen, der bereits in den dunklen Ecken stattfindet, wahrscheinlich weil man sich ihrer so leicht entledigen kann.

Es gibt Betten aus übergroßen Modellen verschiedener Körperteile, für diejenigen, die sie nutzen wollen. Auf einem riesigen Fuß ist ein extrabreites Doppelbett untergebracht, und ein vornübergebeugter Mann hält sich am großen Zeh fest, während ein anderer Mann ihn von hinten nimmt. Unterdessen lutscht der erste an den Zehen einer Frau, die rücklings auf dem Bett liegt und Trauben isst. Für einen Fußfetischisten wäre es sicher das Paradies.

Die Hälfte eines riesigen Schiffes ist an der Wand befestigt, als segle es in den Horizont. Es gibt sogar ein Meeresungeheuer, das auf Höhe des Schiffrumpfes auf seine Jäger lauert. Drum herum wurde die Wand mit einem aufwändigen Sonnenuntergang bemalt, der die Fantasie noch beflügelt. Die Umsetzung des Ganzen muss Tage gedauert haben, aber man riecht nicht einen Hauch frischer Farbe, nur angenehme Kräuter und ein dezentes blumig-salziges Parfüm, das die Illusion, wir befänden uns auf dem Meer, noch verstärkt, als wären wir Fellinis Publikum. Als Piraten verkleidete Männer vögeln mit Frauen, und als Meerjungfrauen verkleidete Männer, mit Flossen und allem Drum und Dran, winden sich in einem Becken, dass das Wasser nur so über den Rand auf den Sand spritzt, wo zwei erwachsene Männer wie Kinder Sandburgen bauen.

Ich habe mich schon immer gefragt, ob Leute, die Meerjungfrauen scharf finden, eigentlich Fischfetischisten sind. Denn wenn man es genau betrachtet, haben Meerjungfrauen nichts zum Vögeln; bestenfalls vielleicht ein kaltes, schleimiges Loch und auch keinen Penis, außer er ließe sich irgendwie von innen nach außen stülpen, aber sollte dies der Fall sein, dann wäre er wohl eher eine Art kleiner Knopf als ein schöner, großer Pimmel. Sicher, die Mädels haben hübsches langes Haar und gute Titten, doch was die Flossen betrifft, bin ich skeptisch. Jedem das seine, würde ich sagen.

Penelope hat sogar an die Figuren gedacht, die so fett sind, dass sie sich die eigene Haut aufritzen, damit das Fett austritt. Bloß dass sie hier mit Alkohol gefüllte Anzüge tragen und die Gäste diese Anzüge anstechen und so viel heraussaugen können, wie sie wollen. Penny gibt mir ein kurzes Messer, und ich gehe zu einer der Frauen und schlitze mit der Messerspitze den Stoff auf, bevor ich mir von dem langsam heraussickernden Saft meine Zunge benetzen lasse. Er schmeckt süß und aromatisch und ist unerwartet dickflüssig, eher würziger Honig als Wein, aber köstlich, und ich sauge und schlecke daran, bis die Flüssigkeit dort, wo ich hineingestochen habe, versiegt ist.

Ich bedanke mich bei der Frau, doch ihre Augen sind geschlossen, und ihre Lippen bewegen sich, als würde sie beten oder meditieren.

Auf einem Schild über der Bar steht »Trinks«, in Anlehnung an das fünfte Buch, bei dem ich nicht sicher bin, ob es tatsächlich von Rabelais selbst geschrieben oder bloß aus vom Herausgeber geglätteten Entwürfen zusammengeschustert wurde. Nichtsdestotrotz finden sich darin ein paar ganz handfeste Ideen. Doch es ist wie mit den kontroverseren Reden der Hekate in Shakespeares *Macbeth*: Die Sprache ist oft abweichend genug, dass manche behaupten, diese Passagen müssten von jemand anderem verfasst und dann eingefügt worden sein.

Ich frage Penelope danach. Sie zuckt mit den Schultern. »Ob die Teile nun vom Autor selbst oder von jemand anderem geschrieben wurden – sie sind nun Teil der Geschichte.«

Ich stimme ihr zu. Und trotzdem, wenn ich eine Zeitmaschine hätte, würde ich in Shakespeares große Jahre zurückreisen, um herauszufinden, ob er eine Einzelperson war oder eher ein gemeinsames Pseudonym, das einige der erfolgreichsten Schriftsteller dieser Zeit verwendeten.

Er war auf jeden Fall produktiv genug für diese Theorie. Es ist kaum zu glauben, dass er all die erstaunlichen Dinge in nur einer Lebensspanne geschrieben haben soll – und das schließt noch nicht mal diejenigen Stücke ein, die er geschrieben und wieder verworfen hat, oder die Zeit, die es in Anspruch genommen haben muss, seinen Theaterstücken und Sonetten den letzten Schliff zu geben. Es erscheint geradezu unmöglich.

Aber es wäre mir lieber, dass er ein einzelner herausragender Mensch war, der uns diese Werke beschert hat. Mir gefällt die Idee, dass ein Mensch so großen Einfluss auf die Welt hat, auch wenn er es selbst nicht mehr miterlebt. Vielleicht ist es sogar besser, nicht zu wissen, wie wichtig man für die Welt ist. Wüsste man, dass alles, was man tut, dokumentiert wird, dann wäre man viel vorsichtiger und würde weniger Risiken eingehen.

Penelope führt mich durch die Mitte des Raumes über einen Weg aus vermutlich lateinischen Wörtern, doch in dem schummrigen Licht kann ich es nicht genau erkennen.

Außerdem geschehen hier weitaus interessantere Dinge als ein paar Wörter auf dem Boden, und wenn ich möchte, kann ich später immer noch Penny danach fragen.

Es lächeln mich zwar alle im Vorbeigehen an, doch die Party hört nicht auf, bloß weil ich hereingekommen bin, was mir sowieso lieber ist. Würden mich alle auf Schritt und Tritt beobachten, könnte ich mich nicht richtig entspannen und es nicht wirklich genießen, ohne das Gefühl zu haben, ich müsste performen. Dies mag ja meine Party sein, aber ich bin nicht ihr Motto, und dieser Unterschied nimmt mir die Befangenheit – was gut ist, als plötzlich Männer und Frauen bäuchlings vor mir auf dem Boden liegen.

Ich hinterfrage es nicht. Ich gehe einfach über sie hinweg und versuche dabei, meine Hacken nicht zu tief in sie hineinzugraben, aber ohne wie auf rohen Eiern zu laufen. Schließlich hat es einen Grund, warum sie das tun. Alle anderen drängen sich näher heran und reihen sich entlang der Köpfe und Füße der Liegenden auf und bilden so mit ihren Körpern buchstäblich einen Korridor aus Haut, den ich durchschreiten kann. Manche stöhnen, wenn ich auf sie trete, und mehr als nur ein Rücken knackt.

Ich frage mich, ob so der Anfang der Chiropraktik aussah.

Doch über sie hinwegzulaufen und zu spüren, wie sich die Haut auf ihren Knochen bewegt, beschert mir ein machtvolles Gefühl. Das Gefühl, verehrt zu werden.

Mein Korridor endet an einer Art Thron. Der übergroße Stuhl aus dunklem Holz ist mit schokoladenfarbenem Samt gepolstert. Erst einen Moment später wird mir bewusst, dass die Gravur oben den Buchstaben C darstellt.

C für Catherine?

Mein Thron.

Ich renne praktisch über die letzten Körper, erklimme die glänzenden schwarzen Stufen und berühre den Sitz der Macht mit zittrigen Fingern.

Ich weiß nicht genau, was mich in diesem Moment so emotional werden lässt, bloß dass es sich so anfühlt, als hätte ich darauf schon zu lange gewartet, und mein Hirn kann nicht verarbeiten, dass es nun wahr wird.

Ich bin weder die Hübscheste noch die Schlaueste oder die Erfolgreichste in diesem Raum. Doch alle hier überschlagen sich geradezu, mich zu erhöhen. Sie alle lassen mich in ihre Fantasien ein, und am Ende bleiben nichts als unsere Begierden. Sie bieten mir eine echte Show.

Ein Mann kommt vor mich gekrochen und nimmt eine Haltung ein, als wäre er meine Ottomane und als hätte ich darum gebeten, meine Füße hochlegen zu können, ohne je den Mund aufgemacht zu haben.

Es wirkt schon ganz alltäglich.

Er erschaudert, als ich ihn nur mit den Füßen in eine etwas bessere Position rücke.

Die Leute, über die ich gelaufen bin, erheben sich nun und offenbaren ein Schachbrett am Boden.

Auf ein Podest auf der einen Seite stellt sich Penelope, und eine Frau, die ich noch nie gesehen habe, auf der anderen Seite.

Die Leute veranstalten ein Schachspiel, führen die Züge auf den großen am Boden aufgemalten Quadraten mit ihren Körpern aus, als wären sie Teil des Königreichs der Quinta.

Falls dem so ist, bin ich wahrscheinlich die Königin, da ich auf dem Thron sitze und unterhalten werde. All der Wirbel, der hier um mich veranstaltet wird, sollte mir eigentlich unangenehm sein, aber dem ist nicht so.

Die verlorenen Spielsteine des Schachspiels müssen sich an der Seite auf Bänke setzen, deren Sitzflächen ausgeschnitten wurden, während andere Partygäste hinter sie treten, jede beliebige ihrer Öffnungen mit Gleitgel einreiben und was auch immer in sie hineinstecken dürfen.

Finger, Zehen, Schwänze. Ich sehe sogar, dass eine Banane in den Hintern eines Mannes eingeführt wird, während er sich wie die Frucht selbst krümmt, als sie in seinem Hintern verschwindet.

Es ist erregend, Leute, die sich gerne benutzen lassen, dabei zu beobachten, wie sie bekommen, was sie wollen.

Jemand lässt eine Glocke ertönen, und alle pausieren, während Leute auf das Schachbrett laufen und Vibratoren in die verbleibenden Bauern auf beiden Seiten einführen, sie befestigen und anschließend die Hände der Bauern in ihren Nacken festbinden, sodass sie die Vibratoren weder entfernen noch benutzen können.

Das Spiel geht weiter, Penny und ihre Gegnerin rufen Schachzüge aus, die Spieler folgen ihren Instruktionen. Augen verdrehen sich nach hinten, und Hüften bocken, Schenkel pressen sich zusammen, in dem Versuch, der Stimulation auszuweichen, aber sie dürfen ihre Plätze nicht verlassen.

Es macht das Spiel spannender, wenn die Spieler auf die Knie fallen und ihnen Tränen übers Gesicht laufen. Sperma spritzt auf den Boden. Stöhnen erfüllt die Luft. Doch das Spiel geht weiter. Einer der weißen Läufer fickt eine Bäuerin in den Hintern, und sie lächelt ihn dankbar an.

Glücklich wippend und vögelnd fallen sie zu Boden und bekommen kaum mit, als sie vom Brett geschoben werden und ihr Team einfach so zwei Steine verliert.

Penelope gewinnt.

Ich stupse meine Ottomane mit dem Zeh an. »Wie heißt du?«

»Wie auch immer Ihr mich nennen wollt, Herrin.«

Ich spreize die Beine und winke ihn näher heran.

Und als gutes Möbelstück hält er die Klappe und macht seinen Job. Er schiebt mir den Rock hoch und meinen Slip zur Seite, dann vergräbt er sein Gesicht zwischen meinen Beinen und leckt mich mit einer Begeisterung, die unangenehm wäre, wenn es mich nicht höllisch feucht werden lassen würde. Er leckt und saugt an mir, während ich andere Leute dabei beobachte, wie sie sich gegenseitig lecken und auf meiner Party kommen.

Hier zu sein, ist für mich, als wäre ich in eine lieb gewonnene Geschichte hineingekrochen und würde eine Weile darin leben. Alles fühlt sich warm und wohlig an, auch wenn einige Dinge eigentlich erschreckend oder beängstigend sein müssten. Sie sind mir vertraut wie alte Freunde. Wie ein Zuhause. Es ist die perfekte Willkommensparty.

Und nichts könnte mir das Gefühl geben, willkommener zu sein.

Abgesehen vielleicht von der Zunge zwischen meinen Beinen.

16

Die Clubs auf der Insel sind so ziemlich wie die in den USA.

Außer dass man hier allen vertrauen kann, weil sie überprüft wurden und sie eher auf Sex als auf Musik aus sind.

Hier muss man nicht mit der Enttäuschung rechnen, dass die eigenen Erwartungen nicht erfüllt werden, wenn man jemanden mit nach Hause nimmt, in der Hoffnung, dass er oder sie auf die gleichen Sachen steht wie man selbst.

Sicher muss der andere nicht zwingend auf all die gleichen Sachen stehen, aber dann verurteilt er einen nicht deswegen. Das bedeutet dann einfach, dass man möglicherweise einen devoten statt einen dominanten Partner aufgerissen hat. Jedenfalls lauert hier weniger Gefahr und mehr Nervenkitzel.

Oder vielleicht bin ich auch einfach weniger wachsam, weil ich heute Nacht ordentlich gevögelt werden will.

Der Mann, der mich von der anderen Seite der Bar anstarrt, hält meinem Blick stand. Seine Haare sind ein wenig lang für meinen Geschmack, aber er ist glatt rasiert, und man erkennt gut die markanten Züge seines Kiefers und das kleine Grübchen an seinem Kinn. Bärte sind ja seit ein paar Jahren schwer im Trend, allerdings habe ich einige »Mit Bart kontra ohne Bart«-Fotos von Typen gesehen, und obwohl ich glatt rasierte Typen bevorzuge, können Bärte durchaus einige Makel verbergen.

Dieser Typ scheint keine zu haben.

Er nippt vornehm an seinem Scotch, und die Schliffe seines Kristallglases werfen eine bernsteinfarbene Lichtbrechung der Deckenleuchten auf die dunkle Bar. Ich ziehe eine kleine Show ab, indem ich lasziv an meinem Wodka Soda nippe und mit der Zunge an der Spitze meines Strohhalms verweile, damit er die Anspielung versteht.

Er beobachtet mich noch eine Weile mit leicht geneigtem Kopf, bevor er aufsteht und zu mir herüberkommt. Seine dunklen Augen erinnern mich an das angenehme Gefühl von dunkler Schokolade, die auf meiner Zunge zergeht. Als er mir die Hand hinhält, ergreife ich sie. Ich möchte eine Kostprobe der Orte bekommen, an die er mich bringen wird. Anstatt mich zu führen, hebt er mich hoch und trägt mich, als wäre ich eine Jungfrau in Not. Ich muss innerlich lachen.

Ich lasse mich von ihm einen Gang aus gewölbten Bögen und tiefvioletten Wänden entlangtragen, als triebe ich in einer Strömung, vorbei an Türöffnungen, die mit wallenden Stoffen in leuchtenden Farben verhängt sind. Am Ende des Ganges kommen wir in einen Raum, der vom Rest durch einen durchscheinenden orangen Vorhang abgetrennt ist. Eine violett-goldene Tapete mit marokkanischem Muster schmückt die Wände des kleinen runden Zimmers.

Darin ist es warm, beinahe schwül. Vielleicht fühlt es sich aber auch nur so an. Denn insgeheim rechne ich damit, von einem nach Jasmin duftenden Nebel umhüllt zu werden, sobald der raschelnde Stoff die Tür hinter uns verhüllt und uns zwar Privatsphäre, aber keine Sicherheit beschert. Dieses Setting bringt mich auf den Gedanken, dass da jemand nur darauf wartet, uns zuzusehen – oder uns längst beobachtet. Diese Vorstellung stößt mich nicht ab, aber sie gibt mir auch nicht den Kick des Neuen, da ich so etwas schon gemacht habe.

Vor ungefähr einem Jahr hatte ich etwas mit einem Voyeur und riss mir in einem Stripclub zwei Typen zum Poppen auf. Er versteckte sich im Wandschrank, während ich mich bemühte, die beiden dazu zu bringen, mich gleichzeitig zu ficken, aber sie waren Schisser und machten auf Machos, als wäre es ein Ding der Unmöglichkeit, dass sie sich gegenseitig nackt sehen.

Mein Spanner-Freund versteckte sich noch immer im Schrank, also versuchte ich die beiden Freunde einen nach dem anderen im Schlafzimmer zu vögeln – denn sie wollten mich nicht mal dann poppen, während sich der jeweils andere im selben Raum befand, als würde sie das zu Schwulen machen oder so. Also vögelte ich mit einem der Typen, und der ging danach raus, bevor sein Freund reinkam. Aber bevor wir loslegten, verließ ich noch mal das Zimmer. Um was zu trinken? Zu pinkeln? Hab ich vergessen. Doch als ich wieder zurückkam, stand der zweite Kerl schon im Wohnzimmer und erzählte dem ersten aufgeregt, dass da jemand im Schrank sei. Und der erste Typ meinte: »Was redest du da? Da ist kein Kerl im Schrank.«

Es gelang mir, den ersten Typen davon zu überzeugen, dass der zweite bloß super besoffen sei und nur Quatsch rede und er ihn deshalb besser nach Hause bringen solle. Der zweite Typ schickte mir zwar die ganze Zeit tötende Blicke, war aber zu verunsichert, als dass er sich noch etwas zu sagen getraut hätte.

In dem Fall war es nicht geil, weil der zweite Typ es vermasselt hat. Man sollte meinen, er hätte kapiert, dass es sich bloß um einen harmlosen Spaß handelte, weil seinem Kumpel ja nichts Schlimmes passiert war. Jedenfalls war es eine Pleite, aber nicht das erste – oder letzte – Mal, dass ich so etwas für einen Typen machte, mit dem ich was hatte. Ich habe mich auch oft gefragt, ob Marcus vielleicht etwas Ähnliches mit Anna gemacht hat.

Der Typ heute stellt mich wieder auf die Füße, hält mich aber weiter fest an sich gezogen, sodass ich seinen harten Schwanz an meiner Hüfte spüren kann. Ich reibe ihn durch die Hose, wohl wissend, dass der Stoff das Vergnügen dämpft, es fader und weniger befriedigend macht und in ihm das Verlangen nach mehr weckt.

Ich möchte es langsam angehen, um etwaigen Zuschauern eine bessere Show zu liefern. Also fasse ich ihm von vorne in die Hose, umschließe seinen stattlichen Schwanz mit den Fingern und drücke ihn leicht, da der Stoff mir nicht genug Platz lässt, ihn so zu streicheln, wie ich möchte und wie er es sich wünschen würde. Er fühlt sich warm und seidig an.

Als er sich vorbeugt, um mich zu küssen, drücken seine Hände meine Pobacken fest zusammen. Doch bevor unsere Lippen sich treffen, räuspert sich jemand hinter mir auf diese unangenehm krächzende Weise, wie Leute es tun, wenn sie unsere Aufmerksamkeit erregen wollen, ohne etwas zu sagen.

Ich drehe mich um und schaue den Eindringling an. Er sieht gut aus, ist Ende fünfzig oder Anfang sechzig und achtet offensichtlich gut auf sich. Er hat die Statur von jemandem, der früher viel Krafttraining gemacht hat oder Profisportler war, dann aber Geschäftsmann wurde und bloß noch am Wochenende Sport treibt und es ein wenig zu ernst nimmt.

Die Zornesfalte zwischen seinen Augen unterstreicht den Eindruck, als könne er niemals nur zum Spaß eine Runde Racquetball oder Golf spielen. Er würde auf dem Platz eher an seinem Abschlag arbeiten, als Kontakte mit seinen Mitspielern zu pflegen. Die Art, wie er mich ansieht, jagt mir einen Schauder über den Rücken.

Nicht gerade Angst, aber eine alarmierte Wachsamkeit, die allen meinen Instinkten und jeder einzelnen Nervenendung in meinem Körper sagt, sie sollten sich besser bereithalten, denn die Dinge könnten ganz schnell ernsthaft aus dem Ruder laufen.

Er ist Mr. X. Ich weiß es.

»Catherine. Was hältst du von diesem Ort?« Er breitet stolz die Arme aus und lässt damit deutlich durchblicken, dass all das ihm gehört oder er hier zumindest einer der Hauptakteure ist. Vielleicht meint er die Kolonie, vielleicht nur den Club.

Doch er verhält sich, als bemerke er gar nicht, dass ich gerade den Schwanz eines anderen Typen in der Hand habe, und das ist seltsam. Mir fällt auch auf, dass er weder fragt, wie ich hierhergekommen bin, noch überrascht zu sein scheint, mich in einem der Hinterzimmer seines Clubs zu treffen, obwohl er das eigentlich sein müsste. Außer wenn er mich schon eine ganze Weile beobachtet hat. Natürlich hat er das.

Ich lasse den Schwanz des Fremden los und wische meine Hand verstohlen an einem Kissen neben mir ab. »Ich bin zufällig Penelope begegnet, in meinem Hotel auf dem Festland. Sie hat mich hierher eingeladen. Ich kann nicht behaupten, dass ich darüber traurig gewesen wäre …« Ich grinse und versuche der Situation mit Humor zu begegnen.

Er zieht die Augenbraue hoch. Habe ich's verbockt? Aber warum sollte ihn das jucken? Haben er und Penelope Probleme miteinander, oder wollte er einfach nur derjenige sein, der mich mit all dem bekannt macht und mich selbst in diese Kolonie einführt? Ich habe noch keinerlei sexuelle Spannungen bei ihm wahrgenommen, also kann es keine Eifersucht sein, oder doch?

Mr. X macht eine ruckartige Kopfbewegung Richtung Tür, und der Typ, mit dem ich hergekommen bin, geht aus dem Zimmer und lässt Mr. X und mich alleine.

»Ich freue mich, dass du bei unseren Mitgliedern so schnell Anschluss findest, aber dieser Ort ist nicht ohne ... Gefahren.«

Ich runzle die Stirn. »Ich weiß nicht so recht, was Sie meinen. Bis jetzt waren alle sehr nett.« Ich stelle mich dumm und schaue, worauf das hinausläuft.

»Es hat einen Grund, warum ich dich hergeholt habe. Damit du über die Konferenz berichtest. Vielleicht erfährst du ...«, er macht eine Handbewegung, als suche er nach Worten, »... einige Dinge.«

»Was für Dinge?«, frage ich mit erwachender Neugier. Endlich kommen wir zu seinen wahren Absichten.

Plötzlich wird sein Blick stumpf und düster, und er betritt meine persönliche Distanzzone. »Das tut nichts zur Sache. Ich habe dich hergeholt, damit du die Geschichte schreibst, die ich will.«

»Und wenn nicht?«

Sein Lächeln offenbart perfekte Zähne, erreicht aber nicht seine Augen. »Das hier ist meine Welt. Und in meiner Welt haben Leute, die Schwierigkeiten machen, die seltsame Angewohnheit zu verschwinden. Frauen, die mir Kummer bereiten, haben da eine Sache gemeinsam ... sie sind plötzlich weg und werden dann später irgendwo gefunden oder tauchen nie mehr auf. Du möchtest doch nicht eine der Frauen sein, deren Geschichten du erzählst, Catherine?«

Hat er damit gesagt, dass er Inana umgebracht hat? Und Anna auch? Der Mistkerl grinst, als würden wir uns gerade köstlich amüsieren. Seine Augen funkeln vor Heiterkeit. Ich habe schon Männer kennengelernt, die Mistkerle waren, und Männer, die viel Macht hatten, aber noch nie einen, bei dem ich mir ernsthaft hätte vorstellen können, dass er fröhlich vor sich hin pfeifend über meine Leiche steigt, um sich seinem nächsten Opfer zu widmen.

Ich bekomme am ganzen Körper Gänsehaut, als er fast großväterlich mein Kinn tätschelt, bevor er das Zimmer verlässt und mich mit seinen Drohungen und meinen Fragen zurücklässt.

Ich glaube nicht, dass er blufft, aber ich frage mich, ob er wirklich der Mann war, mit dem Anna sich traf, und ob er auch der Grund war, warum sie verschwand. Vage Drohungen stellen nicht unbedingt eine echte Gefahr dar, und ich bezweifle stark, dass Anna irgendjemanden wegen seiner Perversionen bloßgestellt hätte, wo sie doch selbst bis zum Hals darin steckte.

Ich stehe starr da, noch immer nicht sicher, ob ich beobachtet oder gefilmt werde, und meine Gedanken rasen so schnell wie mein Puls. Nach ein paar tiefen Atemzügen setzt sich meine Vernunft wieder durch. Er wird mich nicht umbringen. Ich habe selbst mächtige Freunde. Ich bin an einem sicheren Ort. Ich habe mir meinen Platz hier verdient.

Also, was hat es mit Mr. X auf sich? Was zieht er aus Beziehungen mit anderen Menschen? Ich versuche aus dem Kerl schlau zu werden. Warum gibt er sich so distanziert und mysteriös, will aber gleichzeitig an meiner Arbeit und meinem Leben teilhaben, wenn auch nicht im romantischen Sinne? Es schien ihn nicht verärgert zu haben, dass ich hier bin, sondern dass Penny – oder irgendjemand anderer als er selbst – mich hergebracht hat. Will er, dass ich mich ihm gegenüber verpflichtet fühle?

Wenn man in der Schuld von jemandem steht, dann hat derjenige auch ein gewisses Maß an Kontrolle über einen. Es besteht ein Missverhältnis, das früher oder später ausgeglichen werden muss. Das muss es sein. Das Einzige, was sich für mich daraus folgern lässt, ist, dass er einen Machtfetisch hat. Er glaubt, ich sei sein Spielzeug. Seine Schachfigur. Er möchte das Gefühl haben, dass er mich in gewisser Weise »gemacht hat«. Doch er mag mir vielleicht die Gelegenheit verschafft haben, aber den Artikel habe ich selbst geschrieben, und das kann er mir nicht nehmen. Schlimmer ist: Er hatte Vergnügen daran, durch die Veröffentlichung dieses privaten Videos meinen Ruf aufs Spiel zu setzen, besonders mein Ansehen innerhalb der Branche. Es war definitiv nichts Sexuelles. Er ist wie ein reicher Typ oder ein berühmter Musiker, der ein Mädel gut findet und es mit auf Welttournee nimmt, nur um sie auf dem Weg von Location zu Location bequem vögeln zu können. Dieser Typ hat das Geld und die Mittel, alles zu tun, was er will, und das ist es, was er daraus macht.

Er wollte das Gefühl haben, mich groß rausgebracht zu haben, damit sein Versuch, meine Karriere – und mich – zu zerstören, indem er das Band in Umlauf brachte, am Ende noch befriedigender für ihn war.

Das gibt ihm den Kick.

Ein Machtfetisch eben.

Es war nie Dominick, wegen dem ich mir Sorgen oder den ich dafür verantwortlich machen musste. Es war immer X.

Und bis ich weiß, wie ich damit umgehen soll, ist es das Beste, ihm nicht das Gefühl zu geben, dass er gewonnen hat, sondern ihn glauben zu machen, das alles jucke mich gar nicht. So bleibe ich ihm in Erinnerung.

Wenn die Katze glaubt, die Maus sei tot, sucht sie sich eine andere Maus, mit der sie spielen kann. Aber vorerst muss ich ihn bei der Stange halten.

Denn ich bin noch nicht fertig mit Mr. X. Und er soll wissen, dass er mich nicht so leicht einschüchtern kann. Männer wie er laben sich an der Angst, sie lechzen danach wie nach einer Droge. Wenn man sie ihnen gibt, dann wollen sie immer mehr, und wenn sich der Kick des Neuen abgenutzt hat, tun sie alles für eine noch stärkere, bessere Reaktion beim nächsten Mal. Aber niemand weidet sich an mir, außer ich will es so.

Und falls mich gerade weitere Leute beobachten, dann sollen sie etwas anderes zu sehen bekommen als vor Angst schlotternde Knie. Was geschehen soll, geschieht, ob ich Angst habe oder nicht.

Da kann ich genauso gut Spaß haben.

Der Typ, dessen Schwanz ich eben in den Fingern hatte, sitzt wieder an der Bar, und ich nehme ihn bei der Hand und ziehe ihn in ein anderes Zimmer, in der Hoffnung, dass dort nicht schon jemand ist.

Er muss jetzt dafür herhalten, dass ich mich besser fühle, wieder die Kontrolle über etwas gewinne, und sei es nur für einen Moment. Und manchmal ist der beste Weg, die Kontrolle wiederzuerlangen, indem man sie aufgibt.

In dem Zimmer befindet sich ein glänzendes schwarzes Geschirr, das einsatzbereit an ein paar Haken von der Decke hängt. Mein Partner zieht mich aus und schnallt mich in das Geschirr wie ein Pony vor eine Kutsche. Hoffentlich pflügt mich der Wichser ordentlich durch, sonst muss ich ihn noch anpeitschen.

Ich stecke die Beine bis zu den Oberschenkeln durch die Schlaufen, sodass sie meine Beine weit spreizen und meine Muschi offenlegen, während ich in der Luft baumle. Er hebt meine Hände über meinen Kopf und schlingt weitere Lederriemen um meine Handgelenke und Ellenbogen, sodass ich festgezurrt bin und er mich beliebig herumschwingen kann. Ich sehe alles in dem Spiegel vor mir und weiß, dass es ein venezianischer Spiegel ist.

Es geht ja nicht bloß darum, dass wir uns selbst betrachten können. So prosaisch ist es nie, oder?

Aus meinem niedrigeren Blickwinkel erkenne ich, wie sich sein Schwanz wieder durch seine Hose durchdrückt, und dieser Anblick lässt mir das Wasser im Munde zusammenlaufen. Es fühlt sich an, als hätte ich seit Ewigkeiten nicht mehr gevögelt.

Er strippt für mich, lässt sich Zeit, streift seinen Schwanz an der Innenseite meines einen Schenkels nach oben und am anderen wieder hinunter, ohne dass er meine Schamlippen berührt. Er schiebt sich hinter mich, und ich beobachte im Spiegel, wie er mit meinen Nippeln spielt. Dadurch, wie meine Arme über meinem Kopf befestigt sind, springen die Brüste hervor, und ich werde immer feuchter beim Anblick meiner vor Verlangen glänzenden Schamlippen.

Wenn man sich selbst beim Vögeln beobachtet, ist es anfangs immer eine Überraschung. Sieht man im

Orgasmus das eigene Gesicht, möchte man es lieber vor dem nächsten Mal eine Weile vor dem Spiegel üben. Manche wirken wie geschockt, als wären sie vom Höhepunkt überrumpelt worden, obwohl er sich schon die ganze Zeit aufgebaut hat – was ja auch von Anfang an das Ziel der Sache war. Andere lächeln und scheinen dabei so verdammt glücklich darüber zu sein, mal wieder gevögelt zu werden, dass ihre Gesichter sich zu einem deplatzierten dämlichen Grinsen verziehen. Aber die meisten Leute sehen wütend aus. Sex ist nicht hübsch. Sondern geil.

Dasselbe gilt für Musiker. Haben Sie schon mal einen Gitarristen gesehen, der total in sein Spiel versunken ist? Der sich auf die Lippen beißt, eine Grimasse schneidet und den Kopf nach hinten wirft? Und Sänger können die bescheuertsten Gesichter überhaupt machen. Sie verzerren ihre Gesichtsmuskeln, als sei es ein Wettbewerb. Sie bekommen ein Doppelkinn, wenn sie einen ganz tiefen Ton anschlagen, und reißen die Augen weit auf, wenn sie eine hohe Note treffen wollen. Bei Bluessängern glaubt man oft, sie röchen gerade etwas Fürchterliches, und wir lieben es.

Aber das ist Kunst. Nicht immer hübsch, doch tiefgründig und sexy und kraftvoll.

Plötzlich überrascht er mich damit, dass er in die Hocke geht und einmal mit seiner flachen Zunge über meine Muschi leckt. Ich zucke zusammen, denn nachdem die Luft meine Vulva abgekühlt hat, verbrennt mich sein Mund fast, obwohl ich feucht und für alles bereit bin, was er mir geben will.

Von dem Geschirr gehalten, berührt er mich lediglich mit seinem Mund. Seine Zunge stochert um meinen Kitzler herum wie ein Miniphallus mit besten Absichten, aber schlechter Umsetzung. Trotzdem fühlt es sich gut an. Die Riemen graben sich in meine Pofalte. Es ist seltsam, so zu schweben, ohne Bodenhaftung, ohne ein Bett unter sich, und nichts zu spüren als das Lecken und Saugen dieses Fremden, der möchte, dass es sich gut für mich anfühlt.

Es macht einen großen Unterschied, ob man Sex mit jemandem hat, den man einfach anziehend findet, oder mit jemandem, den man liebt und dem man vertraut. Manchmal ist man risikobereiter, wenn man nicht befürchten muss, dass der Sex Auswirkungen auf das Gleichgewicht innerhalb der Beziehung haben könnte. Machtverschiebungen im Schlafzimmer können sich auch außerhalb auswirken. Das sollten sie nicht und werden es vermutlich auch nicht, aber es ist alles eine Frage der Wahrnehmung.

Männer, mal ehrlich, wenn ihr einmal Pegging ausprobieren wolltet, würdet ihr dann einfach eure Freundin fragen, oder würdet ihr befürchten, sie könnte denken, ihr seid schwul?

Und Ladys, würdet ihr ihn bitten, euch im Bett seiner kleinen Schwester zu vögeln, oder hättet ihr Sorge, er könnte denken, ihr seid krank, und würde euch dann anders betrachten?

Da kann es viel einfacher sein, einen Fremden zu bitten, diese Dinge mit einem zu machen, weil es einem da egal ist und man ihn wahrscheinlich eh nie wiedersieht. So kann man sich das Hirn rausvögeln und fröhlich weiterziehen, ohne die Konsequenzen tragen zu müssen. Man muss sich nicht fragen: *Wenn ich ihn bitte, mich zu würgen, und ich ihn Daddy nenne, weiß er dann, dass es nur dieses eine Mal und nur im Bett ist, weil ich mich ihm ja sonst nicht unterordnen will?*

Schon komisch, dass man manchmal mit Fremden echter sein kann.

Andererseits sollte man die tiefe Verbindung, die nur dadurch entsteht, wenn man jemanden kennt, liebt und vertraut, unbedingt auch erleben. Wenn die Person genau weiß, was man möchte, ohne dass man es ihr sagen muss, kann man sich sicher fühlen und sich gehen lassen, denn sie würde nie zulassen, dass man verletzt wird, und nichts tun, was einen gefährdet. Diese Geborgenheit, die sich wie ein Nachhausekommen anfühlt, macht die rein körperliche Vereinigung zu etwas eher Spirituellem und Emotionalem.

Dann vögelt man nicht, sondern macht Liebe.

Es gibt nicht vieles, das an diese Intensität heranreicht.

Aber die gesteigerte Wahrnehmung, wenn man auf einer geheimnisvollen Insel irgendwo in Mittelamerika hochgeschnallt einem Fremden ausgeliefert ist, kommt dem schon ziemlich nahe.

Ich kann noch nicht mal seinen Kopf zwischen meine Schenkel pressen, während ich versuche, mich wie verrückt an seinem Mund zu reiben, damit ich endlich komme, und mir fast den Hals verrenke, um zu sehen, wie ihm mein Saft das Gesicht verschmiert, während er es zwischen meinen Schenkeln vergräbt.

Ich nehme eine schnelle Bewegung hinter dem venezianischen Spiegel wahr – vielleicht ist es aber auch nur ein Blutgefäß am Rande meines Sichtfeldes, das zusammen mit meinem Puls zuckt, der immer schneller wird, als mein Partner mit dem Finger erst eine spiralförmige Drehung macht und dann kurz in mich vorstößt. Es könnte jemand zusehen. Zusehen, wie dieser Mann mich lutscht, und meinen Gesichtsausdruck dabei beobachten. Ich lecke mir genüsslich über die Lippen, während er meine leckt.

Ich mag es, wenn ich mein Gesicht sehen kann. Wenn ich sehe, was sie sehen, während sie mir zuschauen und sich möglicherweise dazu einen runterholen.

Druck baut sich in mir auf, und ich werfe den Kopf in den Nacken.

Doch ein Teil von mir kann nicht loslassen, weil Mr. Xs Worte in meinem Kopf nachhallen. Das war keine Prahlerei, sondern eine echte Drohung.

17

Ich sitze an der Bar eines Clubs und trinke stark nach Zitrone schmeckendes Mineralwasser mit einem schwarzen Strohhalm. Ich war auf dem Nachhauseweg von einer Trainingseinheit mit Penelope, als ich an dem Laden vorbeikam.

Die Musik zog mich an, und als ich den Club betrat, merkte ich, dass es ein Liveorchester ist, bloß dass sie elektronische Instrumente anstatt der akustischen spielen und alles mit einem pulsierenden Beat unterlegt ist. Ein bisschen wie eine Mischung aus Dvořák und Drum 'n' Bass, modern und klassisch zugleich und so eingängig, dass man sich dem nicht entziehen kann, wenn man es erst einmal gehört hat. Die Musiker sind auch interessant anzusehen. Sie sind gekleidet wie untote viktorianische Schnösel, mit Perücken und Schnallen an den Schuhen.

Mir gefällt es hier.

Es ist nicht riesig. Die Wände sind schwarz und die Decke und der Boden grellweiß, fast glänzend genug, dass man sich darin spiegeln kann. Es hat den Anschein, als befinde man sich in einem endlosen Raum, und oben und unten, an Decke und Boden huschen Bewegungen, als wuselten Horden von Geistern herum, die nicht entkommen können. Irgendwie stelle ich mir so das Fegefeuer vor, und wir hier in der Bar warten auf unseren endgültigen Bestimmungsort.

Oben oder unten.

Es riecht nach Schweiß und Rauch und etwas anderem, als wären Aromaöle zu lange erhitzt worden. Süßlich verbrannt. Dieser leichte Hauch von Zersetzung hinter der Frische trägt noch zur Atmosphäre des Ganzen bei.

Eine junge Frau liegt auf einer Plattform zu einer Seite, aber nicht direkt an der Wand. Sie ist umringt von ungefähr zehn Leuten, der Star dieser halbprivaten Darbietung, doch sie scheint schreckliche Angst zu haben. Ich gehe näher hin, um besser sehen zu können. Ihre Arme zittern, und sie gibt klägliche Wimmerlaute von sich, die mir einen Schauer über den Rücken jagen.

Ich möchte, dass sie sich selbst überwindet und sich dieser Erfahrung hingeben kann, ihren tief verborgenen Gelüsten. Denn dieser Ort ist nichts für jedermann, es ist ein hart erkämpftes Privileg, hier sein zu dürfen, und sie vertut ihre Chance. Schließlich wollen die anderen sie nicht umbringen. Ich habe diese Gesellschaft von ihrer dunkelsten Seite kennengelernt, aber alles hier geschieht einvernehmlich. Alle Opfer hier geben sich freiwillig ihrer Fantasie hin und haben ein Safeword.

Die Kolonie bietet die Illusion von Gefahr, aber niemand will dem anderen wirklich etwas Böses … außer Mr. X. Dieser Ort ist sicher, nur eben nicht privat, und sie muss ihre Ängste überwinden, wenn sie es im Leben zu irgendetwas bringen will.

Im Ernst, wer hat die kleine Anfängerin überhaupt eingeladen? Ich schleiche mich näher heran, verärgert über ihren Mangel an Dankbarkeit, der nicht Teil einer Inszenierung zu sein scheint.

Ich fange an, das Gemurmel der Leute um sie herum zu registrieren. Sie beschimpfen sie, fragen sie, wie sie es wagen könne zu glauben, sie verdiene es, hier unter ihnen zu sein, beleidigen sie, ziehen über alles her, von ihrem Aussehen bis hin zu ihrer offensichtlichen Unerfahrenheit. Ich ertappe mich dabei, wie ich mich selbst über sie beuge und mit einstimme. Es geht nicht darum, sie niederzumachen, sie soll lediglich ihre eigenen Grenzen überwinden. Manchmal braucht es da einfach jemand anderen, der zum ersten Schlag gegen diese Barriere ausholt.

Plötzlich ändert sich die Stimmung, auf das Nicken eines hochgewachsenen Mannes mit blutroter Krawatte hin, der offenbar der Anführer dieser Gruppe ist. Er beginnt ihre Schultern zu streicheln, und sie entspannt sich bei seinen Berührungen sichtlich. Daraufhin fängt auch der Rest von uns an, ihre nackte Haut mit beruhigenden Bewegungen zu streicheln.

Ich hatte sie für eine Dramaqueen gehalten, doch ihre Gänsehaut beweist, dass ihre Angst real ist. Meine Geringschätzung verfliegt ein wenig und lässt meine Berührungen einfühlsamer werden.

»Was sind deine tiefsten Ängste?«, fragt der Mann sie, dicht über sie gebeugt. »Abgesehen von Erniedrigung?«

»Die Kontrolle zu verlieren«, erwidert sie und versucht die Tränen zurückzuhalten.

Er gibt einer Frau bei ihren Füßen ein Zeichen, und diese bindet ihre Beine gespreizt fest, während er ihr die Handgelenke über dem Kopf fesselt.

Interessant.

In der Nähe steht ein großer Tropfzylinder, gefüllt mit einer Flüssigkeit - Urin -, und ich erkenne erst, worum es sich handelt, als sich die Frau bei seinem Anblick fast übergeben muss. Ich frage mich, ob vorher alle Anwesenden hineingepinkelt haben oder ob eine Person über Tage ihren Urin für diesen Zweck gesammelt hat. Jeder entnimmt eine Handvoll Urin aus dem Zapfhahn und gießt ihn über die Frau, bis sie über und über mit der beißenden Flüssigkeit beschmiert ist und heftig schluchzt.

Einige Männer und Frauen verteilen aus einem Behälter winzige, leuchtend bunte eiförmige Vibratoren an Schnüren. Wir nehmen uns jeder ein paar davon und ziehen sie über ihren zitternden Körper.

Ich lege ihr einen an den Hals, sodass das Gewicht des vibrierenden Eis auf ihrer Kehle lastet, aber nicht so fest, dass sie keine Luft mehr bekäme, ich will ihr nur diese Möglichkeit klarmachen. Sie schließt die Augen und atmet langsamer, zwingt sich selbst, ruhig zu bleiben. Ein Teil von mir möchte fester drücken, um ihre Panik zu verstärken, damit sie auf einer tieferen Ebene damit konfrontiert wird, aber ich tue es nicht. Vorerst ist es genug.

Die bunten Eier gleiten über ihren ganzen Körper, entspannen die Muskeln, stimulieren die Haut, bevor wir sie in sie einführen. Wir stecken ihr die winzigen Eier in die Muschi und den Hintern und zupfen ruckelnd an den Schnüren, um sie rasend zu machen.

Jetzt, wo sie geil ist und sich windet, innen und außen ganz feucht, flüstern wir ihr erneut dieselben Beleidigungen zu, vermischen die Erniedrigung mit Lust, und mit einem breiten Lächeln und lautem Stöhnen verlangt sie nach mehr.

Viel mehr.

Wir überschütten sie mit Aufmerksamkeit, streicheln, reiben und stimulieren sie. Der Mann, der ihr Meister ist, nimmt die Vibratoren aus ihrer Muschi und fistet sie, bis sie sich schreiend windet ... und dann mit einem vollkommen leeren, glücklichen Gesichtsausdruck die Grenze zum Himmel der Subs überschreitet. Ich lächle voller

Stolz auf sie, als ich sie so entrückt sehe. Die verängstigte Rekrutin hat sie hinter sich gelassen.

Es hat nicht lange gedauert, aber nur, weil sie sich letztlich dazu entschlossen hat, die Erfahrung als das zu akzeptieren, was sie ist: ein Geschenk. Wer weiß, wie lange wir hätten fortfahren müssen, wenn sie sich weiter gesträubt hätte. Vielleicht hätte sie auch vorher abgebrochen. Aber sie hat ihre Angst und Unentschlossenheit überwinden und zur Lust durchstoßen können, die sie dann geradezu verschlang.

Nun entkleiden sich die Umstehenden und übergießen sie mit Urin. Sie schieben ihr den Tropf zwischen die Lippen. Dann bildet sich zu Füßen der Frau eine Schlange aus allen an dieser Szene Beteiligten. Als Nächstes wird sie, voll von Flüssigkeiten, nacheinander mit jedem und jeder von ihnen vögeln. Und wenn die letzte Person fertig ist, wird der Boden voller Pfützen aus Urin, Tränen, Schweiß und Sperma sein.

Ich beschließe, an dem großen Geficke nicht teilzunehmen. Obwohl sie und die Szenerie mir gefallen haben, ist Sex nicht das, worauf ich heute Abend aus bin.

Ich gehe ins Bad. Mein Höschen ist nass. Ich wasche mir die Hände und kehre zurück zur Bar.

Während ich weg war, sind ein paar neue Leute aufgetaucht, doch besonders ein Mann springt mir ins Auge. Er sitzt in der Nähe der Bar in einem plüschigen roten Samtsessel, und neben ihm hockt eine zarte Frau in einem makellosen weißen Hosenanzug.

Vor ihnen ist ein kleines Festmahl aufgebaut, während sie das Treiben im Raum beobachten. Sind die beiden Voyeure, und dies ist ihre Vorstellung von einem romantischen Dinner?

Irgendetwas ist anders an der Art, wie sie das Essen genießen. Sie machen fast eine Show daraus. Ich habe mich getäuscht. Ich dachte, sie seien Voyeure, aber ich glaube, in Wahrheit warten sie bloß auf ihren Moment. Und ihr Publikum. Als er meine Blicke spürt, lächelt mir der Mann zu.

Er nimmt eine Auster und ein kleines Messer und schiebt die Klinge zwischen die beiden Hälften der Schale, um das Fleisch daraus zu befreien. Er nimmt die obere Hälfte ab und legt sich die andere, mit dem Austernfleisch darin, in seinen nackten Schoß, eingeklemmt zwischen seinem Schwanz und den Hoden. Die Frau kriecht vor und schlürft das Fleisch aus der Muschelschale, ohne ihre Hände einzusetzen. Dann kehrt sie an ihren Platz zurück, und der Austernsaft rinnt ihr vom Kinn. Er wischt ihn ihr zärtlich ab.

Er nimmt noch eine Auster, um das Ganze zu wiederholen, doch er schneidet sich an der Muschel und blutet. Die Frau scheut sich nicht vor Blut. Sie nimmt seinen Finger und drückt sich den Schnitt an die Brust überm Herzen, sodass er einen perfekten purpurfarbenen Fleck auf ihrem makellos sauberen Oberteil hinterlässt. Mit der anderen Hand füttert sie ihn mit der Auster des Anstoßes, während er unterm Tisch bedächtig seinen Schwanz massiert.

Sie machen wirklich eine Show daraus. *Das* ist es, was sie scharf werden lässt. Ich wundere mich immer wieder aufs Neue über die unendlichen Fetischvarianten, die es auf der Welt gibt. Da ist wirklich für jeden etwas dabei.

Ihre erotische Vorliebe für Essen erinnert mich an den japanischen Film *Tampopo* von Juzo Itami. Ich frage mich, ob sie ihn gesehen haben.

Ich selbst wäre nie auf solche Ideen gekommen oder hätte Essen so in mein Sexleben integriert. Für mich dient Essen einfach der Nahrungsaufnahme. Es erregt mich nicht, auch wenn es durchaus ein intensives Erlebnis sein kann. Die cremige Konsistenz eines perfekten Käsekuchens. Die Art, wie Ceviche einem auf der Zunge brennen kann. Die perfekte herzhafte Knusprigkeit von gebratenem Speck und sein Geruch, der einen in Erinnerungen an die Frühstücke der Kindheit schwelgen lässt.

Essen ist sinnlich. Es kann einen zurückversetzen in den Moment, als man ein bestimmtes Gericht zum ersten Mal - oder das letzte Mal - gegessen hat. Man erinnert sich daran, was man gegessen hat, als einen der Partner zum Mittagessen eingeladen hat, nur um an einem öffentlichen Ort mit einem Schluss zu machen. Man kann die furchtbar faden Eiersandwiches auf der Beerdigung der Großmutter nicht vergessen, aber irgendwie passte es, denn man hat sie geliebt, und jetzt war sie fort, und dieser ganze Tag hatte sowieso etwas Dumpfes an sich.

Die Pommes, die man sich mit den besten Freunden zu Schulzeiten geteilt hat. Mamas berühmter Sonntagsschmorbraten. Das unvergessliche Aroma von frisch gebackenem Brot aus der Bäckerei, an der man jeden Morgen auf dem Weg zur Arbeit vorbeikommt. Es ist ein sinnliches Erlebnis, und es durchdringt buchstäblich jeden Tag des Lebens. Manche Leute schlemmen zügellos, andere sind besessen von der Vorstellung, zu viel zu haben, und beschränken sich aus reiner Fixiertheit oder aus einer Notwendigkeit heraus. Aber essen muss man.

Trotzdem kann es auch sexy sein. Wer hat sich nicht von einem geliebten Menschen mit einer Schokoerdbeere füttern und sich dann den Saft begierig von den Lippen küssen lassen? Wie viele von uns haben sich schon mal mit warmer Schokosoße übergießen und sie sich dann vom Körper lecken lassen? Oder vielleicht auch nur einen kühlen Schuss Sprühsahne genossen, weil das am nächsten Tag viel leichter aus dem Bettzeug zu bekommen ist? Verdammt, es gibt sogar essbare Höschen. Wir sind gierig, unersättlich und hungern nach Nahrung, nach Erfahrung.

Aber es geht ja nicht allein darum, was *wir* im Bett wollen, sondern auch darum, was unsere Partner wollen. Manchmal werden Dinge, von denen wir uns nie hätten träumen lassen, dass wir sie je ausprobieren würden ... erregend, wenn wir sie mit jemandem machen, der dafür extrem empfänglich ist oder den eben diese Sache unglaublich anmacht. Wenn jemand anderes es so erregend findet, kann dieses Gefühl sich auf uns übertragen. Hatten Sie je Hemmungen, sich bei Licht Ihrem Partner nackt zu zeigen? Aber dann machte Sie die Anziehung, die Sie auf ihn ausübten, so an, dass Sie Ihre Unsicherheit komplett vergaßen, stimmt's? Das ist genau dasselbe, bloß in diesem Fall vielleicht ein bisschen extremer.

Ich gehe an die Bar und frage den Barkeeper, ob er Eier dahat. Ohne mit der Wimper zu zucken, reicht er mir eines, ist offenbar an solche Wünsche gewöhnt.

Ich beuge mich zu der Frau hinunter und flüstere ihr etwas ins Ohr. Ich merke, dass ihr Begleiter wohlwollend, aber auch ein wenig argwöhnisch reagiert. Verständlich, denn er weiß ja nicht, ob ich Ärger machen will oder meine Grenzen übertreten und sein Date abschleppen werde. Im Gegenteil, ich will ihnen ein Erlebnis verschaffen – vor allem ihm, denn mir scheint, er ist der wahre Essensfetischist an diesem Tisch. Doch er wird kein Vergnügen daran finden, wenn seine Begleitung nicht weiß, was ich vorhabe, also sage ich es ihr.

Ihre Augen weiten sich begeistert, und sie nickt, um mir zu signalisieren, dass ich fortfahren soll.

Ich schlage das Ei vorsichtig gegen die Tischkante und bohre meine Daumennägel in die zerbrochene Schale. Dann breche ich sie vorsichtig in zwei Hälften, bevor ich das Eiweiß auf die glänzende schwarze Tischplatte tropfen lasse, damit sie nachher mit dieser wie Sperma aussehenden Sauerei spielen können.

Ich trenne das Eigelb vollständig vom Eiweiß und gebe mir Mühe, dass die Membran intakt bleibt. Ich nehme Blickkontakt mit dem Mann auf, bevor ich den Kopf zurückwerfe und mir die glitschige Kugel in den Mund gleiten lasse.

Das Eigelb ist kühl und hat erstaunlich wenig Eigengeschmack. Es gibt auf meiner Zunge nach und wird ein wenig flacher. Ich beuge mich dicht über die Begleitung des Mannes und schiebe das Eigelb langsam von meinem Mund in ihren. Dabei achte ich darauf, dass meine Lippen ganz weich bleiben und meine Zähne es nicht berühren, damit ich es nicht zerquetsche.

Um ihrem Begleiter eine kleine, aber keine übertriebene Show zu bieten, nimmt sie es mit einem wohligen Seufzer entgegen. Vielleicht steht sie auch genauso wie er auf diese Sache, ich weiß es nicht. Ich küsse ihren Hals und hinterlasse eine feuchte Schliere aus rohem Ei auf meinen Lippen.

Der Mann rubbelt sich schneller und stöhnt. Meine Schuhe machen mich ein paar Zentimeter größer als sie, also gehe ich ein wenig in die Knie und streiche ihr übers Kinn, als ich meinen Mund öffne, damit das Eigelb wieder hineingleiten kann. Sie nimmt sich Zeit, lässt das Eigelb zunächst nur zwischen ihren Lippen hervorschauen, bevor sie ihren Mund weiter aufmacht, um es in meinen zurückzuschieben.

Es ist warm von ihrem Mund oder vielleicht auch von meinem und schmeckt nun ein wenig nach Austern, von ihrer Mahlzeit, die ich zuvor unterbrochen habe. Sie drückt sich an mich und reibt ihre spitzen kleinen Nippel an meiner Brust. Ihr Atem wird schneller, als könne sie es nicht erwarten, dass ich ihr das Eigelb wiedergebe.

Wir machen das noch ein paarmal, hin und her, bis ich sie küsse, während das Eigelb sich in ihrem Mund befindet. Dann dringe ich mit meiner Zunge in ihren Mund vor, stecke sie tief hinein und fixiere das Eigelb zwischen meiner Zunge und ihrem Gaumen. Ich zerreiße die zarte Membran und ziehe meine Zunge blitzschnell heraus, bevor das Eigelb sie benetzen kann, denn der nächste Teil ist nur für die beiden.

Ich führe sie um den Tisch herum und lasse sie zu seinen Füßen hinknien. Er schiebt ihr einen Zeigefinger in den Mund und benetzt ihre Lippen mit der gelben seidigen Flüssigkeit, bevor er sie leidenschaftlich küsst. Eigelb tropft den beiden von den Kinnspitzen, und sie hinterlässt küssend eine gelbliche Spur entlang seines Körpers bis hinunter zu seinem Schwanz.

Ich entferne mich lächelnd von ihrem Tisch.

18

Ich erwache antriebslos, unfähig, wieder in den Schlaf zu finden, obwohl ich noch müde bin. Die Sonne ist bereits aufgegangen und schickt Lichtstrahlen durch die Lücken in meiner Jalousie, die sich über die Wand neben mir ergießen.

Gedanken an die Konferenz lassen mir keine Ruhe. Mr. X muss eine Riesensache zu verbergen haben. Er bedroht mich, weil er in gewisser Weise auch Angst hat. Das lässt mich über die Dinge nachdenken, die wir lieber für uns behalten, koste es, was es wolle.

Für welche Geheimnisse wäre man bereit, zu sterben oder zu töten?

Ich kann das nicht grundsätzlich nachvollziehen. Aber wenn es nicht um mich persönlich ginge ... Wenn meine Schwester oder mein Bruder oder meine beste Freundin etwas gesehen oder getan hätten und meine Hilfe bräuchten ... Ich meine, es heißt doch, dass ein Freund einem beim Kistenschleppen hilft und ein echter Freund beim Leichenschleppen. Das ist ein netter Spruch, aber wäre man wirklich bereit, so etwas Makabres zu tun, wenn ein geliebter Mensch einen voller Panik mitten in der Nacht anriefe?

Vielleicht ist es also gar nicht sein eigenes Geheimnis, sondern eines, das er für jemand anderen wahrt? Ich weiß Dinge über Leute – Kollegen, Quellen, Chefs, Freunde, Ex-Geliebte –, die sie mit einem gut platzierten Artikel zu Fall bringen könnten. Aber worin liegt der Spaß, das

Kartenhaus von jemand anderem einstürzen zu lassen, wenn man diese Zeit und Energie auch darauf verwenden kann, sein eigenes wieder aufzubauen?

Irgendwie kann ich mir Mr. X nicht als jemanden vorstellen, der für irgendwen den Kopf hinhalten würde. Außer es springt für ihn selbst etwas dabei heraus. Vielleicht geht es um ein gemeinsames Geheimnis? Um einen Geschäftspartner oder Investor? Männer wie er ziehen Macht aus Geld. Ihn auf finanzieller Ebene zu treffen, würde ihn schmerzen. Ich frage mich, ob es das ist.

Vielleicht wird es Zeit, diesen Ort genauer zu erkunden. Von jemandem, der kein Mitglied ist, herauskriegen, was es mit der Kolonie wirklich auf sich hat.

Ich ziehe mich an und gehe nach draußen.

Obwohl Kühlschränke gefüllt und Bedürfnisse erfüllt werden, habe ich hier noch nicht viele Geschäfte gesehen. Vielleicht sind es Fassaden, deren einziger Zweck darin besteht, dem Ort einen Hauch Echtheit zu verleihen. Diese Insel ist nicht der typische Ort für Ferienwohnungen. Irgendjemand muss etwas wissen, und die mächtigen Leute, die sich hier austoben, sind sicher nicht die Richtigen, um sie danach zu fragen.

Ich muss aus allem hier schlau werden. Die Leute suhlen sich in Dekadenz, aber leben sie hier auch das ganze Jahr über? Wie führen sie ihre Geschäfte? In der heutigen Zeit, in der ein Großteil der Kommunikation digital abläuft, wäre es, schätze ich, durchaus möglich, ein Unternehmen gänzlich online zu führen.

Ich gehe die Straße entlang und schaue mir im Vorbeigehen jede Villa an, ohne mir offensichtlich anmerken zu lassen, dass ich sie taxiere. Keine kann unter einer achtstelligen Summe kosten, vielleicht sogar mehr, auch wenn es hier sicher günstiger ist, so einen Ort aufzuziehen, dem Wechselkurs mit der lokalen Währung nach zu urteilen.

Ich muss daran denken, was ich gesehen habe, als ich in Honduras gelandet bin, die pure Armut, die dort herrschte. Dabei sind Länder, die so verheerend arm sind, gar nicht die Ausnahme, und es ist schwer zu sagen, welches davon schlimmer dran ist als das andere, wenn man Faktoren wie Bruttoinlandsprodukt, Frauenrechte, Korruption, Naturkatastrophen und Krankheiten berücksichtigt. Die Menschen dort sterben auf so viele Arten an den Folgen ihrer Armut, und die Welt dreht sich einfach weiter, als ob nichts geschehen wäre.

Wie soll man die Welt, in der man lebt, auch zu einem besseren Ort machen, wenn man selbst täglich ums Überleben kämpfen muss?

Und wenn man sich auf der Welt umsieht, sind die USA schon allein wegen des Tourismus Teil des Problems: Wir sind Schnäppchenjäger, immer gierig auf der Suche nach einem guten Deal, nach einem Platz, an dem wir uns fühlen können wie Rockstars, wenn wir unser hart verdientes Geld raushauen. Und wir fahren gern an exotische Orte. Also bedienen solche Gegenden unsere Gier. Sie bauen Ferienresorts in Slums, purer Luxus steht direkt neben bitterer Armut, und es schert keinen. Und die Touristen erzählen stolz, dass sie in anderen Ländern Armenviertel besucht haben, nur damit sie sich zu Hause besser mit ihrem eigenen Los fühlen und ihre Privilegien weiter auskosten können. Als würden der Kummer und die Nöte der Bewohner dieser Orte ihnen eine kranke Art von Motivation verleihen, damit sie weiterhin in der Lage sind, ihre frustrierenden Nine-to-five-Jobs runterzureißen.

Es ist abartig, und es grassiert, und wir haben es alle schon gemacht. Auch hier an diesem äußerst privaten Ort, der die ultimative Fantasie verwirklichen soll, kann man nicht über die hohen Mauern hinausblicken, denn wenn man den normalen Menschen außerhalb bei ihrem Überlebenskampf zusehen müsste, wäre das ein echter Stimmungskiller.

An einer Straßenecke entdecke ich einen kleinen Laden, und zum Vorwand schnappe ich mir beim Hineingehen eine frische Mango. Ein hübscher einheimischer Junge, vielleicht siebzehn, begrüßt mich mit einem schüchternen, aber breiten Grinsen. Ich frage mich, ob er ein bezahlter Schauspieler ist, der dazu engagiert wurde, die Illusion aufrechtzuerhalten, dass dies ein echter Ort für sich ist, oder ob er jemandem gehört. Wird er hier ausgebeutet? Benutzt? Ist er glücklich? Was erwartet er vom Leben, und was wünscht er sich? Hat er die Freiheit, seine Träume zu verfolgen, falls er denn welche hat, oder ist er in einer Welt gefangen, auf die er keinen Einfluss hat?

»Miss?« Sein Lächeln stockt. »Alles in Ordnung?«

Mir wird bewusst, dass ich ihn angestarrt habe. Aber ich musste gerade darüber nachdenken, wie es wohl wäre, eine Stadt sein Eigen zu nennen, die wie ein privates Lehngut funktioniert, außerhalb des Gesetzes, außerhalb der Kodizes, die das soziale, moralische und sogar das sexuelle Verhalten regeln. Oder einen Ort wie den Vatikan, wo seit Jahrhunderten hinter verschlossenen Türen alle nur erdenklichen Verbrechen und Intrigen stattfinden, ohne dass irgendwer es wirklich mitbekommt oder beweisen könnte, weil alles so verdammt gut vertuscht wird. Ein Teil von mir hat richtig Angst um diesen Jungen und sorgt sich sehr um seine Zukunft.

»Bist du glücklich?«

Er runzelt die Stirn, unsicher über den Kontext meiner Frage oder aufgrund der Frage selbst? Wurde er das jemals zuvor gefragt? Er sieht sich nervös um, und mir fällt auf, wie sauber der Laden ist, als handle es sich um ein Filmset oder als hätte jemand zu viel Zeit, die er damit verbringt, alles hier endlos auf Hochglanz zu polieren, weil das eben sein Leben ist.

Seine Lippen öffnen sich.

»Catherine. Guten Morgen.« Die vertraute Stimme ertönt hinter mir, kurz bevor sich eine Hand auf meine Schulter legt.

»Guten Morgen, Mr. X. Wie geht es Ihnen heute?«, fragt der Junge plötzlich mit alarmiertem Interesse an der Grenze zur Unterwürfigkeit.

Ein Anflug von Verärgerung huscht über Mr. Xs Gesicht, doch er ignoriert den Jungen einfach und starrt auf mich herunter.

Einen Moment bin ich irritiert darüber, dass er heute größer ist als ich, doch dann fällt mir ein, dass ich bei unserer letzten Begegnung hohe Schuhe anhatte und heute flache Sandalen trage. »Morgen«, erwidere ich, denn es ist noch früh.

»Hast du schon über das nachgedacht, was ich dir gesagt habe?«

»Darüber, einen tendenziösen Artikel zu schreiben?«

Seine Lippen pressen sich zu einem dünnen Lächeln zusammen. »Mir gefällt deine Direktheit wirklich. Ja, über den Artikel, der in unser beider Interesse wäre.«

»Ja, ich habe darüber nachgedacht. So, wie Sie mir gedroht haben, fiel es mir auch schwer, mich auf irgendetwas anderes zu konzentrieren.«

»Das war keine Drohung.« Er neigt den Kopf, und es fasziniert mich, wie er auf Knopfdruck seinen jugendlichen Charme versprühen kann, wenn es ihm nützt. »Und ich weiß, dass es deine Konzentration beeinträchtigt hat. Ich habe dich neulich Abend gesehen.«

Also war es die richtige Entscheidung, einfach so zu tun, als wäre ich unbeeindruckt.

Ich zucke mit den Schultern.

»Und zu welchem Schluss bist du gekommen, Catherine?«

»Ich bin rasend neugierig, was genau ich wegen dieser Konferenz schreiben soll. Ich habe online recherchiert, und es war nicht leicht, Informationen zu sammeln. Das wurmt mich, das will ich gar nicht bestreiten«, räume ich ein, »und ich weiß auch, dass es nicht viele Leute gibt, die einem Mann wie Ihnen in die Quere kommen wollen. Ich habe den Eindruck, es wäre nicht klug.«

»Allerdings.«

»Und da ich bereits von zwei Frauen weiß, Inana und Anna, die Sie ... losgeworden sind, werde ich meine Schritte genau überdenken.«

»Gut. Und wenn du mit deinen hübschen kleinen Zehen innerhalb der Linien bleibst, die ich für dich gezogen habe, wird alles klargehen. Du könntest die nächste Gina Lollobrigida werden.« Er schenkt mir noch ein strahlendes Grinsen und geht.

Gina Lollobrigida ist die Schauspielerin, die dann in den Siebzigern Fotojournalistin wurde und ein Interview mit Fidel Castro landete. Anstatt wie viele ihrer Kolleginnen aus der Zeit zu einem tragischen, abschreckenden Beispiel zu werden, führt sie bis heute ein langes glückliches Leben und war eine Weile sogar mit Sinatra liiert.

Aber ich bin mir sicher, dass Mr. X ihre gemeinnützige Arbeit, bei der sie Millionen Dollar für die Stammzellenforschung und italo-amerikanische Fragen beschaffte, vollkommen egal ist.

Er wollte mir damit bestimmt nicht sagen, dass auch ich mir erfolgreich die neue Karriere aufbauen könnte, die ich mir wünsche.

Der entscheidende Punkt, auf den er hinauswollte, ist, dass sie noch lebt.

Ich will auf keinen Fall weiter in seiner Nähe sein, also verschwinde ich so schnell wie möglich, ohne dass es panisch wirkt, in seine entgegengesetzte Richtung.

Es ist der perfekte Tag im Paradies. Die Vögel zwitschern, der Himmel ist von einem so puren Blau, dass er geradezu künstlich wirkt. Die Gärten sind perfekt gepflegt, kein Zweig sitzt am falschen Platz. Die Temperatur ist um die dreißig Grad und erträglich. Wenn dies ein Urlaub wäre, für den ich bezahlt hätte, würde ich online ein Loblied auf dieses Resort singen.

Ich spaziere mit leicht schwingenden Armen weiter und lächle demonstrativ vor mich hin.

Doch hinter der Fassade überlege ich mir, wie ich an Informationen über die Wahrheit kommen könnte – damit ich das schreiben kann, was ich schreiben muss.

Aber ich weiß noch nicht einmal, was das sein soll. Wie kann ich ihn bekämpfen, wenn ich weder seine Stärken noch seine Schwachstellen kenne? Denn dass ich diesen einseitigen kleinen Egostreichler oder dieses Alibi, oder was auch immer ich da für ihn fabrizieren soll, schreiben werde, steht völlig außer Frage.

Langsam wird mir heiß, also verlasse ich den Weg und betrete einen makellosen kleinen Grünbereich. Ich ruhe mich auf einer Bank aus und blicke hinauf in den Himmel, als könne ich dort oben ein paar Antworten finden. Ich habe das Gefühl, im Boden zu versickern, mit dem Wasser, das in einem feinen Nebel aus den Rasensprengern kommt.

Eigentlich wollte ich nie Journalistin werden. Plötzlich spüre ich in der Magengrube die Last der Verantwortung. Sie fühlt sich schwer an, und ich muss sie loswerden. Ich muss der Welt die nötigen Informationen über ihn, welche auch immer es sind, zugänglich machen, damit sie ihn zur Rechenschaft zieht. Denn ich allein kann das nicht, und diese Erkenntnis versetzt mich zunehmend in Panik. Ich möchte es herausschreien, ihn dafür leiden lassen, dass er mir meine Flucht vor der Vergangenheit vermasselt.

Meine Vergangenheit. Natürlich muss es Mr. X gewesen sein, der das Band in Umlauf gebracht hat, aber das bedeutet auch, dass wir stärker miteinander verbunden sind, als ich dachte, dass wir eine längere Geschichte und gemeinsame Freunde teilen – falls ein Mann wie er überhaupt zu Freundschaft fähig ist. Als Mitglied kann er damals leicht auf der Party gewesen sein und mich beim Sex mit DeVille gefilmt haben. Und er ist abartig genug, dieses Filmchen nur deshalb zu veröffentlichen, um mich so gefügig zu machen, dass ich ihm seinen Artikel schreibe.

Aber warum ich? Was sieht er in mir, und worauf hat er sich da fixiert?

Ich will das nicht. Ich möchte dieses Leben auskosten, aber keines, in dem er die Strippen zieht, während mir nicht mal bewusst war, dass ich mich in einem Puppentheater befinde.

Ich habe dieses Spiel satt.

19

Schmerzen in den Handgelenken reißen mich ruckartig aus dem Schlaf. Nicht Schmerzen. Druck.

Fremde Hände an meinen Handgelenken, die sie auf die Matratze drücken.

Zwei männliche Silhouetten in der Dunkelheit und der maskuline Geruch der beiden nach Moschus und Holz. Zwei Männer in meinem Schlafzimmer.

Mr. X.

Ich hole tief Luft, doch bevor ich den Mann, der meine Arme festhält, anschreien kann, drückt mir ein anderer die Hand auf den Mund. Seine Finger bedecken zwar nicht meine Nasenlöcher, aber sie riechen nach Limette, als hätte er sich gerade ein Stück davon in den Drink gepresst. Vielleicht hat er das; sein Atem riecht süßlich nach Cola.

Ich wehre mich. Vergeblich. Adrenalin rauscht durch meinen Körper, effektiver als jede Droge, die ich hätte nehmen können, um die Klarheit, Bewusstheit und Angst zu bekommen, die meine Sinne schärfen.

An einem gewöhnlichen Tag bräuchte es eine gute Stunde und drei Tassen Kaffee, aber Angst ist der große Gleichmacher, und ich bin ebenso wach wie meine Angreifer, die mich vom Bett hoch und auf die Beine ziehen. Ich stolpere, doch sie halten mich fest.

Ich hätte Mr. X nicht unterschätzen sollen. Ich hatte nicht damit gerechnet, dass er mich auf der Insel angreifen würde, wo ich Freunde habe. In meinem eigenen

Haus. So früh, noch bevor ich überhaupt Gelegenheit hatte, ihn zu hintergehen, seine beschissenen Befehle zu verweigern. Andererseits ist genau das auch die beste Zeit zuzuschlagen – noch bevor dein Gegner die Chance hat, dein Schiff zum Kentern zu bringen.

Ich versuche mich loszureißen, nutze mein Körpergewicht, will mich im Fallen befreien und sie damit überrumpeln. Doch als ich verzweifelt versuche, dem Griff der Männer zu entkommen, packt mich der Kerl, der mir den Mund zugehalten hat, am anderen Arm. Die beiden keilen mich zwischen sich ein und zerren mich grob den Gang entlang.

Ich brauche einen Moment, bis mir bewusst wird, dass mir keine Hand mehr die Lippen verschließt.

»Wer zur Hölle seid ihr?«, frage ich sie.

»Javier.«

»Paul.«

Ihre direkte Antwort überrascht mich so, dass ich einen Moment lang aufhöre, mich zu wehren, und mich von ihnen den Gang entlangführen lasse. »Warum seid ihr hier?«

»Können wir nicht sagen«, antworten sie wie aus einem Mund.

Warum antworten sie mir überhaupt? »Lasst mich los«, teste ich einfach mal.

Sie kommen meiner Aufforderung nach und lassen meine Arme los, bleiben aber dicht neben mir und weichen nicht von meiner Seite. Ich drängle mich ein paar Schritte weg und versuche, die Situation einzuordnen.

Total seltsam. Es ist, als würden sie mir gehorchen.

Ich verschränke die Arme, noch immer unsicher und angreifbar und ohne dieses Gefühl auch nur ansatzweise zu genießen. Ich zeige auf den, der sich Paul genannt hat. »Stell dich da drüben hin.« Ich zeige den Gang hinunter.

Er geht mit großen Schritten an die Stelle, auf die ich gezeigt habe, ohne zu fragen, warum.

»Du auch«, sage ich zu Javier.

Er befolgt meinen Befehl ebenfalls.

Ich reibe mir kurz die Augen und frage mich, ob dies alles nur ein bizarrer Traum ist.

Die beiden stehen knapp fünf Meter von mir entfernt, und endlich beruhigt sich mein Herzschlag so weit, dass das Blut nicht mehr in meinen Ohren rauscht. Ich schalte das Licht an, um ihre Gesichter besser erkennen zu können.

Erst jetzt bemerke ich, wie jung – und attraktiv – sie sind und auch, dass sie nichts als kleine schwarze Shorts anhaben. Und barfuß sind.

Welche Entführer haben bitte nicht mal Schuhe an?

Paul beißt sich auf die Lippe, und Javier scheint sich ein Lächeln zu verkneifen. Entweder sind diese beiden die seltsamsten Vergewaltiger und Mörder aller Zeiten ... oder das ist überhaupt nicht ihr Plan. Trotzdem muss es einen Grund haben, warum sie hier sind.

Ich stelle mich aufrechter hin, denn ich bin mir nun mehr und mehr sicher, wer mir diese Jungs geschickt hat. Ich schätze sie auf einundzwanzig oder zweiundzwanzig, höchstens fünfundzwanzig. Sie scheinen auf etwas zu warten ... auf mich. Penelope muss sie geschickt haben, aber zu welchem Zweck? Aus welchem Grund sollten sie mich so aufwecken? »Seid ihr hier, um mit mir zu vögeln?«

Sie zucken die Achseln.

Interessant.

»Warum seid ihr hier?«, frage ich. Sie sehen erst sich und dann wieder mich an und zucken wieder mit den Schultern.

Das riecht nach einem Test. Es hat einen Grund, warum sie hier sind, und sie antworten auf direkte Fragen … größtenteils. Sie gehorchen, wenn ich ihnen etwas sage … ist es das?

Sind sie hier, um zu tun, was ich ihnen befehle, wie meine persönlichen Sexsklaven? Ich gebe zu, dass ich diese Vorstellung ziemlich geil finde. Das muss es sein. Sie haben bisher alles gemacht, was ich ihnen gesagt habe. Nicht mehr und nicht weniger.

Und mir wird klar, dass ich, anstatt mich unterzuordnen, die Führung übernehmen und diese beiden Männer so richtig dominieren soll.

Ich dachte, dass Penny mir beibringen wollte, mich zu unterwerfen, und was ich von jedem einzelnen Spielzeug zu erwarten habe, aber eigentlich wollte sie mir beibringen zu herrschen. Doch sie musste es so einfädeln, denn schließlich kann man niemandem befehlen, der Dominante zu sein – man muss schon wissen, dass man das ist und was man will, und muss es so sehr wollen, dass man es sich von sich aus holt, bevor jemand anderes die Gerte in die Hand nehmen kann. Ich hatte das zwar schon ein paarmal gemacht und durchaus genossen, aber nie als Teil meiner Identität angesehen. Will ich das also?

Ich denke zurück, erinnere mich. An ein Zimmer in Max' Hotel, mit einem jungen Mann, dessen Lippen ein bisschen zu rot waren. Ich erinnere mich an seine schöne Verletzlichkeit, als er sich von mir an die Bettpfosten fesseln und mit einem Rohrstock zeichnen ließ – Arme,

Schenkel, Bauch. Er wollte, dass ich ihm Schmerzen zufügte, also tat ich es.

Meine Nippel werden hart, und ich schließe die Augen. Ich genoss jede der roten Striemen, die entstanden, bis er aussah wie ein Tiger oder ein Zebra, das ich Schlag um Schlag erschaffen hatte, während er Tränen der Wonne und Befreiung vergoss.

Ich öffne die Augen und betrachte meine Jungs, die dasselbe wollen.

Anfangs hatte ich es eigenartig gefunden, diejenige zu sein, die die Befehle erteilt, und doch gewöhnte ich mich daran, denn es hatte auf mich seltsam beruhigend gewirkt. Trotzdem war ich ganz schnell wieder davon abgekommen. Warum?

Ich wollte seine Grenzen ausloten.

Die Striemen, die ich auf seiner Haut hinterließ, fühlten sich warm an meiner Zunge an.

Ich verlor mich in der surrealen Szene, in der sadistischen Person, die er in mir sehen wollte, und zog Freude daraus, ihm Schmerz zuzufügen. Ich verwandelte mich in Krallen und Schmerz, in Zähne und Schärfe, und war kurz davor, uns beiden die Haut von den Knochen zu ziehen, nur um zu sehen, ob wir tief drinnen dieselben waren, als Max ins Zimmer stürzte und mich von dem Mann wegzog.

Mein Ausraster in dieser Nacht hat mächtig Eindruck bei ihm hinterlassen.

Ist es das? Wenn ich der Catherine, die in dieser Nacht aus mir herauskam, ganz das Feld überlassen hätte, wäre ich dann für immer verändert gewesen? Kann es sein, dass ich damals noch nicht bereit dazu war?

Bin ich jetzt bereit?

Kann es sein, dass ich vor dieser Seite von mir zurückgeschreckt bin, weil ich Angst davor hatte, was es aus mir macht? Weil ich Angst davor hatte, selbstsüchtig zu sein und genau das zu tun, was ich tun möchte, ohne abzuwarten, dass jemand anderes es zuerst macht? Die treibende Kraft zu sein statt die reagierende?

Ich begreife, dass dies Pennys Weg ist, diese Erkenntnis in mir hervorzurufen. Aber jetzt ist es tiefgreifender. Jetzt ist es nicht nur Sex, jetzt geht es darum, einen Raum allein mit meinem Willen und meiner Vorstellungskraft zu kontrollieren.

»Folgt mir«, weise ich sie an und gehe voran in mein Spielzimmer, wo mir all die Toys, von denen man nur träumen kann, zur Verfügung stehen.

Ihre Füße machen eifrige kleine Patschgeräusche auf dem Fliesenboden, als sie sich beeilen, das zu tun, was ihnen gesagt wurde.

Ich schalte das Licht an und nehme den Raum in Augenschein. So viele Spielzeuge und so wenig Zeit.

Aber was soll ich den zwei Männern befehlen, mit mir anzustellen?

Vielleicht ist das Beste ja gar nicht das, was sie mit mir machen können.

»Paul, bring mir den lilanen Vibrator aus dem Schrank da vorne.« Ich zeige darauf. Er holt ihn und gibt ihn mir. Seine Augen leuchten, als ich mein Höschen ausziehe und auf einer Bank Platz nehme, von der aus ich die Vorstellung, die sie mir bieten werden, besser verfolgen kann.

»Zieht eure Shorts aus, Jungs.«

Sie tun es. Ich lasse den Vibrator surren und berühre damit meine Nippel, bevor ich ihn an meinen Kitzler führe. Ich reibe ihn eine Weile zwischen meinen Beinen, während ich zusehe, wie ihre Augen gieriger werden und ihre Schwänze interessiert anschwellen.

»Ich weiß, dass ihr zu meinem Vergnügen hier seid. Zu meiner Belustigung. Trotzdem sollt auch ihr beide Spaß haben.« Ich spiele mit der Spitze des Vibrators an meiner Klitoris. »Aber ich glaube, ich stelle mir da etwas anderes vor, als wer auch immer euch geschickt hat. Wisst ihr, ich will nicht, dass ihr mich vögelt. Fickt euch gegenseitig«, sage ich und genieße ihre begreifenden Blicke.

Etwas Elementares summt in meinem Blut, lässt meine Adern vor so viel Energie vibrieren, dass ich sie kaum zurückhalten kann. *Das* ist es, was ich mir in den letzten paar Jahren habe entgehen lassen, und nicht nur im Bett. Ich habe darauf gewartet, dass äußere Einflüsse mein Leben gestalten, dabei hätte ich es von Anfang an selbst mehr nach meinen Vorstellungen formen sollen. In beruflicher wie sexueller Hinsicht.

Ich wette, ich könnte die Männer dazu bringen, alles mit sich anzustellen. Vielleicht nicht, sich gegenseitig zu verstümmeln oder umzubringen, aber die Sache könnte herrlich unanständig werden, wenn ich es möchte.

Bei dem Gedanken fange ich praktisch an zu schnurren – oder vielmehr übernimmt der Vibrator das Schnurren für mich.

Ich sehe die beiden mit hochgezogener Braue an. »Küsst euch.«

Die Worte hallen durch mein Spielzimmer wie Donner, und sie gehorchen. Ihre Lippen treffen mit solcher Wucht aufeinander, dass es wehtun muss, aber sie vergraben ihre Hände im Haar des jeweils anderen und machen weiter. Männer küssen sich anders, als Frauen es tun. Es ist nie so sanft und scheu.

Ich lächle, als mir ein Gedanke durch den Kopf schießt. »Ich möchte, dass ihr euch fickt, als würdet ihr euch hassen.«

Die Energie im Raum verändert sich, als sie beide sich mit den Händen packen, grob, verächtlich Besitz voneinander ergreifen. Sie starren sich in die Augen und massieren sich wie wild die Schwänze, eng genug beisammen, dass ihre Hoden sich aneinanderreiben. Es ist berauschend und scharf, sie dazu zu bringen, das zu tun, was auch immer ich will.

Ich tauche den Vibrator tief in meine triefende Muschi und lasse ihn dort. »Paul, leck Javiers Arschloch. Javier, lass mich hören, wie gut es sich anfühlt.«

Sie sinken auf die Knie, Javier spreizt sich und stößt eine Reihe von Flüchen und Seufzern aus, als Paul sein runzliges Loch erkundet.

»Javier, lutsch Pauls Schwanz und lass ihn ein klein wenig deine Zähne spüren.«

Javier grinst und kommt meinem Wunsch nach, und schon bald keucht Paul, und sein Becken widersetzt sich buckelnd.

Ich ficke mich selbst kräftig mit dem Vibrator. »Jetzt will ich meine Lieblingsnummer sehen. Neunundsechzig!«

Sie klettern hastig in Position. Ihre Köpfe wippen auf und ab, ihre Zungen tanzen, und es ist großartig. Kurz bevor ich komme, ziehe ich den Vibrator heraus.

»Paul, fick mir die Muschi.« Ich weiß, ich habe gesagt, dass sie sich gegenseitig ficken werden – und das tun sie gleich noch. Aber ich will auch was von dem Spaß abkriegen.

Paul kommt mit großen Schritten zu mir herüber und bolzt seinen Schwanz in mein nasses, vom Vibrator vorbereitetes Loch. Javier beobachtet es und lächelt ihm zu. »Worauf wartest du? Pauls Arsch fickt sich nicht von selber, Schätzchen.« Ich greife zwischen Paul und mich, benetze meine Hand mit meinem Come, bevor ich ihn dann herumdrehe und ihm meine Erregung zwischen die Backen schmiere.

Javier benutzt es als Gleitmittel und stößt in Paul hinein, während Paul in mich hineinstößt. Javier gibt einen strafenden Rhythmus vor, der auch Pauls Stöße bestimmt, und bald darauf komme ich mit einem Schrei, und meine Muschi zuckt um seinen Schwanz wie die Finger eines Jazzmusikers auf seinem Instrument.

Ich stoße Paul von mir. »Weg.«

Er zieht sich mit einem nassen Schmatzen zurück. »Javier, komm!«

Er packt Paul hart an der Hüfte, zieht ihn an sich und versenkt sich ganz in ihm. Nach vier tiefen Stößen kommt er, während Pauls Schwanz sich wieder verhärtet, weil seine Prostata bearbeitet wird.

Ich gebe ihm eine Sekunde, bevor ich Paul befehle, Javier zu ficken, so hart er kann.

Paul lächelt und tut es, und es tropft noch Samen aus seinem eigenen Hintern, als er Javier mit heißen Sahnespritzern betankt. Jetzt haben beide glitschige Hinterbacken.

»Leckt euch gegenseitig sauber«, befehle ich, weil ich sehen will, wie sie ihr eigenes Sperma schlucken, und werde sogar noch feuchter, als ich ihnen dabei zuschaue.

Scheiße, ist das geil. Ich weiß nicht, warum Heterotypen sich da immer so zieren. »Jetzt küsst euch.«

Sie tun es, und diesmal steckt mehr Leidenschaft darin, mehr Zärtlichkeit.

Ich bin erfüllt von meiner Macht, aber Erschöpfung schleicht sich in das Nachglühen. Außerdem haben sie es so gut gemacht. »Tragt mich ins Bad.« Sie fassen sich an den Händen, sodass ihre Arme zu einer Art Wiege werden, und tragen mich nach oben ins große Badezimmer.

Ich blicke zur Wanne. »Also?«

Paul lässt das Wasser einlaufen, während Javier etwas Rosenwasser hineingibt, das er im Schrank gefunden hat.

Als das Bad bereitet ist, helfen sie mir hinein.

Ich winke ihnen mit der Hand. »Geht jetzt. Ihr seid entlassen. Schließt die Tür ab, wenn ihr geht, Jungs. Ach ja, und sagt, wer auch immer euch geschickt hat, dass ich sehr zufrieden bin.«

Sie küssen mir die Hände und lächeln mir noch einmal sanft zu, bevor sie gehorchen.

Geschafft lehne ich mich in der Wanne zurück, nass und befriedigt, und fühle mich mächtiger, als ich mich seit Langem gefühlt habe.

Ich fühle mich zu allem bereit.

20

Journalisten werden auch deswegen zu Konferenzen eingeladen, damit sie aus erster Hand sehen können, wie es der lokalen Bevölkerung ergeht. Honduras hat eine ganze Reihe von eigenen ökologischen und humanitären Problemen. Es stellen sich politische Fragen im Hinblick auf die neuen Entwicklungen, die ich hier untersuchen soll ... aber angesichts der Art und Weise, wie Mr. X mich bedroht hat, muss es da noch etwas Größeres und Dunkleres geben.

Das Hotel tut sein Bestes, doch wenn man die erschöpften Gesichter des Personals betrachtet, merkt man, dass der große Veranstaltungssaal hier sonst so gut wie nie genutzt wird. Außerdem müssen die Angestellten sich manchmal ein paar Sekunden orientieren, bevor sie einen nach A oder B bringen, als wären sie mit den Räumlichkeiten hier selbst erst kürzlich vertraut gemacht worden. Auch wenn der Veranstaltungsort für Leute wie die Kongressbesucher »wenig angemessen« erscheinen mag, ist er eigentlich ganz in Ordnung, und ihre aufgeblasene Wichtigkeit nervt mich. Wenn ich noch einmal die Worte »schäbig« oder »hinterwäldlerisch« höre ... Denn wenn sie den Ort hier so schrecklich finden, hätten sie sich doch einen anderen aussuchen können.

Sie hätten sich ja nicht gleich extra einen Veranstaltungsort bauen lassen müssen, nur um sich einmal dort zu treffen. Hätten sie natürlich schon gekonnt, würden sie aber nicht. Denn dann würden sie den Menschen hier vor Ort etwas hinterlassen, und der einzige Fall, in dem Leute wie diese anderen etwas schenken, ist, wenn es dazu einen medienwirksamen Pressetermin gibt, der sie gut aussehen lässt. Ohnehin sind es normalerweise ihre Frauen, die sich um karitative Zwecke kümmern. Das verschafft ihnen eine Beschäftigung, die über das Einschmeißen von Beruhigungspillen und Anhäufen von Schuhkollektionen hinausgeht.

Aus Rücksicht vor all den teuren Anzügen ist es in den Räumlichkeiten des Hotels ziemlich kühl, denn Gott bewahre, wenn einer dieser mächtigen Männer in auch nur annähernd zwangloser Bekleidung gesichtet würde – oder gar schwitzend. Sie sind noch schlimmer als diese Frauen, die sich sogar am Pool eine dicke Schminkschicht draufklatschen und dann ständig Angst haben zu schwitzen oder dass etwas verschmiert, also halten sie angestrengt ihr Gesicht über Wasser, während sie mit den Kindern »Spaß« haben. Außerdem schieben sie natürlich Panik vor dem unwahrscheinlichen Fall, dass jemand ein ungestelltes Familienfoto von ihnen schießen könnte.

Wahrscheinlich ist es ein Zeichen von Prestige, dass sie es sich leisten können, am Kongressort die Klimaanlage volle Pulle aufzudrehen, in einem Land, das nicht nur von Armut, sondern auch von feuchter Hitze geplagt wird. Hoffentlich wird das Hotel für diesen Luxus extra bezahlt. Das sollte ich mal nachprüfen.

Ich kenne nicht alle Anwesenden, auch wenn es schon einige gibt, die mir bekannt vorkommen. Andererseits tendieren Geschäftsmänner in teuren Anzügen und mit ähnlichen Haarschnitten und Accessoires dazu, miteinander zu verschwimmen. Sogar ihr Verhalten und ihre

Angewohnheiten ähneln sich und verwischen die Grenzen ihrer Individualität.

Hoffentlich löst der Whiskey in ihren Gläsern später ihre Zungen ein bisschen - nicht, dass irgendeiner dieser Männer hier wenig Alkohol vertragen würde. Was Geschäftsleute und Politiker besonders gut können, ist, Toleranz zu entwickeln. Toleranz gegenüber dem Leid anderer, den Bedürfnissen anderer und auch gegenüber Spirituosen.

Sie unterhalten sich mit gedämpften Stimmen, kontrolliert, damit Vorbeigehende nichts von ihren Gesprächen mitbekommen - außer wenn sie zu laut lachen. Man hört nur, was sie einen hören lassen wollen. Auf solchen Treffen geht es lästig politisch und schrecklich fade, aber abgrundtief böse zu. Es ist die Art von Veranstaltung, wo man dem unvermeidlichen Rockstar begegnet, der mit Handschlag die Machtelite der Welt begrüßt, während diese gerade die nächsten Kriege plant und neue Strategien festlegt, wie man die Welt weiter ihrer Schätze und natürlichen Ressourcen berauben kann.

Natürlich passiert auf solchen Konferenzen vordergründig nichts wirklich Interessantes. Nichts, was man mitbekommen würde.

Ich sehe einen Vertreter dieses berüchtigten Riesenkonzerns, bei dem alle durchdrehen, weil er auf genmanipulierte Nahrung setzt. Mit diesem Typen bin ich schon einmal im Aufzug gefahren, und er war der netteste Mann, der mir je auf einer dieser Konferenzen begegnet ist. Höflich, kultiviert, und er hat weder versucht, mich anzumachen noch mich einzuschüchtern. Es herrscht jede Menge Panikmache, wenn es darum, was wir uns einverleiben.

Ich glaube, es ist ein Ablenkungsmanöver und dass diese Firma bloß ein Sündenbock ist, der uns von den wahren Geschehnissen ablenken soll. Es gibt immer eine dunklere Seite, wenn man hinter die Fassade blickt.

Ungefähr zehn Unternehmen gehören annähernd hundert Prozent aller Lebensmittelmarken weltweit. Alles, von den gängigen Marken aus den Supermärkten und Discountern bis zum Feinkostbereich. Es ist verrückt. Wenn man mal einen Blick in seinen Vorratsschrank wirft und sich die »verschiedenen« Marken anschaut, die man sich mit seiner sauer verdienten Kohle leistet. Marke X ist zwar günstiger, aber Y verwendet keine Hormone. Marke X ist teurer, aber Y ist aus Konzentrat – und das ist nicht so gut, oder?

Da kauft man etwas von einer kleineren Firma, von der man annimmt, sie hätte höhere Standards, was die Produkte, die ethischen Grundwerte und die Geschäftspraxis betrifft, aber schon vor Jahren hat eine der größeren Marken sie geschluckt, und so unterstützt man mit seinem Portemonnaie weiterhin einen der Bösen, obwohl man das eigentlich gar nicht möchte. Oft hat man nur die Illusion einer Wahl, denn manchmal schicken sie auch ihre eigenen Marken gegeneinander ins Rennen, um herauszufinden, welche Produkte der Konsument auf regionaler Ebene bevorzugt.

Cola oder Pepsi sind aus demselben Wasser wie der Saft, den man jeden Morgen trinkt – außer man presst ihn sich mit Früchten aus seinem eigenen Garten höchstpersönlich selbst. All die gesunden Alternativen sind vielleicht gar nicht so gesund, wie man denkt, oder so »natürlich«. Große Unternehmen sind nicht von Natur aus böse, sie verfügen jedoch über mehr Möglichkeiten zu Korruption im großen Stil.

Den Vorsitz über diese zehn Konzerne haben Vorstände oder Ausschüsse. Und an der Spitze dieser Vorstände oder Ausschüsse steht jeweils eine Person. Wenn man weit genug hinaufgeht, dann gibt es immer eine Einzelperson, die das Heft in der Hand hat. Das weiß jeder.

Also kontrollieren im Prinzip zehn Menschen, was wir alle konsumieren. Ich finde, das ist zu viel Macht, die sich auf Einzelne konzentriert. Und darüber hört man nur selten etwas. Stattdessen werden wir mit Reizwörtern abgespeist: Vorsicht vor genmanipulierten Lebensmitteln – die Tendenz sollte zu biologischen Erzeugnissen gehen – Freilandhaltung ist gut – glutenfrei ist besser – Zutaten sollten ganz natürlich sein. Aber einige der giftigsten Substanzen stammen aus der Natur, sind also im Grunde bio. Bloß weil etwas gerade einem der Reizwörter folgt, ist es für unseren Körper nicht unbedingt weniger gefährlich.

Ich behaupte nicht, dass bio schlecht sei. Es ist ein Geschäft, wie jedes andere. Ich sage nur, man sollte sich informieren, wo die Dinge herkommen. »Bio« bedeutet nicht automatisch »frei von Pestiziden«, aber das verkauft man uns als Fakten, obwohl es sich dabei um Fehlinformationen handelt. Diese zehn Konzerne setzen auf unsere Unwissenheit. Das ist keine Bösartigkeit, sondern ein Geschäft.

Und leider geht es beim Geschäft nicht um uns Menschen, aber wir statten diejenigen, die uns im Namen von Handelsabschlüssen in den Rücken fallen, auch noch mit allen möglichen Freiheiten aus. Es ist ja bloß Business. Wettbewerb. An ihrer Stelle würde man es doch genauso machen.

Würde man das wirklich?

Ich schlendere herum. Für diese Männer bin ich unsichtbar, abgesehen von meinen Beinen und Brüsten, und die starren sie an. Niemand sucht Augenkontakt, was ich irgendwie komisch und beleidigend zugleich finde. Ganz offensichtlich bin ich für diese Typen nicht mal die Summe meiner Körperteile – ich bin bloß ... meine Körperteile.

Gesprächsfetzen dringen durch die Geräuschkulisse, aber nichts, was mich hellhörig machen würde. In dieser Phase der Veranstaltung ist es bloß Schwachsinn und Geplauder. Später wird es noch ein paar Vorträge geben – vielleicht erfahre ich dann etwas Neues.

Ich habe mich schon oft gefragt, wie anders solche Veranstaltungen wären, wenn ich dort perfekt als Mann verkleidet erscheinen würde. Würden die Gespräche dann auch wie jetzt verstummen, wenn ich mich einem der Zirkel näherte? Oder dürfte ich mich dann am Gespräch beteiligen und würde ernst genommen und nicht von oben herab behandelt und übertönt werden? Das könnte einen guten sozialkritischen Artikel ergeben. Andererseits ist das auch nichts Neues. Frauen wissen das sowieso zur Genüge, und Männer würden weiterhin verleugnen, dass wir in manchen Kreisen allein aufgrund unseres Geschlechts ganz anders behandelt werden.

Ich spaziere weiter, versuche, in Bewegung zu bleiben, aber nicht so, dass es aussieht, als liefe ich hektisch herum oder führte etwas im Schilde. Plötzlich bleibe ich wie angewurzelt stehen.

Mr. X.

Ich erkenne sein Halbprofil, und ein Teil von mir möchte ihn an den Schultern packen und umdrehen, damit ich sein Namensschild lesen und herausfinden kann, was statt der geheimnisvollen Initialen, die er mir mitgeteilt hat, darauf steht. Aber höchstwahrscheinlich trägt er überhaupt kein Namensschild. Das Ego dieses Wichtigtuers könnte sich gar nicht träumen lassen, dass irgendjemand hier nicht genau weiß, wer er ist. Es ist zwar unwahrscheinlich, dass er eine Szene machen würde, doch er würde sicher versuchen, mich in der Sache weiter unter Druck zu setzen. Und wenn die Leute mich mit ihm sähen, würde das die Art ändern, wie sie mich betrachten – und dann könnte ich nicht mehr unbemerkt bleiben.

Man stelle sich vor, man beobachte eine unbekannte Person dabei, wie sie sich mit jemandem unterhält, auf den man selbst nicht so gut zu sprechen ist, dann wird man ihr automatisch argwöhnischer begegnen, als wenn man sie über Freunde kennengelernt hätte. Gleich und gleich gesellt sich eben gern. Das ist nicht fair, aber so ist es eben. Abgesehen davon könnten die Leute mich als Journalistin identifizieren und würden dann nicht mehr offen reden und sich darauf verlegen, heikle Fragen lieber über E-Mail oder am Telefon zu klären, damit ich ihre Verbindungen nicht durchschaue.

Jetzt bin ich unsichtbar und komme nah genug heran, um ihre Gespräche mitzuhören, weil ich bloß als dummes, süßes Ding gelte. All das wird sich ändern, sobald sich einer der Männer dazu herablässt, mit mir zu sprechen. Schon könnte der Rest von ihnen denken, ich sei auch jemand. *Ihr habt verdammt recht, das bin ich.*

Jede Frage, die ich von dem Zeitpunkt an stellen würde, könnte dann genauso gut aus Mr. Xs Mund kommen. Das kann ich nicht zulassen, ich brauche unverfälschte Informationen, aber leider ist mein Gesicht rot angelaufen, und ich kann mich nicht mehr richtig konzentrieren. Also verschwinde ich auf Zehenspitzen, damit meine

Absätze nicht klappern, in einem Seitengang. Hier befinden sich kleinere Büroräume – ideal für Inkognitogeschäfte und Handschlagdeals.

Mr. X scheint seinen Einschüchterungsfaktor erhöhen zu wollen und denkt vielleicht, ich sei hilflos, weil ich mich an einem mir unbekannten Ort befinde. Oder vielleicht wird er auch bloß verzweifelter, da ich nicht den Part des eingeschüchterten kleinen Mädchens spiele, das bereit ist, alles zu schreiben, was er sagt, so wie er es lesen will.

Das wäre ein weiterer Beleg dafür, dass er eine ungeheuerliche Leiche im Keller hat, die auch dort bleiben soll. Ich muss herausfinden, was er verbirgt. Vielleicht bekomme ich geheime Dokumente in die Hände, die beweisen, dass bereits Menschen ermordet wurden, weil sie über gewisse Entwicklungen im Land geredet haben. Vielleicht weiß Penny Genaueres oder kann mich wenigstens auf einen anderen Geschäftsmann hier ansetzen, der bereit wäre, mit mir zu sprechen, jemand, der irgendeinen Groll gegen Mr. X hegt. Warum bin ich da nicht schon früher draufgekommen? Ich muss sie anrufen.

Die erste Tür im Gang, die ich zu öffnen versuche, ist unverschlossen. Ich gehe hinein, um mir in Ruhe meinen nächsten Zug zu überlegen, doch ein Mann drängt sich mit mir durch die Tür und zieht sie energisch hinter uns zu, sodass wir im Dunkeln stehen. Allein. Mein Puls wird schneller.

Ich wollte mich zurückziehen, um nachzudenken, um Penelope anzurufen und sie zu fragen, ob sie irgendetwas Konkreteres weiß, und jetzt ist er hier im Raum mit mir. Mr. X hat mich gesehen und ist hier. Was nun?

Ich schalte das Licht an, weil ich mich nicht so verletzlich im Dunkel fühlen will, weil ich will, dass er die

Entschlossenheit in meinem Gesicht sehen kann, wenn ich mich ihm entgegenstelle … aber es ist nicht Mr. X.

»Was machst du denn hier?«, frage ich überrascht.

DeVille grinst.

21

»Ich bin hier, um ein paar geschäftliche Dinge zu erledigen, während mein Double in den Staaten mit Geena Urlaub macht.«

Wenigstens ist er ehrlich. Es ist komisch, sich vorzustellen, dass da draußen ein Doppelgänger von ihm herumläuft, der langweilige Urlaubsfotos mit seiner Frau schießt, während er in Wahrheit hier ist. Und irgendwie merkt das keiner. War er auch schon in der Kolonie mit der restlichen Juliette Society? Geht es vielleicht darum? Nimmt er sich eine Auszeit von allem, um seinen Ausschweifungen nachzugehen und seiner lieben zerbrechlichen First-Lady-tauglichen Frau die Aufmerksamkeit zu ersparen, mit der sie niemals etwas anfangen könnte?

Ich will wirklich keine Details ihres Sexlebens wissen.

Aber ich bin neugierig, ob Leute wie DeVille die geheime Gemeinschaft regelmäßig nutzen. Ist es eine Sache von einmal pro Jahr, oder leben manche von ihnen ständig dort? Schauen sie vorbei, wann immer sie in der Gegend sind? Das wollte ich eigentlich schon Penelope fragen, aber es war mir wieder entfallen.

Stattdessen frage ich nun ihn, wie oft er hierherkommt, und er grinst. »Ist das dein neuer Anmachspruch?«

Die Energie zwischen uns verändert sich plötzlich, wie die Spannung, die die Luft vor einem Gewitter erfüllt, elektrisch aufgeladen und intensiv.

Ich erinnere mich an das letzte Mal, als ich ihn mit dem Double sah – und angetrieben von meiner Angst und der Anspannung jetzt rücke ich ihm näher und näher. Ich weiß immer noch nicht, welcher der beiden Bobs er war, als wir vögelten. Ich weiß nicht, wen ich geküsst habe, wer meine Muschi und wer meinen Arsch gefickt hat. Sie haben mich auf dieselbe Art angefasst und angesehen.

So wie er mich jetzt ansieht.

Er hatte schon immer das Charisma eines Politikers oder Filmstars. Die Art, die einen dazu verleitet, nur seine besten Züge wahrzunehmen und die weniger guten zu vergessen. Das hilft Leuten wie ihm, sich charmant in Höschen hinein- und aus Schwierigkeiten herauszumanövrieren.

Unsere Lippen treffen sich, grobe Zungen, scharfe Zähne und aufgestaute Aggression. Ich küsse ihn, angetörnt von der Vorstellung, in einem fremden Büro mit ihm zur Sache zu kommen, während sich vor der Tür einige der einflussreichsten Männer der Welt tummeln. Und eben Mr. X.

Ich gebe mich dem wohligen Gefühl hin, aus Lust die Hände dieses mächtigen Mannes auf mir zu spüren, im vollen Bewusstsein seiner Schwächen und Stärken. In dem Wissen, dass ich in diesem Moment in der besseren Position bin, da ich seine Geheimnisse kenne.

Und sie nie verraten habe.

Er vertraut mir.

Das sollte er nicht.

Er hat mich im doppelten Sinne gefickt, und trotzdem sind wir nun hier, aneinandergeschmiegt, und lassen unsere Hände über Kleidung, Kurven und Kanten wandern wie junge Verliebte fünf Minuten vor Zapfenstreich.

Komischerweise ist das Erste, was mir einfällt, nicht, wie er sich beim letzten Mal in mir angefühlt hat. »Ich hatte da immer so eine Fantasie von Jack und mir in deinem Büro.«

Ich spüre Bobs Zähne sanft an meinem Hals. »Ach? Wie sah die denn aus?«

Ich lege grinsend den Kopf in den Nacken beim Gedanken an das, was ich damals für eine reine Fantasie hielt – doch das war, bevor ich meinen eigenen Beschränkungen einen Tritt in den Hintern verpasst habe. »Ich hatte nur einen Trenchcoat an. Und hohe Schuhe und Strapse. Manchmal war ich auch ganz nackt darunter und trug nichts als roten Lippenstift.«

»Das Büro hat jede Menge Fenster.«

»Ich weiß.«

DeVille reibt seinen harten Schwanz an mir. »Was dann?«

»Ich habe ihn rückwärts auf deinen Lederdrehstuhl gestoßen, und dort haben wir gevögelt.«

»Das ist alles? Ich muss sagen, Catherine, das enttäuscht mich jetzt ein wenig.« Er beißt mich in die Schulter, und ich drücke mich fester an seinen Mund, weil mir das Gefühl gefällt. »Ich dachte eigentlich, du hättest mehr Fantasie.«

Ich lächle. »Vorher habe ich ihn noch ein bisschen rumkommandiert. Er musste ein guter Junge sein und mir beim Strippen zusehen.«

Sein Schwanz wölbt sich bereits unterm Stoff seiner Boxershorts, als er seine Hose aufknöpft und sie etwas herunterschiebt. Er dreht mich herum, sodass meine Brüste an die mit Mahagoni verkleidete Wand gepresst werden, und der Duft von Orangenöl dringt in meine Nase. Ich spreize die Beine, so weit es mein Rock erlaubt. Es ist nicht weit genug.

Steife Stoffe sind echte Stimmungskiller.

Er schiebt ihn hoch auf meine Hüfte und streicht mit den Fingern über die Stelle, wo mein Tanga zwischen den Pobacken verschwindet, auf und ab, bevor er in meine Strumpfhose greift und den Tanga zur Seite zerrt.

Ich rechne damit, dass sich sein Schwanz gleich in mein triefendes kleines Loch bohrt, doch stattdessen spüre ich seinen warmen Atem an meinem Innenschenkel, und dann leckt seine Zunge von hinten an meiner Möse.

Die Bewegungen seiner Zunge fühlen sich durch den Strumpfhosenstoff leicht scheuernd an, aber auf gute Art, weil sie die direkte Berührung dämpfen und die Erfahrung so zu etwas Ungewohntem und Rauem machen, das meine Nervenenden sensibilisiert. Ich spreize gierig die Beine.

Er muss seinen Hals beängstigend weit nach hinten verbogen haben, um meinen Kitzler so mit seiner Zungenspitze zu erreichen. Ich drehe mich um, will nachsehen, aber sein Gesicht ist in meiner Spalte vergraben, also packe ich ihn am Haar, reibe mein Becken an ihm, lasse ihn wissen, dass mir gefällt, was er tut.

Er rubbelt erst die Naht im Schritt der Strumpfhose an mir, vor und zurück, bevor er seine Finger in mich hineinsteckt und der Stoff mich noch in der Muschi kitzelt, bis seine Finger ihn zerreißen. So plötzlich befreit, schießen sie hoch, und seine Fingerspitzen stoßen oben an meinen äußeren Muttermund und lassen mich zusammenzucken.

Ich hasse es, dass ich mich nicht selbst so tief fingerficken kann. Vielleicht schaffen es Verrenkungskünstlerinnen oder Turnerinnen, aber die Durchschnittsfrau ist bei dieser Form der Selbstbefriedigung klar im Nachteil, hat nicht genug Hebelkraft.

Ich frage mich, ob irgendwem nachher, wenn ich wieder rausgehe, der Orangenölduft auffallen und er mich anbaggern wird.

Falls jetzt jemand hereinkäme, würde er Bob erkennen? Oder mich? Oder würde er einfach annehmen, ich sei bloß eine dieser kleinen hirnlosen Praktikantinnen, die versuchen, sich nach oben zu schlafen, ohne zu wissen, dass es nicht funktionieren wird, weil sie einfach nicht skrupellos genug sind, sich dort oben auch zu halten, selbst wenn sie es kurz dorthin schaffen würden? Nein, wer auch immer jetzt die Tür öffnen würde, würde sie gleich wieder zuziehen, ohne überrascht zu sein, dass so etwas hier vor sich geht – mit dem einen Unterschied: Ich bin oben und werde geleckt, und er ist auf den Knien und besorgt es mir, als könne er sich nichts Schöneres im Leben vorstellen.

Wenn man im Stehen oral befriedigt wird, pulsiert das Blut dabei auf eine interessante andere Weise in einem.

Ich stemme mich mit den Knien gegen seine Bewegungen.

Seine Finger werden schneller, stimulieren diese perfekte Stelle in mir, die mich dazu bringt, stöhnend den Kopf zurückzuwerfen. Ich spüre, dass er sich anders positioniert hat, denn jetzt drücken sich seine Zähne ober- und unterhalb meines Kitzlers in meine Haut, während er daran saugt und leckt und ich mich fester an ihn drücke, damit sein Hals tagelang wehtut und er sich daran erinnert, dass ich es war, die ihm diese Schmerzen zugefügt hat, als ich sein Gesicht fickte und ihn benutzte wie ein Spielzeug, das ich bloß benutze und dann wegwerfe.

Ich komme heftig, rücksichtslos, ohne mich darum zu kümmern, ob er schon gekommen ist oder überhaupt kommt, sondern reibe meine Hüften nur noch stärker an seinem Gesicht, um meinen Orgasmus zu verlängern.

Er murmelt etwas, oder vielleicht kriegt er auch bloß keine Luft mehr und versucht es mir zu sagen. Egal. Ich lehne mich bebend an die Wand und lasse endlich sein Haar los.

Es ist herrlich.

Kurz darauf komme ich wieder zu mir und tupfe mir den Schweiß von der Lippe. Ich rücke ein paar Schritte von ihm ab. Er putzt sich mit einem Taschentuch ab, also scheint er sich einen runtergeholt zu haben, während er meine Muschi geleckt hat.

Gut. Ich hab gerade keine besondere Lust, es ihm oder irgendwem sonst zu besorgen. Ich fahre mir mit den Fingern durchs Haar und wische mir dann die verschmierte Schminke unter den Augen weg.

Bob steht auf und verstaut sich selbst in seiner Hose. »Was machst du eigentlich auf dieser Konferenz? Verfolgst du mich? Überwachst du mich?«

Ich schnaube verächtlich, ziehe mir Höschen und Strumpfhose aus und werfe sie in einen Papierkorb. Das nasskalte Gefühl ist abstoßend, jetzt wo ich gekommen und wieder in der Realität angelangt bin. Die Männer hier werden es ohnehin nicht merken. Und falls doch, könnte sich das zu meinen Gunsten auswirken. »Du meinst wohl, es dreht sich immer alles um dich, was?«

Er zieht die Augenbrauen hoch, und ich lenke ein. »Mr. X wollte mich hier haben, hat mir von der Konferenz erzählt. Genau genommen verlangt er, dass ich einen Artikel darüber schreibe. Einen sehr tendenziösen zu seinen Gunsten natürlich.«

Er seufzt. »Das habe ich mir gedacht. Unterschätz ihn nicht.«

Ich zucke mit den Schultern. »Ich habe selbst einflussreiche Verbündete.« *Und ich bin kein Trottel.*

Er greift diesen Punkt trotzdem auf. »Catherine, du bist eine kluge Frau. Das ist eine Sache, die ich an dir besonders bewundere. Glaub nicht, dass ich deine Intelligenz infrage stellen will, wenn ich dir rate, dich von Mr. X fernzuhalten. Aber vertrau mir: Niemand sollte sich mit dem anlegen.«

Das lässt mich stutzig werden. Sogar DeVille ist vorsichtig, wenn es um diesen Mann geht? DeVille, der als Präsidentschaftskandidat der USA gehandelt wurde? »Warum haben denn alle solche Angst vor ihm? Niemand redet darüber.« Vielleicht liegt es gar nicht so sehr an ihm persönlich, sondern an Informationen, die er besitzt. »Was hat er gegen dich in der Hand, Bob?«, frage ich leise.

Bob kaut an seiner Wangeninnenseite und reicht mir eine Visitenkarte. »Hier ist meine Privatnummer, falls du in Schwierigkeiten steckst.«

»Du kommst gar nicht mehr in die Kolonie?«, frage ich ihn, zu meiner eigenen Überraschung enttäuscht bei dem Gedanken, dass er schon abreist.

Er lächelt. »Ich habe noch ein paar andere Verpflichtungen, werde aber in ein paar Tagen dort sein.«

Ich nehme die Karte und hoffe, dass ich sie niemals brauchen werde.

22

Die Kerzen brennen mit gespenstischen, fast schon künstlich wirkenden roten Flammen, die sicher von bestimmten Chemikalien im Wachs herrühren, die sie in diesem unnatürlichen Farbton flimmern lassen. Feuerwerkskörper werden auf die gleiche Weise gemacht; unterschiedliche Chemikalien leuchten in verschiedenen Nuancen, wenn sie abgebrannt werden. Mangan, Schwefel, Barium. Schöne kontrollierte Explosionen. Der monochrome Schein hier verleiht der Nacht eine surreale Qualität und lässt das Vertraute in einem befremdlich blutigen Licht erscheinen.

Es ist nicht dunkel, aber das purpurne Leuchten macht die Dinge schlechter erkennbar, die Schatten tiefer, üppiger. Mit all den Masken und den Festbesuchern in sonderbaren Kostümen, die sich in den Nischen und Winkeln der Villa verbergen, fühlt es sich an wie eine andere Welt. Ich liebe es.

Ich rücke meine Maske zurecht – ein kunstvolles Ding aus Spitze, leicht wie Luft –, vorsichtig darauf bedacht, nicht die Schminke auf meiner unteren linken Gesichtshälfte zu berühren. Es ist ein Bild, das die Illusion erzeugt, an dieser Stelle sei mir die Haut abgezogen worden, und dahinter öffne sich ein hellblauer Himmel mit wattig weißen Wolken, so als bestünde ich aus Sonnenschein ... das Gegenteil von dem, wie ich mich fühle. Mein Oberkörper ist auch nackt, abgesehen von der Schminke, die dem

Betrachter an strategischen Stellen denselben Himmelsdurchblick bietet.

Heute Abend bin ich nur äußerlich eine Frau.

Bei meiner Rückkehr von der Konferenz steckte eine reich verzierte, handgeschriebene Einladung zu einem surrealistischen Ball an meiner Tür. Die ideale Ablenkung für mich nach dem Reinfall, als der sich die Konferenz entpuppt hatte. Außer von DeVille hatte ich von niemandem stichhaltige Informationen erhalten. Alles, was ich aus Gesprächsfetzen heraushören konnte, war unbedeutend oder öde. Vielleicht tauschten sie sich auch in einer bewusst belanglos gehaltenen Geheimsprache aus, die ich nicht zu entziffern wusste. Penelope war nicht ans Telefon gegangen, und ein Teil von mir hofft, sie heute Abend hier zu treffen, genauso wie ich mich auf die Ablenkung von den sorgenvollen Gedanken freue, die mir schon die letzten vierundzwanzig Stunden in Endlosschleife durch den Kopf gingen. Ich brauche eine mentale Pause, um mich zu erden, damit ich mich wieder fokussieren und über meine nächsten Schritte nachdenken kann.

Ich weiß nicht genau, ob diese Villa ein ständiger Wohnsitz von jemandem ist, oder ob sie nur für spontane Partys immer so herausgeputzt wird – ich vermute, dass einige Mitglieder hier mehr als ein Haus haben –, aber es ist wunderschön und schaurig zugleich, wie ein spektakulärer Kronleuchter voller Spinnweben und Staub. Halb klassische Villa, halb gruselige Fantasie, erinnert die Ästhetik an Spukhäuser und Schlösser, in denen sich Geister und uralte Götter tummeln.

Shakespeare hätte seine Eckzähne dafür gegeben, wenn er an so einem Ort hätte wohnen und sich durch dieses Dekor hätte inspirieren lassen können.

Treppen, die zur Decke führen. Türen zu beliebigen, unpraktisch kleinen Zimmern. Bücherregale, die sich als Leitern entpuppen und zu weiteren Räumen führen. Es ist wie Acid im Wunderland trifft M.C. Escher. Vielleicht ist das doppelt gemoppelt, ich weiß nicht. Es fällt mir schwer festzumachen, was das Motiv dieses Hauses sein soll – was der Hausherr aber vermutlich gerade damit bezwecken wollte.

Eine Sache ist sicher: Die Gäste haben in Sachen Kostümwahl und deren Umsetzung alles gegeben. Es sind keine Blindgänger darunter.

In der Nähe eines Springbrunnens aus umgekehrten Meerjungfrauen – mit den Beinen und den wohlgeformten Hintern von Frauen und den Köpfen von Fischen – steht ein Typ, der als Michelangelos David verkleidet ist, aber anstatt eines Penis baumelt ein hellgrüner Apfel zwischen seinen Beinen, der zweifellos die Ursünde darstellen soll. Ich frage mich, ob hier auch eine Eva unterwegs ist, die seine Begleitung abgibt.

An der Bar sitzt eine Frau, deren Verkleidung aus einer dahinschmelzenden Uhr besteht, die zerrinnende Zeit. Ihr Gesicht ist als hübscher Totenkopf geschminkt, und auch wenn es nicht ganz zum Thema passt, überzeugt es. Sie unterhält sich mit einem Mann in einem zu kleinen Anzug, der einen winzigen Zylinder und eine Babymaske trägt, sodass er aussieht wie ein riesiges verkleidetes Kind. Der Effekt ist auf jeden Fall irritierend.

Am Kamin lehnt eine Frau in einem schicken Smoking mit dem pelzigen Kopf einer Motte nebst Fühlern und unterhält sich mit einem Mann, dessen Kopf aus einem Skorpion besteht.

Es gibt auch den unvermeidlichen Hasen und Pferdekopfmasken, kunstvolle, steife Kostümungetüme, die ihre Träger wohl ganz schön ins Schwitzen bringen, aber das scheint sie nicht zu stören, denn sie zappeln auf der Tanzfläche wie der besoffene Onkel auf einer Hochzeit.

Die Musikauswahl ist interessant und irgendwie schaurig, und ich brauche einen Moment, bis mir klar wird, dass es die Beatles sind, rückwärts abgespielt, gemischt mit Wagner, aber eine daruntergelegte Bassline verbindet sie zu etwas, das erstaunlicherweise funktioniert.

Eine Frau läuft in einem kunstvollen Rockgestell herum, anstatt eines Stoffes hängen daran in Metallhaltern Gläser mit Champagner und Wein. Eine interessante Art, uns zu bedienen und gleichzeitig vollkommen zu ignorieren, während sie gemächlich herumstolziert, als befände sie sich überhaupt nicht auf dieser Party, sondern in einer anderen Zeit, in der das Haus nicht voller Gäste, Geräusche und Leben ist.

Eine Dame trägt eine blonde Perücke zu ihrem schlichten schwarzen Kleid, und ich bin erst enttäuscht, dass sie sich gar keine Mühe gegeben hat, doch dann dreht sie sich um, und ich sehe, dass sie ihr Gesicht genauso geschminkt hat wie Dalis *Gesicht der Mae West, das als Wohnung benutzt werden kann*, samt kleiner Holzbilderrahmen um ihre Augen, und ich lächle ihr zu. Sie nickt und widmet sich wieder ihrem Gespräch mit einem Mann, dessen Hand aus einer Hummerschere besteht und auf dessen Kopf und Schultern sich ein Käfig befindet. Sehr unpraktisch, aber interessant.

Als ich mich weiter in das Haus begebe, wird die Bekleidung spärlicher, und die Leute sind in offensichtliche sexuelle Handlungen verwickelt. Da ist eine Frau mit einem Hut, der aussieht wie drei Händepaare, die ihr Gesicht streicheln, deren Fingernägel aber eher an Adlerkrallen erinnern, die sich in ihre Haut graben. An ihrem schwarzen Catsuit sind die Brüste und der Schritt ausgeschnitten, und ein Mann in einem engen Trikot und einer gruseligen Schnabelmaske überm Penis saugt an einem ihrer Nippel. Er beschönigt mit dieser Maske eindeutig die Größe seines Penis, aber ich muss trotzdem schmunzeln.

Eine Frau ist so bemalt, dass sie aussieht wie eine Klaviatur, und riesige Gorillapranken »spielen« auf ihren Brüsten und ihrer Vagina, um sie zu bedecken, doch sie kniet vor einer Frau und hat deren schmuddeligen Kartoffelsack-Lendenschurz gelüftet und leckt ihr die Muschi. Das Gesicht der Frau, die ihre Aufmerksamkeit genießt, ist mit vermutlich echten Edelsteinen komplett blau besetzt, was als Maske des Reichtums einen starken Kontrast zu ihrem Kartoffelsack-Lendenschurz darstellt.

Ich weiß nicht, ob sie zusammen gekommen sind – Wortspiel beabsichtigt –, aber wenn ihre Kostüme sich ergänzen sollen, dann kapiere ich den Zusammenhang nicht. Irgendetwas Tiefgründiges über Reichtum und Geschmack oder Kultur und Schrott? Andererseits habe ich selbst mich auch für etwas entschieden, das leicht auszuziehen und kurzfristig umsetzbar war. Vielleicht wollten sie es genauso gehandhaben.

In einem weiteren Raum, diesmal mit seltsamen Möbeln aus geometrischen Schaumgebilden, sehe ich einen Mann in einem schwarzen Korsett und Netzstrumpfhosen mit einer Melone auf dem akkuraten Bob. Sein Schnurrbart ist perfekt frisiert, und er bewegt sich überhaupt nicht, während ein anderer Mann in einem perfekt sitzenden Anzug – vollkommen normal bis auf seinen umgedrehten Schnurrbart und die zwei Fische, die seine

Füße bis zu den Knien hinauf verschlucken –, ihn mit harten Stößen von hinten fickt.

Das muss das Orgienzimmer des Hauses sein, weil hier fast jeder einen Teil von jemand anderem in der Hand oder im Mund hat.

Ich fühle mich ein bisschen, als würde ich etwas verpassen, aber ich gehe dennoch durch eine weitere Tür. Es hat ja keinen Sinn, sich für Tür eins zu entscheiden, solange man nicht weiß, was sich hinter Tür zwei oder drei befindet, oder?

Das nächste Zimmer ist weniger surreal. Es hat ein eher nautisches Thema und ist ungefähr zehn Grad kühler. Vielleicht soll es das Meer darstellen?

Eine Frau mit einem Meerjungfrauenschwanz und winzigen Drachenflügeln, auf dem Kopf eine Perücke aus Münzen, die aussehen wie Fischschuppen und bei jeder ihrer Bewegungen klimpern, liegt auf einer Sitzbank vor einer der Wände. Ich frage mich, ob sie sich überhaupt bewegen kann oder ob sie an dieser Stelle festsitzt, bis jemand sie wie einen Maharadscha dorthin trägt, wohin sie möchte.

Ein Mann in einer braunen Lederhose und mit zwei großen weißen Dildos als Walrossstoßzähne reibt seine falschen Hauer am Schritt einer Frau, die vollkommen nackt ist, bis auf eine Maske in Form eines riesigen Seepferdchens.

Ich schlüpfe durch eine kleine Tür, die ich hinter einem Vorhang entdeckt habe, weil der Türpfosten gerade so dahinter hervorlugte, als wäre der Raum privater und als wollten diejenigen, die sich darin aufhalten, nicht bemerkt und gestört werden.

Hinter der Tür befindet sich ein komplett finsterer Raum, Männer und Frauen in Schwarz und Weiß tummeln sich unter Schwarzlicht, so dass nichts außer den weißen Teilen zu sehen ist, die dafür so hell leuchten, dass es beinahe in meinen Augen schmerzt. Ich weiß nicht, ob die Flüssigkeiten auf ihrer Haut Farbe oder Körpersäfte sind, aber sie reiben sich aneinander, räkeln sich auf dem Boden und verteilen flüssiges Licht an allen Stellen, die sie berühren. Ich durchquere das Zimmer am Rand, zwar interessiert an dem Meer aus Körpern, die sich dort aneinanderdrängen, aber nicht so gebannt davon, dass ich hier den restlichen Abend verbringen möchte.

Ich passiere einen schweren Vorhang und komme durch einen Gang in einen SM-Club, der aus einem Gaspar-Noé-Film stammen könnte. Das sagt mir schon mehr zu. Ein großer Springbrunnen in der Mitte des Raumes sorgt für die einzige Geräuschkulisse, abgesehen von den Schlägen mit Gerten und Peitschen auf nackte Haut.

Ich falle auf wie ein surrealer bunter Hund, weil ich die Einzige bin, die nicht in Leder und Latex gekleidet ist, aber das stört mich nicht. Wir befinden uns nicht in einem Berliner Sexclub; hier herrschen andere Regeln. Ich nehme an einem Tisch in der Ecke Platz, beobachte erst einmal, bevor ich mitmache. Wonach ist mir heute Abend? Die große Frau, die wie eine Amazone gebaut ist? Der grazile Mann, der noch jungenhaft wirkt? Die elegante ältere Frau mit Korkenzieherlocken? Will ich heute dominant oder devot sein ... oder abwechselnd?

Ich wende mich einem zarten Lichtschimmer zu, der in kurzer Entfernung meine Aufmerksamkeit weckt. Ein Spiegel. Ich will mit der Hand meine Haare zurechtzupfen und merke, dass es sich gar nicht um einen Spiegel handelt, sondern um ein Fenster.

Ich glaube, wir haben einen Gewinner.

Ich gehe darauf zu, mit dem sicheren Gefühl, dass dies mein Ort des Abends sein sollte.

Ich schiebe mich an einem Tisch vorbei, wo zwei muskelbepackte Kerle gerade einen Mann in Mund und Hintern ficken. Sein schwarzer Lippenstift ist verschmiert, aber er verdreht vor Lust die Augen, als der Mann an seinem Hintern den richtigen Punkt trifft.

Das Fenster ist Teil einer gut getarnten Tür, die vor mir aufschwingt, und ich gehe hindurch, obwohl es dahinter vollkommen dunkel ist und ich weder den Raum noch die Menschen darin erkennen kann.

Nachdem ich mich ein paar Schritte hineinbewegt habe, fällt sie hinter mir klackend ins Schloss.

Die Lichter werden langsam hochgedimmt, theatralisch, und ich blinzle und drehe mich um, damit ich sehe, wer die Hand am Dimmer hat.

Meine Haut fängt an zu kribbeln.

Natürlich ist es Mr. X.

Der Mistkerl grinst selbstgefällig, und es kommt mir in den Sinn, dass ich mich erst mal hätte erkundigen sollen, wessen Party das hier überhaupt ist, bevor ich hingehe. Ein Anfängerfehler, und ich hätte, besonders nach der Konferenz, wirklich damit rechnen müssen, dass er nur auf eine neue Gelegenheit wartet, mich einzuschüchtern. Tja, wenn dies der jüngste Versuch von ihm ist, mir Angst einzujagen, dann kann er das weiterhin vergessen, denn ich habe mich nun zu einer geschickteren Vorgehensweise durchgerungen: zu der guten alten »Erzähl ihnen, was sie hören wollen, und dann mach einfach, was du willst«-Methode. So wie es auch leichter ist, um Verzeihung zu bitten statt um Erlaubnis, nur dass ich weder um das eine noch das andere bitten werde.

Ich habe nichts gegen ihn in der Hand, also weiß ich nicht, was für ein Problem er eigentlich mit meinem Artikel hat. Verfluchte Scheiße, er hat mich schließlich selbst drauf angesetzt.

»Mr. X. Ich hätte wissen sollen, dass das Ihre Party ist.«

»Das hättest du wirklich«, säuselt er, erfreut darüber, dass ich in seine Falle getappt bin. »Wer sonst könnte so eine Party schmeißen, wenn nicht ich?«

Ich senke den Kopf, denn nach allem, was ich heute Abend gesehen habe, muss ich zustimmen. Doch meine Instinkte sagen mir immer wieder, dass ich mich so schnell und so weit wie möglich aus diesem Raum wegbewegen sollte.

Ungestörtheit ist nicht mein Freund, wenn es um diesen Mann geht. »Interessantes Motto, auch wenn es sich nicht durch das komplette Haus zieht. Sind Ihre Partys immer so?«

»Sag du es mir.« Seine Augen verengen sich, und er kommt einen Schritt näher.

»Wovon reden Sie?«

»Erinnerst du dich an unsere erste Begegnung?«

»Ja, es war ...«

»Nein. War es nicht. Das erste Mal, als ich dich sah, wurdest du von einem Mann mit Maske auf einen Sessel gesetzt. Ich hatte dich schon durch die Villa schlendern sehen und mir nichts dabei gedacht ... bis du zum Leben erwacht bist, voller Heißhunger auf Schwänze, als bräuchtest du Sperma zum Leben. Da erkannte ich dich zum ersten Mal.«

Wenn er das gesehen hat, dann bedeutet das ...

»Ich wusste, dass es richtig war, dich an jenem Abend zu filmen. Ich hatte zwar keine Ahnung, dass sich unsere

Wege noch einmal kreuzen würden, aber du hast dir selbst einen Namen gemacht, und ich hörte, dass du in gewisse Kreise vorgedrungen bist. Natürlich war ich neugierig, was aus dir geworden war in den Jahren seit unserer letzten Begegnung.«

Mein Herzschlag gerät ins Stottern angesichts seines Geständnisses. »Sie waren bereit, meine Karriere zu zerstören, nur um mich hierherzulocken? Sie wussten, ich würde alles tun, um mich zu beweisen, nach dem Skandal ... den Sie verursacht haben.«

Er wackelt amüsiert mit den Augenbrauen, als verbinde uns ein lustiger Scherz.

Offensichtlich ist es ihm egal, wenn ich Bescheid weiß. Warum erzählt er mir das? Warum jetzt? Dabei hätte ich von Anfang an wissen müssen, dass er dahintersteckt. »Mein großzügiger Gönner verschafft mir Storys. Warum? Wir kannten uns nicht, und Sie waren mir nichts schuldig. Ging es Ihnen nur um Macht, damit Sie sich einbilden können, meine Karriere begründet zu haben? Was im Übrigen lächerlich ist. Sie können meine Leistung nicht untergraben. Oder war es schon ewig Ihr Plan, mich dazu zu bringen, das zu schreiben, was Sie wollen, um sich selbst einen dünnen Anstrich von Moral zu geben, wen auch immer Sie damit beeindrucken wollen? Nur ist das der Teil, den ich in diesem Spiel hier nicht verstehe: Warum benutzen Sie mich und nicht irgendjemand anderen, den es tatsächlich schert oder der auf Ihrer Gehaltsliste steht? Wir kannten uns nicht einmal, bevor Ihr kleiner Freund Dominick mir Ihre Nachricht übermittelte.«

»Dominick wurde aus einem bestimmten Grund angeheuert. Ich würde uns nicht als Freunde bezeichnen.« Er grinst. »Ja, Catherine, du und ich, wir sind uns schon vorher begegnet. Es ist eine Weile her, und du warst an dem Abend ein wenig neben der Spur, also überrascht es mich nicht, dass deine Erinnerung an mich verschwommen ist.«

Ich muss die Zähne zusammenbeißen angesichts der Selbstgefälligkeit in seiner Stimme. »Was auch immer Sie meinen, gesehen zu haben, an dem Abend, an dem wir uns angeblich begegnet sind ...«

»Oh, wir sind uns mehr als nur begegnet, mein Engel. Es reizte mich, dich wiederzusehen, und um ehrlich zu sein, gefiel mir auch der Gedanke, dass ich meine Hände schon in deiner Möse hatte, dass du es mir besorgt hattest, ohne zu wissen, dass ich es war. Wir waren uns einmal ganz nah, ich bin sogar auf dir gekommen. Du hast über Banalitäten geplaudert und versucht, dich als aufstrebende junge Karrierefrau zu präsentieren, obwohl ich die ganze Zeit wusste, was für eine kleine Schwanzlutscherin du wirklich bist. Als wir uns Nachrichten schickten, hab ich manchmal das Video davon angeschaut, wie du mir einen bläst.« Er lacht und schüttelt den Kopf. »Natürlich wusstest du das nicht. Tja, jetzt weißt du es. Wie fühlt sich das an? Gut, oder? Für mich fühlt es sich auf jeden Fall an, als wäre mir eine Last von den Schultern genommen. Die Wahrheit befreit!«

Die Dinge, die er sagt, und die Bedeutung seines Geständnisses lassen mich erschaudern. Unterhaltungen, die mir harmlos erschienen, bekommen plötzlich eine bedrohliche Dimension. Er war nie ein Freund oder Kollege, sondern ein Stalker, und der Gedanke, dass er mit mir geredet hat, dass er in meine Wohnung eingedrungen ist und mir ein Kleid hinterlassen hat – das ich sogar angezogen habe – und mich an dem Abend nach dem Interview beobachtet hat, lässt mich frösteln. Nicht, dass ich ihm das zeigen würde. Ich stemme die Hand in die Hüfte und täusche eine Gleichgültigkeit vor, die ich definitiv nicht verspüre.

Bei diesem Mann muss ich auf der Hut sein. Er ist gestört und gefährlich und hat keinerlei Skrupel. Dennoch weigere ich mich, mir meine Angst anmerken zu lassen, die ihn glauben lassen würde, dass er mich einschüchtern kann. »Na und, ich hab's an dem Abend jeder Menge Leute besorgt. Ihr Schwanz war da nichts Besonderes.«

Er zuckt mit den Schultern. »Du bist 'ne Nutte.«

»Und Sie wollen mich ficken. Darum geht es doch, oder etwa nicht?« Ich mache einen Schritt auf ihn zu und registriere, wie sein Brustkorb sich hebt, wie er sich angetörnt windet. »Sie waren bloß sauer, dass DeVille mich gefickt hat und nicht Sie. Ist das der Grund, warum ich es sein musste? Aus Rache an Bob? Rache an mir, weil ich mich nicht wie durch ein Wunder an Sie erinnern konnte, als ich Ihre Stimme hörte? Als Sie mich in dem Kleid sahen, haben Sie sich da einen runtergeholt und sich gewünscht, Sie wären es, der meiner Haut so nahe kommt wie sein Stoff? Haben Sie Dominick verflucht, weil er seinen Schwanz in mich reinstecken durfte, meine Arschspalte und meine Muschi lecken durfte?« Einem Impuls folgend, ändere ich meine Taktik. »Dass er unter mir sein durfte?«

Seine Pupillen weiten sich, und ich grinse. »Ich muss schon sagen, X, deine Hartnäckigkeit ist ziemlich beeindruckend. Du hast mich erst aufgebaut, damit mein Absturz richtig schlimm wird. Du hast versucht, mein Leben zu zerstören, nur um zu bekommen, was du willst.«

»Ja«, zischt er.

Ich lecke mir die Lippen und bemerke die Bondage-Ausrüstung im Zimmer. »Und was willst du wirklich?«

»Du weißt, was ich will, Catherine.«

Ich lächle. »Tja, und heute ist dein Glückstag. Du wirst endlich gefickt.«

Er grinst, als ich ihn bei den Handgelenken packe, ihn zur Bank zerre und mit einem heftigen Stoß daraufschubse. Ich setze mich mit gespreizten Beinen über ihn und greife hoch zu einem Tisch, während er mir mit den Händen über die Hüften und den Hintern fährt, begierig wie ein unerfahrener kleiner Junge.

Ich stecke ihm den großen roten Ballknebel in den Mund, den ich vom Tisch geholt habe, und binde die Riemen hinter seinem Kopf zusammen, fest. Dann küsse ich den Ball, als wäre es sein Mund. Seine Lider werden schwer, und ich spüre, wie sein Schwanz anschwillt. Jetzt beginnt mein Herz zu pochen. Machtgeile Männer fühlen sich am verletzlichsten, wenn man ihnen ihre Macht nimmt.

Er soll genau wissen, wie sich das anfühlt.

Ich stehe auf und reiße ihm untenrum die Kleider herunter. Dann befehle ich ihm, sich umzudrehen, bin überrascht, dass er mir gehorcht. Wahrscheinlich glaubt er, dass ich ihm den Hintern versohlen werde, als interessierte ich mich für seine grau melierten Schamhaare oder seine hervorquellenden Hodensäcke.

Ich nutze die Kopfstütze der Bank, um seine Hände daran festzubinden. Die Bank ist nicht bloß eine Bank – sie hat auch eine praktische Hydraulik, mit der man sie auf einer Seite so hochfahren kann, dass die Zehen kaum noch den Boden berühren und die Arme über den Kopf gestreckt werden. Mr. X scheut keine Kosten, wenn es um seine schmutzigen Vorlieben geht. Ich verzichte auf die Fußgelenksmanschetten, weil sie zu locker wären, also drehe ich ihn um und befestige einen Spreizbalken zwischen seinen Fesseln, bevor ich ihn an den Metallringen an der Unterseite der Bank fixiere. Perfekt für das, was ich mit ihm vorhabe.

Ich gehe um ihn herum, will ihm in die Augen blicken, beuge mich lächelnd zu ihm hinab, damit wir auf Augenhöhe sind. »Du bist ein armseliges Stück Scheiße. Die Macht, die du dir mit Daddys Geld gekauft hast, hat dir das Hirn aufgeweicht. Männer wie du müssen Leute kaufen oder sie bestechen, damit sie überhaupt Zeit mit ihnen verbringen, denn tief im Kern bist du ein kleines, schwaches Nichts. Du hast weder ein Herz noch eine Seele, an dir ist nichts Interessantes oder Kreatives, das dich anziehend machen würde. Du bist bloß ein Bankkonto und ...«, ich blicke an ihm herunter, »und ein enttäuschend kleiner Schwanz. Kein Wunder, dass ich mich nicht an dich erinnert habe. Jemanden wie dich kann man bloß vergessen.«

Er windet sich heftig, aber das ist es ja gerade, was Bondage ausmacht. Ich tätschle den Ballknebel, auf dem er herumkaut, in dem vergeblichen Versuch, etwas zu erwidern. »Schsch. Du tust dir nur weh, wenn du so zappelst. Du hast genug geredet. Jetzt bin ich dran. Hör zu, X. Ich bin nicht mehr das harmlose Ding, das ich war, als wir uns zum ersten Mal begegnet sind. Ich bin nicht mal dieselbe Frau, die ich letzte Woche war. Ich habe viel gelernt und hatte Zeit, mir ein paar Asse in den Ärmel zu schieben. Du tust gut daran, dir das klarzumachen, bevor du mir das nächste Mal drohst. Du hast keine Ahnung, wozu ich fähig bin, und ich schreibe, verdammt, was ich will.«

Ich bleibe hart, aber das spöttische Flackern in seinen Augen versetzt mich in Rage. Er nimmt mir noch nicht ab, dass ich alles mit ihm anstellen kann. Ich habe einen Mann vor mir, der sich wirklich für unantastbar hält. Dieser Mann hat mein Leben dem Erdboden gleichgemacht, nur so zum Spaß, und er hat Leute umgebracht, die ich geliebt habe. Wer sonst sollte Inana und Anna getötet haben? Welche Leichen hat er noch im Keller?

Ich sehe mir die anderen Gegenstände auf dem Tisch genauer an und greife zu einer schwarzen Stoffmaske, die ich ihm über den Kopf ziehe. Sie erinnert an die Art, die Entführer verwenden und die das Gesicht ihrer Opfer komplett verhüllen.

Ich ziehe das Band um seinen Hals ein bisschen zu fest zu und koste sein heftiges Strampeln und Röcheln aus. »Du bist erbärmlich. Versuchst dir mit deinem Comicbösewichtnamen eine geheimnisvolle Aura zu verleihen. Aber bei all deinem Reichtum bist du im Grunde genauso verletzlich wie wir alle.«

Ich stelle mir vor, wie ich ihn so stranguliere, dass er aufhört zu atmen und sich nicht mehr bewegt. Ich bin mir sicher, niemand würde einen großen Wirbel um diese Verschwendung von Haut machen.

Aber ganz gleich, womit immer wir davonkämen, wenn niemand Zeuge ist und unsere Freunde uns decken könnten – wir müssen uns selbst noch jeden Tag im Spiegel anschauen können. Und sosehr ich diesen Mann auch hasse, so lasse ich das Band doch los. Seine Atmung wird unter dem Sack langsam wieder normal, obwohl er weiterhin gefesselt, geknebelt und unter dem Stoff gefangen ist.

»Ich bin besser als du, X. Ich könnte dir die schrecklichsten Dinge antun, ohne mich dabei schlecht zu fühlen, weil dir die Menschen um dich herum so egal sind.« Ich werde ihn nicht töten. Das würde mich genauso schlecht machen wie ihn.

Ich verlasse den Raum und gehe zu dem Tisch, auf dem die beiden Doms den Typen gevögelt haben, und flüstere ihnen ins Ohr, dass ein Geschenk auf sie warte: eine offene Tür, eine Riesentube Gleitgel und ein Mann, der die ganze Nacht von ein paar anonymen Fremden gefickt werden wolle.

Heftig.

Sie willigen ein und versprechen, sich gut um meinen Sklaven zu kümmern.

Ich gehe und lasse X mit dem Hintern in der Luft und gespreizten Beinen hängen, ohne dass er von den beiden Männern weiß, die bereits auf dem Weg zu ihm sind.

Was für eine perfekte Party.

Das ist für Anna und Inana.

Und für mein Leben, das du auch mir nehmen wolltest.

23

Eine weiße Pferdekutsche hält vor meinem Haus, und ich klettere hinein, vorsichtig, damit der Saum meines Kleides sich nicht in den Rädern verfängt. Das Kleid glitzert im Licht, funkelnde Edelsteine werfen Prismen zurück.

Ich nehme Platz, und der Kutscher, herausgeputzt im pflaumenfarbenen Frack mit Zylinder, fährt uns mit einem Zügelschlag die Straße hinunter. Die Pferdehufe klappern auf dem Asphalt, markieren die Dauer unserer Fahrt, nur dass ich mich nicht so recht erinnern kann, wohin es gehen soll. Bin ich zu spät oder Jahre zu früh dran?

Ich habe meine Handschuhe zu Hause vergessen und krame in meiner kleinen Clutch, hoffe, darin vielleicht ein Ersatzpaar zu finden. Nichts. Ich öffne den Mund, um dem Kutscher zu sagen, er solle umdrehen, aber eine schimmernde Wolke auf der Straße vor uns lenkt mich ab. Sie sieht schön aus, und die Luft scheint zu surren, je näher wir ihr kommen.

Ich strecke die Hand seitlich aus der Kutsche, als wir die Wolke erreichen. Doch sie besteht nicht aus Glitzer und Flitterwerk. Sie ist alles andere als magisch. Es ist ein Insektenschwarm. Jede Menge Moskitos.

Ich bin von Kopf bis Fuß von ihnen übersät. Ich öffne erneut den Mund, um den Kutscher anzuweisen, zurückzufahren, aber sofort ist mein Mund voll von ihnen, und sie stechen mir auch in die Zunge.

Ich spüre die winzigen schmerzhaften Bisse auf jedem Zentimeter meines Körpers. Meine Hand juckt stärker als alles andere. Ich kratze daran und zucke zusammen, als ich spüre, dass sie nass wird. Ich schaue hin, überrascht von all dem Blut. Woher kommt es?

Mit dem Finger versuche ich den roten Saft wegzuwischen, damit ich die Verletzung finde, kann jedoch keinen Einstich oder Schnitt erkennen. Ich blicke nach oben, um zu sehen, ob es bloß auf mich draufgetropft ist, aber tatsächlich sickert es einfach durch meine Haut nach außen wie durch eine Million unsichtbarer Bisse.

Ich kann es nicht stoppen – es ist mir unmöglich, mein Blut in mir zu behalten, wenn jeder Millimeter meines Körpers durchlöchert ist und der Lebenssaft durch die Poren meiner Haut heraustritt. Ich bin voller Entsetzen, doch die Kutsche setzt ihre Fahrt gemächlich fort, in totalem Kontrast zu meiner ansteigenden Panik.

Ich packe mein Abendkleid und ziehe mir das Oberteil wie eine Kapuze über den Kopf, versuche es als Druckverband zu benutzen und gleichzeitig als Schutz für meine Arme und mein Gesicht, aus denen nun auch schon das Blut tropft. Aber der Stoff bauscht sich, als wäre zu viel von ihm da oder als würde das Kleid immer größer werden oder ich schrumpfen. Und dann falle ich, versinke in Stoff und Blut und kann kaum noch atmen.

Ich wache in mein Laken verheddert auf, schweißüberströmt, was ich im Schlaf fälschlicherweise für Blut gehalten habe. Ich hatte vergessen, die Klimaanlage anzuschalten, bevor ich mich hingelegt habe.

Ich strample mich aus der Decke frei, hole mir ein Glas Wasser und ziehe mir das triefende Trägerhemd und mein Höschen aus, bevor ich zurück ins Bett schlüpfe.

Nur die weiblichen Moskitos saugen Blut. Sie ernähren sich auch von Nektar und Wasser wie die Männchen, aber sie brauchen das Eisen und die Proteine aus dem Blut für ihre Eier. Sie laben sich an uns, um Leben zu erschaffen. Diese Derbheit der Natur, ihre rohe Grausamkeit: Kann sie wirklich ausgeklügelt sein? Und doch gibt ihr ihre Zerbrechlichkeit die Rechtfertigung dafür. Wenn man nur eine Sache wegnimmt, fällt so vieles in sich zusammen wie ein Kartenhaus.

Deshalb glaube ich nicht daran, dass die Menschheit überleben wird. Wir sind viel zu destruktiv. L.A. sieht aus wie eine riesige Geschwulst, ein Tumor in der Landschaft, der Smog in die Luft bläst und jede natürliche Schönheit zerstört. Wir sollten eigentlich gar nicht dort sein – es gibt für uns keine natürliche Lebensgrundlage an einem so heißen Ort. Aber weil wir voller Arroganz behaupten, dass der Mensch sich die Natur unterwerfen kann, fallen wir sogar über jene Gegenden her, wo uns die Natur klar vermittelt, dass wir dort nichts verloren haben. Wir ignorieren die Erdbeben und Tsunamis und tödlichen Unwetter. Wir ignorieren Raubtiere und giftige Dinge und den Mangel an natürlichen Ressourcen, befördern sie stattdessen nach Bedarf überallhin, was zu noch mehr Umweltzerstörung führt.

Als hätten die Leute vergessen, dass der Mensch Teil der Natur ist und nicht über ihr steht oder unabhängig von ihr existieren kann. Wir befinden uns noch nicht mal an der Spitze der Nahrungskette, wenn man von unseren Waffen, Werkzeugen und Technologien absieht. Schickt man eine Handvoll Menschen für eine Reality-Show auf eine einsame Insel, dauert es keinen Tag, bis die ersten schluchzend zusammenbrechen, weil sie ihre Familien schrecklich vermissen, und bei jedem winzigen Geräusch in der Nacht schrecken sie panisch hoch. Wir sind nicht dafür gemacht, den Elementen zu trotzen – wir haben bloß Dinge geschaffen, die uns so gut es geht von der Natur abschirmen.

Wir lassen uns an irre heißen Orten ohne natürliche Wasservorkommen nieder und drehen die Klimaanlage hoch, bis wir zittern und einen Pullover anziehen müssen.

Wir leben an unglaublich kalten Orten, wo es keine Nahrungsquellen gibt, und karren dann im Winter auf eisigen Straßen Vorräte herbei.

Wir tun alles, was in unserer Macht steht, um uns die Natur vom Leibe zu halten – wir pflastern sogar unsere Gärten, und an den Wochenenden im Sommer quetschen wir die Familie in ein beschissenes kleines Wohnmobil und fahren campen, atmen die frische Luft ein, freuen uns, dass wir alles mal hinter uns lassen können, und schaffen es doch nicht, aus unserer Tretmühle des Konsumwahns auszusteigen.

Man wünscht sich ein Motorrad, um sich wie ein Rebell und ach so frei zu fühlen, aber dann muss es schon das riesige mit allem Drum und Dran sein, sodass es am Ende aussieht, als fahre man auf einer Couch herum. Vielleicht ist dieser Zwang, Dinge anzuhäufen, Teil unserer Evolution. Es betrifft auch nicht allein unsere Spezies – man denke nur an die Fabel von der Ameise und der Heuschrecke. Lebe im Heute und Jetzt oder denk an die Zukunft – es wird immer Menschen geben, die sich beiden Lebensphilosophien verschreiben. Wir wollen besitzen und erhalten und schwelgen, und das ist auch okay. Es gehört zu unserem Wesen, Dinge zu wollen, von denen wir glauben, dass sie uns glücklich machen. Am Ende des Tages schauen wir alle den Grashalmen von unten beim Wachsen zu. Das ist unvermeidlich und unausweichlich. So ist das Leben. So ist der Tod. Das nennt man Gleichgewicht.

Die Natur ist eine tödliche Sache, aber auch wunderschön, strebt immer nach dem Gegengewicht, das wir so sehr meiden, indem wir denken, wir wüssten es besser.

Wenn man darüber nachdenkt, sind in der Natur oft die Weibchen einer Spezies am gefährlichsten. Wenn die Männer nach dem Sex nicht gleich verschlungen werden (wie bei der Gottesanbeterin und vielen Spinnenarten), dann wird ihnen am Ende der Penis ausgerissen, und sie verbluten (wie bei den Bienen). Es sind die Löwinnen, die jagen – und es gibt nichts Gefährlicheres als eine Bärin, die ihre Jungen verteidigt.

Menschen scheinen die Einzigen zu sein, die das verdrängen, indem sie Frauen zu hübschem Beiwerk machen, sie zum Vergnügen der Männer schwächen. Sie werden zu nachgiebigen und verträumten Männerfantasien, in die sie ihre harten Schwänze versenken wollen. Kriegerinnen sind dann reizend, wenn Männer glauben, sie zähmen zu können. Die Männer plattmachende Karrierefrau voller Durchsetzungskraft ist bei wenigen beliebt. Das Interessante daran, sie zu ficken, ist für viele nur, zu sehen, welche Verwandlung sie dabei durchläuft. Sie wollen sehen, wie ihr perfekter Haarknoten durcheinandergerät, sie ihre Brille abnimmt und ihre schönen Rehaugen zum Vorschein kommen.

Es geht um die Jagd und die Herausforderung, und sobald es erreicht ist, ist es auch schon langweilig, schon wieder das Bekannte. Safe Sex gefährdet die Beziehung.

Safe Sex – und damit meine ich die Sicherheit der Berechenbarkeit – tötet. Routine tötet. Wir lassen uns von Männern jagen, bemalen unsere Lippen und Gesichter, tänzeln auf hohen Schuhen herum und spielen mit ihrem angeborenen Jagdinstinkt und Eroberungsdrang.

Wir lassen uns von Leuten das Leben aussaugen, verbringen Stunden mit Dingen, die uns nichts bedeuten, weil wir glauben, dass wir diese Verbindung mit jemandem wollen sollen. Wir impfen Leuten Scham ein, die mit jemandem vögeln können, ohne sich sofort emotional zu binden und gleich eine Familiengründung anzustreben. Wir hacken verlogen auf andere ein und beschämen sie, anstatt mal kritisch in uns selbst hineinzuhorchen und die Verantwortung für unsere Entscheidungen zu übernehmen.

Ich habe heute Nacht etwas getan, von dem ich niemals gedacht hätte, dass es Teil meiner Natur ist, wenn man mich vor zehn Jahren oder einem oder vor einer Woche gefragt hätte. Was hat sich sonst noch tief in mir drin verändert? Wie würde ich reagieren, wenn ich mit anderen Situationen konfrontiert würde? Kann ich auf eine Reaktion zählen, die ich von mir selbst erwarten würde, oder entsteht in den dunklen Ecken meines Unterbewusstseins gerade eine neue Version meiner selbst?

Wenn Augen das Fenster der Seele sind, dann ist das Unterbewusstsein das Fenster zum Geist, und Träume sind der Schlüssel zu alldem.

Träume haben mich schon von jeher fasziniert. Ich strecke mich im Dunkeln aus und denke an einen wiederkehrenden Traum, den ich als Kind hatte. Er war immer gleich: An einem sonnigen Tag stand ich auf Eisenbahngleisen. Ich hatte ein hellgrünes Kleid an, das ich im echten Leben nicht besaß, aber im Traum war es mein Lieblingskleid. Ich glaube, eine der Figuren aus einer meiner Lieblingsfernsehserien trug so eines.

Am Rande der Bahnstrecke wuchsen prächtige Sonnenblumen, und ich versuchte, noch eine zu pflücken, obwohl ich schon einen ganzen Armvoll hatte. Ich wollte sie pflücken, damit ich die Kerne den Vögeln zum Fressen geben konnte, und meine kleinen Arme hielten die langen Stiele umschlungen, während die Blütenköpfe mir die Sicht versperrten.

Ich erinnere mich an das Knirschen des Schotters unter meinen Füßen, während ich von Schwelle zu Schwelle hüpfte, in der Aussicht, den Vögeln die Leckerei zu bringen, die ich so mühevoll für sie gesammelt hatte. Ich warf immer mal wieder einen Blick über die Schulter und hielt nach einem Zug Ausschau, aber es kam nie einer, und ich sorgte mich auch nie ernsthaft. Heute würde ich mich ständig umschauen, voller Panik, dass bereits ein Zug auf mich zurasen könnte, dessen Rumpeln ich bereits in den Knochen spüren würde. Doch damals war es idyllisch und friedlich und leicht verschwommen an den Rändern, wie es nur wahrhaft perfekte Momente sein können, obwohl es bloß Träume sind.

Nur dass mir im Traum auch die Zähne herausgefallen sind, was anscheinend Bedauern oder Scham symbolisiert, aber ich weiß nicht, warum ich als so junger Mensch solche Gefühle hätte haben sollen. Vielleicht belastete es mich, dass mir damals gerade meine Milchzähne ausfielen und Lücken entstanden, die mich lispeln ließen, und das drang in mein Unterbewusstsein, weil ich es schrecklich fand. Aber ich spuckte die Zähne immer sorgfältig aus und bemühte mich, ja keinen davon zu verschlucken.

Ich hatte auch später noch Träume mit herausfallenden Zähnen, die selbst für mich als Erwachsene noch irritierend waren.

Vielleicht sehen Kinder Gefahren nicht dort, wo sie welche sehen sollten, oder fühlen Bedauern nicht so, wie sie es später lernen.

Das Unterbewusste ist tief wie der Ozean. Dort unten gehen immer Dinge vor sich, von denen wir nichts wissen. Dinge, die uns formen und prägen, im Guten wie im Bösen. Aus kleinen Wellen werden riesige Wogen. Vielleicht sollte mir Mr. X leidtun.

Aber es ist schon komisch, was man Leuten antun kann, ohne die geringsten Gewissensbisse.

Macht mich das zu einem schlechten Menschen? Ich weiß es nicht. Je älter ich werde und je mehr ich über die Welt erfahre, desto grauer werden Begriffe wie »gut« oder »böse« für mich. Was ist der Unterschied zwischen Rache und Strafe? Vergeltung und Gerechtigkeit? Wo liegt die Grenze, an der die Rache an jemandem zu weit geht, es kippt und der Held zum Anti-Helden wird?

Ich hole Inanas Tagebuch in mein Bett und streichle den Buchdeckel, als wäre es ein Haustier, ein guter Freund. Die Hand eines Geliebten. Ich kann sie nicht zurückholen, aber im Moment habe ich das Gefühl, dass sie sich, wenn sie hier wäre, über das, was ich getan habe, freuen würde, es als ausgleichende Gerechtigkeit empfinden würde, an einem Mann, der sich um andere so wenig schert.

24

An manchen Tagen wacht man hellwach, aber ruhig auf, als wäre einem ein Schleier von den Augen und dem Verstand gezogen worden. Das Licht fühlt sich anders an. Der eigene Körper fühlt sich anders an, als ob jede Haltung bequem wäre, obwohl man es zu jeder anderen Zeit, wenn man sich so hinlegen würde, schrecklich unbequem fände. Man ist zufrieden, einfach im Bett zu liegen und an alles und nichts zu denken und sich vielleicht an seinen Traum zu erinnern und ihn zu analysieren.

Am nächsten Morgen wache ich in genau diesem Zustand auf und greife nach dem Tagebuch.

Doch Inanas Tagebuch ist verschwunden, und Anna sitzt stattdessen auf dem Bett neben mir, als hätte sie seit Stunden geduldig mein Erwachen abgewartet. Seltsamerweise kann ich nur einen einzigen Gedanken fassen: dass das graue Hemdchen, das sie trägt, ihre Haut besonders pfirsichhaft wirken lässt. Es ist verrückt, und ich möchte lachen, aber ich wage kaum zu atmen.

Anna. Meine Achillesferse, die verhängnisvolle Blonde, der ich bis ans Ende der Welt gefolgt wäre. Ich wusste bloß nicht, dass ich genau das tat. Ich ahnte nicht, dass sie noch lebt, und mir war auch bis zu diesem Moment, in dem ich sie jetzt sehe, nicht bewusst, dass ich tief im Herzen davon überzeugt gewesen war, dass sie tot ist. Mein Atem fühlt sich zäh und heiß an, weil all die Gefühle mir die Kehle zuschnüren.

Anna hatte mich überhaupt erst auf meine Reise geschickt, und jetzt, wo ich tiefer vorgedrungen bin, als ich es mir je hätte vorstellen können, ist sie da, wie meinen Träumen entsprungen.

»Ich dachte, du bist tot.«

Einen Moment kneift sie die Augen zusammen, bevor sie mich wieder direkt ansieht. »Das bin ich auch«, flüstert sie.

Ich strecke zögerlich die Hand aus und streiche über ihr Gesicht. Fest, warm, wahrhaftig. Sie legt beide Hände auf meine und schmiegt sich fest an meine Berührung.

Ich setze mich auf und lasse meine Fingerspitzen ihren Hals hinuntergleiten. Sanft fahre ich die Arterie nach, die unter ihrer Haut pulsiert. Für eine Tote ist ihr Puls ziemlich beständig und stark.

»Im übertragenen Sinn«, sage ich vorwurfsvoll. »Wie konntest du mich glauben lassen, du seist tot?« Ich ziehe meine Hand zurück, obwohl ich sie eigentlich bloß an mich drücken will, um mir selbst zu beweisen, dass sie hier und wahr und okay ist.

Ich stehe auf und tigere herum, ohne sie aus den Augen zu lassen, aber still sitzen kann ich jetzt nicht, bei all diesen ... diesem ... *allem*, was mich gerade durchströmt. »Weißt du, dass ich um dich getrauert habe? Dass ich dich im Geiste beerdigt habe, damit ich weiterleben und weiteratmen kann? Hast du eine Ahnung, dass ich sogar ernsthaft daran gezweifelt habe, dass du überhaupt existiert hast? Dass ich fast schon geglaubt hätte, du wärst bloß eine Illusion gewesen, die sich mein Unterbewusstsein zusammengesponnen hat?« Wie in *Fight Club*, nur dass es ums Vögeln ging, denn sie hat mich ja erst in diesen verrückten Fick-Club gebracht, der die Juliette

Society war, und mich dann dort zurückgelassen, damit ich alleine darin untergehe.

Sie war es, die mir die Schlinge gegeben hatte, an der ich mich aufhängen konnte, und jetzt sitze ich hier in einer geheimen Kolonie fest, mit einem Mann, der mich vermutlich lieber tot als lebendig sähe, je nachdem, was ich zu tun und zu schreiben gedenke.

»Du hast mir gefehlt«, flüstert sie.

Ich werfe mich ihr in die Arme, drücke sie an mich, spüre ihre Kurven an meinen, in einer Umarmung, die mir nicht eng genug sein kann. Aber meine Arme haben nicht die Kraft, mich davon zu überzeugen, dass sie hier und in Sicherheit ist.

Ich hatte bei alldem nichts Sexuelles im Sinn, aber irgendwie finden meine Zähne den Weg an ihren Hals, und sie erstarrt, und meine Zunge schnellt heraus, um ihre Haut zu spüren, sie auch noch zu schmecken, denn obwohl ich sie riechen und fühlen und sehen kann, kann ich doch noch immer nicht glauben, dass sie wirklich echt ist.

Doch sie stöhnt und schmiegt sich an mich, wird unter meiner Berührung weich. Meine Hände befreien sie mit so geschicktem Griff aus ihrer Kleidung, als hätte ich das schon tausendmal gemacht oder geübt oder vielleicht auch nur davon geträumt.

Das habe ich.

Und dann sind wir beide nackt, nichts als Haut und Lust und Erleichterung und Verlangen.

Sie ist noch immer kurvig, aber ihre Schlüsselbeine springen ein wenig schärfer hervor als in meiner Erinnerung, und ihre Schultern sind ein bisschen knochiger unter meinen gierigen Händen.

Sie reagiert auf mich wie eine Katze, schmiegt sich in meine Liebkosungen und schnurrt beinahe, ihre Augen schließen sich, ihre Atmung wird schneller. Ich führe sie zum Bett und drücke sie sanft auf ihren Rücken, lege mich auf sie und stütze mich mit den Unterarmen zu beiden Seiten ihres Gesichtes auf.

Ihre Lippen sind voll und weicher, als ich es vermutet hätte. Ich strecke den Rücken durch und lasse meine Nippel ihre berühren, erschaudere von der bloßen Wonne des seidigen Gefühls ihrer Haut an meiner.

Wir waren immer gleich. Formbar, modellierbar. Und doch unterschiedlich. Ein stilles, ruhiges Wasserbecken – und ein tobender Ozean.

Ich weiß bloß nicht mehr, wer wer war.

Aber wir gehörten zusammen. Unsere Aufgabe bestand darin, die andere zu unterstützen und sich um sie zu kümmern, die andere zu stärken und einzuspringen, wenn die andere der Mut verließ. Irgendwie wurden wir getrennt. Sie kam hierher und ich auch. Unsere verschiedenen Wege führten uns ans selbe Ziel, als wäre es Bestimmung.

Ich lasse meine Finger ihren Körper hinuntergleiten, sie verweilen kurz mit festem Druck auf ihrer Hüfte, bevor ich sie weiter zwischen ihre Beine wandern und in die nasse Tiefe sinken lasse, die sich dort auftut. Ich massiere leidenschaftlich ihren Kitzler.

Sie schreit auf und ruft stöhnend meinen Namen, als ich sie verschlinge, ihre Lippen lecke und sanft kneife, als Strafe dafür, dass sie mich allein die Scherben hat auflesen lassen.

Ich vergebe ihr nicht.

Ich habe sie nie vergessen.

Ich werde ihr immer vergeben.

Letzten Endes.

Ich benetze ihre Lippen mit meinen nassen Fingern, und mein Bauch spannt sich an, als sie sie abschleckt und mir dabei tief in die Augen schaut. Wir bringen unsere Kitzler auf eine Höhe, und ich gebe mit dem Becken einen schnellen Rhythmus vor, ohne mich darum zu kümmern, ob sie es langsamer will. Es ist, was es ist, das ist, was wir jetzt sind, was sie verlassen hat und zu was ich geworden bin.

In unserem Kuss schmecke ich ihre Lippen und ihre Vulva, und ich lasse meine Zunge tief in ihren Mund vordringen, streichle besänftigend die ihre, bevor ich mich wieder von ihr löse und sie ansehe.

Sie nimmt das, was ich ihr gebe, mit einem Lächeln an, und bald darauf ficke ich sie so heftig, dass ich morgen blaue Flecken an der Möse haben werde, aber das ist mir in diesem Moment egal, unsere Säfte vermischen sich und lassen uns gleiten, es riecht nach Sex und Süßem, und es wird immer heißer, aber ich würde uns eher durch die Reibung unserer Hüften verbrennen lassen, als jetzt aufzuhören.

Ihre Nägel pflügen sich in meinen Rücken, als sie mich an sich zieht, ihre Fingerspitzen sind wie Anker, und plötzlich komme ich, komme keuchend, ringe nach Luft, und meine Hände vergraben sich in ihrem Haar. Sie erschaudert, als ich daran ziehe, und schreit vor Schmerz auf, als sie mit mir zusammen kommt.

Ich vergrabe mein Gesicht an ihrem Hals und spüre, wie sie meinen Rücken mit ihren Fingerspitzen nachzeichnet. Ich atme einfach nur den Duft ihrer Haut und unserer Lust ein.

Ich habe keine Worte dafür.

Ich möchte es noch einmal tun, diesmal noch gründlicher in meinem Spielzimmer, wo ich sie festbinden und ihr die Antworten entlocken will, die ich suche.

Aber ich brauche keine Peitschen und Ketten und Vibratoren, um Antworten zu bekommen.

Sie schuldet mir eine Erklärung.

Die ganze Sache hat etwas Surreales an sich, und plötzlich habe ich Angst, dass ich überhaupt nicht aufgewacht bin und dies bloß ein weiterer Traum ist, nur noch grausamer als der davor.

Doch als ich mich von ihr löse, lächelt sie, und ihr schuldiger Blick verfestigt die Realität erneut. Sie ist wahrhaftig hier, denn Traumversionen derer, die uns unrecht tun, fühlen sich nicht schuldig, wenn sie uns so tief verletzt haben, dass sie Narben auf unserem Wesen hinterlassen.

»Ich kann nicht glauben, dass du endlich hier bist«, flüstert sie.

Ihr Flüstern macht mir Angst. Es sieht der lebhaften Frau, die ich einst kannte und die die befremdlichsten Dinge offen aussprach, gar nicht ähnlich.

Jetzt fällt mir auch auf, dass sie dunkle Ringe unter den Augen hat.

»Warum bist du hier, Anna?« Ich rücke von ihr ab, wickle mich in die Decke und überlasse ihr das Laken. »Nach all den Jahren. Du hättest mich jederzeit kontaktieren können.«

»Das konnte ich nicht.« Sie setzt sich auf und lehnt sich mit dem Rücken an das Kopfteil des Bettes. »Es ist kompliziert.«

»Sag mir die Wahrheit. Wenigstens das bist du mir schuldig.« Sie hat mir so sehr gefehlt, aber nachdem der

Orgasmus und der erste Schock über ihr plötzliches Auftauchen langsam abgeklungen sind, möchte ich ein paar Antworten. »Ich habe eine Antwort verdient.«

»Und die wirst du auch bekommen.«

Die Männerstimme, die das sagt, kommt von der Tür zu meinem Schlafzimmer.

25

Dominick steht in der offenen Tür, kommt aber nicht herein.

Ich erstarre beim Anblick von Mr. X' Schoßhund. Mit dem ich mehrmals freiwillig gevögelt habe. »Was zur Hölle suchst du hier?«

Anna sieht, wer es ist, und legt mir beschwichtigend die Hand auf den Arm. »Catherine, er ist mit mir hier, mit uns.«

Ich schüttle ihre Hand ab. »Hat er dir das erzählt? X hatte da eine andere Version der Geschichte.« Ich verschränke abwehrend die Arme und fühle mich verraten, während sie von meinen Worten nicht überrascht zu sein scheint.

Dominick steht immer noch in der Tür und macht keine Anstalten hereinzukommen. »X glaubt, ich arbeite allein für ihn, aber ich bin sozusagen ein Doppelagent. Das mit dem Autounfall war auch ich – ein Versuch, dich sicher aus der Schusslinie zu nehmen, als wir begriffen, was Mr. X mit dir vorhat.«

Sein Eingeständnis, dass er jemanden gebeten oder bestochen hat, mich absichtlich anzufahren, hilft nicht gerade dabei, sich bei mir beliebter zu machen. Ich hätte schließlich schwerer verletzt werden können, denn nicht umsonst heißt es Unfall. So etwas kann man nur bis zu einem bestimmten Grad planen. Die Situation war nicht unter Kontrolle. Glassplitter, unschuldige Passanten, und letzten Endes hatte es mich auch ganz schön erwischt. Bei dem Gedanken daran, was alles hätte schiefgehen können, läuft es mir eiskalt den Rücken hinunter. Und doch durchdringen seine Worte meine Wut. »Aus der Schusslinie?« Ich drehe mich zu Anna, unsicher, ob sie bloß aus Berechnung Sex mit mir hatte, welche Hintergedanken sie möglicherweise dabei gehabt haben mochte.

»Wir wollten dich da rausholen. Nicht bloß aus dem Wagen oder der Situation mit ihm. Wir haben dich hierhergebracht, um dich zu retten. Was mit Inana geschehen ist, wäre mir beinahe selbst passiert.«

Sie bleibt bewusst vage, aber warum? Ich erinnere mich daran, wie Anna mir erzählte, sie habe einen Freund, einen Typen, der sie gerne grob anfasse, um seine Spur für andere zu hinterlassen, damit sie wussten, wo er war. Und das fand sie sogar in Ordnung. *»Ich liebe es, sie auf meinem Körper zu haben«*, sagte sie. *»Solange ich sie spüre und sehe, weiß ich, wie sie dort hingekommen sind. Ich erinnere mich, wie er mich angefasst hat. Wie er mich gefickt hat. Und ich sehe gerne dabei zu, wie sie langsam verblassen. Wie sie von rot zu schwarz werden und von grün zu golden. Und wenn sie ganz verblasst sind, dann weiß ich, dass es Zeit wird, ihn wiederzusehen.«*

Bei der Erinnerung an ihre Worte kneife ich die Augen zusammen und plappere ihre Worte wie ein Papagei nach. »Von allen deinen Typen mochtest du ihn am liebsten, weil er der Einzige war, der dachte wie du. Der auch glaubte, dass Sex und Gewalt bloß ›zwei Seiten einer Medaille‹ sind. Der das nicht bloß geglaubt hat, sondern entsprechend gehandelt hat.« Janus. Die ganze Zeit.

Ihr Nicken bestätigt meine Vermutung.

»Das war Mr. X, oder? Der Typ, der dich immer gezeichnet hat?« Ich frage, ohne näher darauf einzugehen, dass sie Angst vor ihm hatte, denn ich kenne die Antwort bereits.

Sie reibt sich die Arme, um die Gänsehaut zu vertreiben, die sogar ich von meiner Position aus sehen kann.

»Er dachte, er hätte mich gekillt. In einer Situation ging er viel zu weit, und die Splittergruppe griff ein, weil sie ihre Chance witterte, als er mich für tot hielt und die Society bat, ›sich darum zu kümmern‹, so wie er es schon bei Inana Luna gemacht hatte.«

Trotz der grauenvollen Geschichte, die sie mir da erzählt, lässt mich der Klang ihres Namens aus Annas Mund am ganzen Körper erschaudern. »Er hat sie umgebracht?«

»Er behauptet, es sei ein Unfall gewesen. Dass die Situation außer Kontrolle geriet, aber es fällt schwer, ihm das zu glauben, bei seiner Geschichte.« Sie fährt fort. »Übrigens hat mir dein Artikel über sie sehr gefallen. Es war, als hättest du sie gekannt. Du hast sie perfekt eingefangen.« Sie schüttelt den Kopf, um ihre Gedanken zu ordnen. »Ich habe seitdem in Safe Houses der Juliette Society gelebt, immer auf dem Sprung. Erst musste ich mich von dem, was geschehen ist, erholen, und dann versuchte ich einen Ort für mich zu finden, an dem ich länger bleiben konnte, während ich Informationen über ihn sammelte.«

»Und trotzdem bist du am Ende hier auf dieser Insel direkt unter seiner Nase gelandet?«

Sie nickt. »Dominick und ich sind nun Teil dieser Splittergruppe. Sie haben für meine Sicherheit gesorgt, nachdem ich untergetaucht war.«

»Und dasselbe wolltet ihr auch mit mir machen? Diese Splittergruppe? Welche Ziele verfolgt ihr genau?«

Dominicks Stimme ertönt diesmal aus deutlich geringerer Entfernung. »Der lässt sich nicht sagen, was er tun soll. Wir glauben, der einzige Weg, ihn auszuschalten, ist durch eine Quelle von außen. Hier geht es nicht nur um ihn oder uns. Wir sind gewissermaßen die Putztruppe. Wir greifen ein, wenn es schmutzig wird und die Dinge wieder in Ordnung gebracht werden müssen. Leider hat er nicht nur ein Mal die Grenze übertreten.«

»Und mit mir hatte er Ähnliches vor?«, frage ich und freue mich jetzt noch mehr darüber, wie ich dieses irre Arschloch hängen gelassen habe, auch wenn ich mir wünschte, ich hätte das Gleitmittel mitgenommen, als ich ihn den Sadisten überließ.

Anna schüttelt den Kopf. »So ist er nicht. Bei ihm sind das eher spontane Aussetzer, dann kommt er an den Punkt, an dem es kein Zurück mehr gibt. Man hält es schnell für einen Unfall, aber das Ergebnis wäre dasselbe.« Ihr Blick trübt sich. »Er kann grausam sein, wenn er will, und wir haben ja mitgekriegt, wie die Dinge voranschritten.«

Ich will genau wissen, was er mit ihr gemacht hat, damit ich ihm dasselbe antun kann, aber sie brauchen mich nicht, um Rache an ihm zu üben. »Und ich habe mich bei ihm unbeliebt gemacht, weil ich nicht wie ein braves kleines Mädchen gehorcht habe. Und ihr befürchtetet, dass er kurz davorstand, die Linie erneut zu übertreten, also seid ihr ihm zuvorgekommen und habt euch zu erkennen gegeben und mir die Wahrheit über euer Verschwinden gesagt. Um mich darauf vorzubereiten, was als Nächstes folgt.« Ich begreife. Sie haben vor, auch meinen Tod vorzutäuschen, so wie sie es schon bei Anna gemacht haben, um sie aus seiner Schusslinie zu nehmen. »Hätte er überhaupt geglaubt, dass dasselbe ein zweites Mal passiert? Genau genommen ein drittes, wenn man an die Sache mit Inana denkt.«

Anna zuckt die Achseln. »Vielleicht hätte er seinem beschissenen Glück nicht getraut, aber seine Gefühle wären von allem so unberührt geblieben, dass er sicher schon bald ein neues Spielzeug für sich entdeckt hätte. Und wenn er überhaupt mitbekommen hätte, dass du nach dem Unfall verschwunden bist, wäre er vermutlich davon ausgegangen, dass bloß einer seiner Feinde jemanden, den er wollte, beseitigt hätte, nur um ihm eins auszuwischen.«

Mord als Mittel der Schikane? Es ist nicht schwer, sich vorzustellen, dass ein solcher Mann auch selbst schreckliche Feinde hat. Ich wusste ja, dass es sich bei ihm um einen gefährlichen Menschen handelt, aber ich hatte keine Ahnung, wie nah ich meiner eigenen Auslöschung schon war. »Und warum erzählt ihr mir all das jetzt, anstatt weiter im Verborgenen zu bleiben und die Strippen aus dem Hintergrund zu ziehen?«

Annas volle Lippen verschmälern sich zu einer dünnen Linie. »So ist das nicht, Catherine. Tausendmal wollte ich dich anrufen, dir eine Nachricht schicken oder dich anders kontaktieren, aber er hätte es nachverfolgen und mich finden können, egal wie sehr ich die Wahrheit verschlüsselt hätte, und damit hätte ich alles, was meine Freunde für mich getan haben, aufs Spiel gesetzt.« Sie lächelt Dominick an, bevor sie sich mit düsterem Gesicht wieder an mich wendet. »Und dann, als es endlich sicher genug war, dir, ich weiß nicht, einen Brief oder so zu schicken, hatte er dich bereits im Visier. Da konnte ich unmöglich aus eigennützigen Motiven irgendetwas riskieren.«

Eigennützige Motive? Gibt es überhaupt andere? Ich lasse ihre Worte erst mal sacken. Ich stecke wegen ihr in diesem Schlamassel. Direkt oder indirekt, denn wenn ich sie nie kennengelernt hätte, wäre ich da nie hineingezogen worden. Ich sollte toben, aber ich kann nicht wütend auf sie sein. Ich kann es nicht mal Dominick wirklich verübeln, dass er mich hinters Licht geführt hat, obwohl er mit mir gevögelt hat. Ich hatte ihn ja darum gebeten und bereue diese Nächte definitiv nicht.

Ich wende mich an ihn, als mir noch etwas in den Sinn kommt. »Dein Video auf der Branchenparty – das war dieser Ort hier, oder? Um mich neugierig zu machen?«

Er nickt. »Und du hast es mir beinahe vermasselt, als du ihn nach Honduras fragtest. An dem Abend hatte ich ihm jede Menge zu erklären.«

Wie sehr hatten sie in den letzten Jahren wohl über mein Leben bestimmt? Kann ich es denjenigen, die mir so viel gegeben, so viel genommen haben, verübeln? Nicht nach allem, was ich erlebt und gelernt habe. Nicht, wo es es mich doch zu etwas gemacht hat, das ich gelernt habe zu mögen.

Dominick füllt die Stille, die sich auftut. »Wir outen uns, weil du keine Ahnung hattest, wie kurz davor du standest, von X getötet zu werden – du musst dich wirklich von ihm fernhalten. Aber da wäre auch noch die Sache, ihn zu entlarven. Wir wollten dich gerade rausholen. Wir haben diesen Unfall inszeniert, damit er denkt, du seist an deinen Verletzungen gestorben. Doch dann veröffentlichte er das alte Video ... Das konnten wir leider nicht vorhersehen.«

»Ja, es ist echt bedauerlich, dass es euch nicht mal gelingt, eines eurer Mitglieder davon abzuhalten, meinen Ruf und meine Karriere zu zerstören. Total beschissen und verantwortungslos ... und für nichts.« Ich schüttle den Kopf bei dem Gedanken daran, wie ich im kalten Badewasser erwachte. Ich hätte dabei draufgehen können. »Ihr habt meinen Wagen geschrottet und mich für nichts und wieder nichts in Gefahr gebracht.«

Anna setzt sich aufrechter hin. »Genau darum geht es. Wir haben unseren Plan nicht durchgezogen, weil noch immer eine Möglichkeit besteht, das Ganze herumzudrehen. Aber dazu brauchten wir die traurige Berühmtheit, die er dir beschert hat.«

Dominick nickt erneut. »Die Splittergruppe, der wir angehören, ist davon überzeugt, dass jetzt der Moment ist, ihn zu Fall zu bringen. Er ist völlig außer Kontrolle geraten und wird von Tag zu Tag leichtsinniger. Es werden noch mehr Menschen umkommen, und es besteht sogar die Gefahr, dass er auch uns enttarnt.«

Ich stoße ein bellendes Lachen aus, aufrichtig amüsiert darüber, wie er versucht, an meine Gefühle zu appellieren. »Was kümmern mich irgendwelche Mitglieder einer Gesellschaft, die sich einen feuchten Kehricht um mich schert und die mich ohne mit der Wimper zu zucken dermaßen gefährdet hat? Dieser Ort hier hat einen Mann wie ihn hervorgebracht und ihm seine Eskapaden erst ermöglicht. Warum hat ihn niemand aufgehalten? Es gibt doch sicher jemanden, der ihn dazu zwingen könnte.« Ich schüttle den Kopf. »Nein, wisst ihr, was ich glaube? Ihr versucht mir Angst einzujagen, damit ich für euch die

Drecksarbeit erledige – denn schmutzig wird das allemal. Wenn er schon so nahe dran war, die Kontrolle über sich zu verlieren, als er dachte, ich könnte etwas schreiben, was ihm nicht gefällt, wie krass rastet er dann wohl aus, wenn ich mich wirklich gegen ihn stelle?« Ich steigere mich so hinein, dass mir ganz heiß wird. »Warum sollte ich? Warum sollte ich es für einen von euch riskieren, umgebracht zu werden?«

»Weil es hier nicht mehr nur um uns und die Juliette Society geht. Das ist eine Riesensache, größer, als wir es uns hätten ausmalen können, Catherine.« Anna redet jetzt schnell, flüsternd und mit Nachdruck. »Hast du vom Zika-Virus gehört?«

»Natürlich.« Ich lebe ja nicht hinterm Mond.

Dominick legt ein Dossier aufs Bett, zusammen mit einem USB-Stick.

Ein Gefühl der Ahnung überkommt mich wie ein inneres Erdbeben. Sollte das wirklich derselbe USB-Stick sein, hätte ich X schon vor Jahren aufhalten können. »Ist das der Stick, den ihr mir abgenommen habt, als ich Inanas Geschichte erzählen wollte?«

Er nickt.

Wenn sie mir schon damals die Möglichkeit eröffnet hatten, X zu Fall zu bringen, und ich es ausschlug, bloß um Inanas Geschichte zu erzählen, dann ist alles, was er in den letzten vier Jahren verbrochen hat, im Grunde auch teilweise mein Verschulden. Wie in dem alten Sprichwort: Für das Leben, das man rettet, bleibt man verantwortlich.

Weil ich ihn damals nicht aufgehalten habe, konnte er weiter ungehindert Leben vernichten. Andererseits gab es auch mindestens ein paar andere Leute innerhalb der Juliette Society, die die ganze Zeit über wussten, wozu er fähig war. Meine Schuldgefühle verringern sich minimal, als mir bewusst wird, dass auch sie über diese Informationen verfügten, schon länger als ich, und nichts unternahmen. »Ihr gebt mir eine weitere Chance?«

Dominick nickt. »Die Juliette Society hatte immer eine dunkle Seite. Es ist doch von Natur aus so. Wenn gewisse Leute beteiligt sind, Leute, die es gewohnt sind, über Macht und Prestige zu verfügen, dann sind auch welche darunter, die dies zu unlauteren Zwecken nutzen. Nicht alle, aber einige missbrauchen die Privilegien, die sie genießen. Unsere Gruppierung möchte die Dinge aufdecken, weil Macht eine dunkle Seite hat. Im Inneren muss alles transparent sein, sonst verfaulen wir von innen.«

»Das verstehe ich ja, aber was hat all das jetzt mit dem Zika-Virus zu tun?«

Dominick prescht vor. »X interessiert sich sehr für Designerviren, die bei der ›Populationskontrolle‹ eingesetzt werden können, weil er auf Eugenik steht. Eugenik ist dir ein Begriff?«

»Hitler und seine beschissene Herrenrasse, oder?«

»Auslese, ja, um vermeintlich positive Merkmale zu fördern, die man vermehren möchte, aber es geht auch darum, diejenigen auszumerzen, die man nicht haben möchte, indem man die Vererbung vermeintlich negativer Merkmale verhindert. Zum Teil wird das auch schon in Gesellschaften praktiziert, wo es weniger Kontroversen auslöst.« Er wartet einen Moment, damit ich das Gesagte einordnen kann. Dabei ist das gar nicht nötig.

»Er benutzt es bereits zur Populationskontrolle an Orten wie Honduras, wo es eine schlechtere medizinische Versorgung und weniger Impfprogramme gibt?«

Dominick nickt.

Das Zika-Virus kann zu Lähmungen führen und Geburtsfehler wie Mikrozephalie verursachen. Ich erinnere mich, dass ich Berichte über Babys gesehen habe, die mit dem Virus geboren wurden. Die betroffenen Kinder und deren Familien taten mir unendlich leid.

Allerdings scheint dies doch seiner Vorstellung von einer besseren, gesünderen Zukunft zu widersprechen. Schließlich fördert er damit ja Krankheiten, anstatt sie zu beheben. Also benutzt er das Zika-Virus zur Eindämmung des Bevölkerungswachstums, in Regionen der Welt, deren Bewohner er für weniger lebenswürdig erachtet.

Das ist absoluter Wahnsinn. Wir alle wünschen uns, dass Krebs oder Aids besiegt werden. Jeder von uns hat schon einmal auf den Weltfrieden angestoßen und erschauderte dann, wenn wieder ein weiterer Bericht über gewalttätige Auseinandersetzungen oder eine Pandemie die Runde machte. In solchen Momenten würde man alles tun, damit das ein Ende hat, damit die Welt nicht nur für uns selbst, sondern auch für die folgenden Generationen zu einem besseren Ort wird.

All das ist mir einfach eine Nummer zu groß. Ich verspüre einen Druck in meiner Stirn, und mein Nacken verspannt sich. Hier geht es um eine Entscheidung von großer Tragweite, und die Last von Annas und Dominicks Blicken und Hoffnungen setzt mich zusätzlich massiv unter Stress. Ich kann kaum noch atmen. »Ich möchte, dass ihr beiden jetzt geht.«

Anna schüttelt den Kopf. »Catherine ...«

»Ich muss nachdenken! Bitte.« Ich drücke ihre Hand, um sie wissen zu lassen, wie froh ich bin, dass sie lebt, und dass ich okay bin, aber jetzt erst mal für mich sein muss.

Sie nickt und zieht sich an, und keine Minute später sind sie und Dominick gegangen. Ich tigere im Zimmer herum und bemühe mich, meine Gedanken zu ordnen.

Ich weiß, dass es schon berühmte Persönlichkeiten gab, die ihren eigenen Tod vorgetäuscht haben. Auch normale Leute machen das manchmal. Und jetzt stehe ich selbst vor genau dieser Wahl.

Ich soll dieser Splittergruppe blind vertrauen, deren Mitglieder sich mir nicht einmal offenbaren, außer in Form des aufwühlenden Gesichts einer Freundin, die ich geliebt und verloren hatte, und eines Mannes, den ich erst kürzlich kennengelernt habe. Kann ich Anna und Dominick vertrauen? Vielleicht. Kann ich der Gruppierung vertrauen, die sie vertreten? Möglicherweise. Kann ich X vertrauen? Auf keinen Fall, aber wenigstens sind seine Beweggründe klar. Doch was will diese Splittergruppe?

Sie wollen, dass ich diesen Artikel schreibe und X zu Fall bringe. Oberflächlich betrachtet, sieht alles ganz einfach aus: Mein Artikel wird eine hohe Reichweite haben, vor allem nach dem Skandal, der mit meinem Namen verbunden wird und der mich ins Zentrum des öffentlichen Interesses katapultiert hat. Auch wenn der Artikel einen gewissen Beigeschmack durch das Video haben mag, wird er doch die Aufmerksamkeit der Behörden auf ihn lenken. Sie werden herausfinden, wie dubios seine Geschäfte wirklich sind, meine Behauptungen unterfüttern und ihn verhaften und anklagen. Der Gerechtigkeit wird Genüge getan werden, und dann leben wir alle glücklich bis ans Ende unserer Tage und reiten in den Sonnenuntergang.

Wäre es nur so einfach. Es gibt weitere Fakten, die diesem Ausgang entgegenstehen. Zum Beispiel muss ich mich zur größten Zielscheibe dieses Mistkerls machen. Und selbst wenn es die Behörden nicht vermasseln und sie ihn wirklich verhaften sollten, bedeutet das noch lange nicht, dass er auch verurteilt wird. Vielleicht kommt er mit einem Klaps auf die Finger davon oder mit der Verurteilung für ein Wirtschaftsdelikt, und dann kann er zusammen mit neuen krummen Kontakten aus seinem Niedrigsicherheits-Ressort seine Rache aushecken.

Wenn ich nicht den Artikel schreibe, den er haben möchte, wird er versuchen, mich aus dem Weg zu räumen. Aber nach allem, was ich mit ihm angestellt habe, ist das wahrscheinlich eine optimistische Schlussfolgerung, und er wird mir vermutlich keinen netten schnellen Abgang gönnen. Nein, er würde mich richtig leiden lassen, als Warnung für andere. Wenn ich also den Artikel schreibe, der geschrieben werden sollte, und die Wahrheit offenbare, dann wird er mich entweder umbringen, oder die Juliette Society wird mich auf dieselbe Weise vor ihm schützen wie Anna.

So oder so muss Catherine sterben. Ob mein Tod nun lediglich vorgetäuscht sein wird oder ob ich wirklich meinen letzten Atemzug machen werde, mein jetziges Leben ist für immer vorbei. Im großen Rahmen betrachtet, kein großer Verlust. Was zählt schon ein winziges Leben, verglichen mit den Abermilliarden, die vor mir gelebt haben, und den unzähligen, die nach mir kommen werden?

Aber unschätzbar bedeutet nicht gleich wertlos. Was ist ein Leben wert? Wenn ich den edlen Weg einschlage, erhöht dies dann meinen Wert, einer nebulösen Moral folgend, an die ich selbst nicht wirklich glaube? Falls es so etwas wie Karma gibt, dann würde mir das in der Zukunft Großartiges bescheren, aber ich halte auch nicht viel vom Konzept des Karmas.

Liegt diese Entscheidung wirklich bei mir? Habe ich überhaupt eine Wahl? Es ist verstörend, wie nah das alles X' perverser Vorliebe für Eugenik kommt. Nur dass in diesem Falle ich es bin, die im übertragenen oder im Wortsinne mein Leben geben würde, im Austausch für die unzähligen, die ihres durch das Virus verlieren würden – oder zumindest tief davon getroffen wären. Ein Leben für das Wohl vieler anderer. Wenn man allein von den Zahlen ausgeht, muss man nicht groß darüber nachdenken.

Aber ist mein eigenes Leben ein fairer Tausch für die Leben Fremder und ihrer Kinder? Was ist mit meiner Familie, meinen Hoffnungen und Träumen und all dem Potenzial, das ich in mir habe? Ist es mehr wert als all die anderen? Niemand kann wissen, welche Wellen das eigene Tun schlägt, wen die eigenen Bemühungen beeinflussen. Vielleicht spornt das, was ich tue, ja jemanden dazu an, etwas zu verwirklichen, oder dient als Inspiration für etwas, das die Welt verändern wird.

Vielleicht leistet es aber auch dem Bösen Vorschub. Vielleicht ist das größte Geschenk, das ich der Welt machen kann, keine Schöpfung aus meiner Seele und meinem Herzen, sondern mein Verschwinden aus dem Gefüge der Geschichte. Mein Ende wäre vielleicht das Beste, was ich je für diese Welt getan habe. Aber hat dieses Vorhaben wirklich globale Tragweite und Konsequenzen? Ist es notwendig?

Anna und Dominick – und wer auch immer noch in dieses Komplott verstrickt sein mag – scheinen davon auszugehen. Einer der elementarsten Instinkte des Menschen ist der Überlebenstrieb. Es läuft irgendeinem grundlegenden Impuls in uns selbst zuwider, wirklich aufzugeben. Ich bin eine Kämpferin. Und mein Leben wegen Mr. X wegzuwerfen, fühlt sich so verdammt falsch an, dass ich schreien möchte. Als würde ich mich geschlagen geben. Selbst wenn mein Opfer ihn zu Fall bringt, wird er glauben, er hätte mich übertrumpft, und ich kann nichts tun, um dem zu widersprechen, ohne die ganze Sache auffliegen zu lassen.

Denn noch ein Gesetz des Dschungels lautet, dass Arschlöcher wie er immer Freunde oder zumindest Verbündete haben. Geheimnisse sind wie Waben, die irgendwann so zusammenkleben und so in sich verschachtelt sind, dass man sie nicht mehr auseinanderbekommt, ohne dass das Ganze auseinanderbricht. X hat sich bestimmt abgesichert.

Die Splittergruppe weiß hoffentlich, wie sie das umgehen kann. Allerdings scheinen ihre Methoden etwas unausgegoren, wenn man den Autounfall betrachtet, den Dominick eingefädelt hat. Und doch waren sie in Annas Fall erfolgreich. Sie ist noch am Leben, obwohl sie sich direkt vor X' Nase befindet.

Sie scheinen zu wissen, was sie tun, verlangen allerdings ziemlich viel. Wenn ich ihren Vorschlag ablehne, wenden sie sich dann gegen mich?

Würden sie mein Leben für die Geschichte eintauschen? Ohne mit der Wimper zu zucken. Aber sie versuchen, mich zu retten, mir eine neue Existenz zu verschaffen, auch wenn sie mir dafür meine Identität nehmen. Sie stellen mich vor eine Wahl – oder lassen es zumindest wie eine aussehen.

Am Ende ist es wieder eine Frage des freien Willens. Gibt es so etwas überhaupt? Falls nicht, dann habe ich unterbewusst bereits meine Entscheidung getroffen.

Es warten nur alle darauf, dass ich auch danach handle.

26

Meine Entscheidung, den Artikel zu schreiben und mich wegen des verdammten X selbst zu opfern, indem ich meinen eigenen Tod vortäusche, verfestigt sich.

Nachdem ich durch meine Villa getigert war und mir erfolglos gewünscht hatte, die Dinge mögen sich von selbst regeln, damit ich nicht vor eine unmögliche Wahl gestellt werde, vergrub ich mich in das Material, das Anna und Dominick mir überlassen hatten, und die Sache geht tatsächlich noch tiefer, als ich dachte.

Ein Teil von mir hatte gehofft, dass sie lügen oder das, was Mr. X getan hat und worin er verstrickt ist, aufbauschen würden. Aber dem ist nicht so. Wenn überhaupt, dann haben sie heruntergespielt, wie weit er bereits damit gekommen ist, Viren genetisch zu verändern und in bestimmten Teilen der Welt freizusetzen, wo niemand misstrauisch wird, wenn sich ein Ausbruch ereignet.

Und das in mehr als nur einer Region der Erde – Afrika, Kambodscha, El Salvador. Es spielt keine Rolle, dass es sich bei den Orten, die er für seine Tests aussuchte, um kleine verarmte Gegenden handelte, wo die Bewohner ums tägliche Überleben kämpfen müssen. Sie haben es genauso verdient zu leben wie jeder andere Mensch auf diesem Planeten. Wie leichtfertig er mit dem Leben Tausender umgeht, macht mich wirklich wütend. Und ich habe die Informationen aus dem Dossier natürlich durch weitere Recherchen gegengecheckt.

Es gab durchaus schon Momente, da bereute ich, was ich ihm auf seiner Party angetan habe.

Jetzt nicht mehr. Jetzt wünschte ich mir, ich hätte Schlimmeres mit ihm angestellt, ihn noch mehr gedemütigt, es auf die Spitze getrieben, Leute eingeladen, dabei zuzuschauen, wie er erniedrigt wird. Es ist schwer, es zu bereuen, jemand wahrhaft Bösem übel zugesetzt zu haben.

Die Wahrheit muss erzählt werden. Denn er würde die ganze Welt in Brand setzen, nur um eine Person zu töten, von der er glaubt, sie habe ihn beleidigt. Ich bin auf jeden Fall so oder so tot, aber ich kann seinem Wahnsinn ein Ende bereiten.

Mit einem starken Drink, um den Ekel über das zu ertränken, was er getan hat, tippe ich einen Artikel für meine Redaktion herunter. Es ist der kontroverseste Beitrag, den ich je geschrieben habe. Er behandelt alles von Ebola über den Zika-Virus bis hin zur Rockefeller-Verschwörung – die zwar nicht im Fokus steht und die ich nicht bestätigen kann, aber wenn ich darauf anspiele, sorgt die Sensationsgier dafür, dass mehr Leute den Artikel lesen. Die Menschen wollen einfach glauben, dass die Reichen und Mächtigen es auf sie abgesehen haben.

Im Fall von X haben sie sogar recht, er hat es auf mich abgesehen. Also widme ich mich der einen Sache, die garantiert, dass ich mit einem großen Knall abgehe.

Diesen Artikel abzugeben, bedeutet, dass ich am Ende bin – als Journalistin und als Catherine.

Der Gedanke ist bittersüß, aber vor allem bitter. Ich würde gerne irgendein Vermächtnis hinterlassen. Wir wollen doch alle unsere Spur in die Welt einschreiben. Wir wollen, dass unsere Zeit auf diesem Gesteinsbrocken irgendjemandem etwas bedeutet – vorzugsweise möglichst vielen Menschen.

In meinem Herzen habe ich noch eine Menge Visionen, die ich nun niemals umsetzen werden kann. Künstlerisches, das die Welt beeinflussen sollte. Intellektuelles, das den Betrachter dazu ermutigen sollte, über sein Dasein nachzudenken. Auch wenn es am Ende nur um ihn selbst ginge, denn die besten Kunstwerke sind ein Spiegel der besten und der schlechtesten Teile der Menschheit und wecken in ihr den Wunsch, zu etwas Besserem zu werden. Und jetzt war's das. Dies wird mein letzter Beitrag sein, das letzte Werk, auf dem mein Name steht. Ein Artikel voll mit den üblen Machenschaften eines noch übleren Mannes. Der Text ist schonungslos und überzeugend, und ich hoffe, dass er die Menschen retten wird, für die ich mich opfere.

Ich lese ihn noch einmal Korrektur, feile noch mal an dem einen oder anderen Satz, damit es flüssiger und prägnanter wird, schreibe eine E-Mail an meine Redaktion und packe den Artikel in den Anhang.

Bevor ich auf Senden klicken kann, wünsche ich mir nichts mehr und das genaue Gegenteil. Ich wollte Gerechtigkeit für all jene, denen er Leid zugefügt hat, aber das, was ich will, und mein Gespür für falsch und richtig liegen miteinander im Streit darüber, was das beste Ergebnis bringt.

Das hier wäre Gerechtigkeit.

Ich habe nicht das Recht zu entscheiden, wer leben darf und wer sterben muss.

Er hatte dieses Recht auch nicht, als er all diese Menschen tötete.

Ich kann ihn nicht weiter Menschen umbringen lassen – und letztlich auch mich, egal ob nun im übertragenen oder im eigentlichen Sinne. Ich werde den Mistkerl nicht gewinnen lassen. Ich balle die Fäuste bei der Vorstellung, das in die Realität umzusetzen. Die Hoffnung darauf, nicht alles, was mich ausmacht, aufgeben zu müssen, lässt mich schwindelig werden, denn wir sind nun mal, wer wir sind, und ich will nicht zu jemand anderem werden, jetzt, wo ich gerade erst entdeckt habe, wer ich tief im Kern meiner selbst eigentlich wirklich bin.

Wenn es das ist, was von vornherein geschehen sollte, dann frage ich mich, warum ausgerechnet ich das Werkzeug bin. Ich kann jemanden verletzen. Ich habe andere ausgepeitscht und wurde ausgepeitscht, und ich habe Leuten Schmerz zugefügt, und es hat mir gefallen. Es ist ein Unterschied, jemanden zu verletzen oder jemandem das Leben zu nehmen. Und trotzdem will ich ihn tot sehen. Ich will, dass ihn jemand beseitigt, zögere aber bei dem Gedanken, es selbst zu tun.

Wenn man jemanden aus den richtigen Gründen umbringt, dann ist das doch etwas entscheidend anderes, oder? Er nimmt den Tod Tausender in Kauf, und vielleicht werden noch Millionen weitere sterben. Auf diese Weise könnte ich das Problem lösen und mein Leben behalten.

Aufgewühlt von der Aussicht darauf, einen Mord zu begehen, lösche ich die E-Mail wieder. Ich verlasse das Zimmer. Zitternd und frierend, mit vor Schock tauben Lippen und weichen Knien gehe ich hinunter zum Festnetztelefon, um einen Anruf zu tätigen, der alles verändern wird. Ich wähle die Nummer, als gehörten meine Finger nicht zu mir, sondern als wären es die Körperteile einer Fremden, die mir angenäht wurden und mit denen ich erst umzugehen lernen muss.

Ich bin das Mismade Girl.

Wie in dem Zaubertrick der »Zerlegten Jungfrau« – der komischerweise von Orson Welles miterfunden wurde –, bei dem eine Frau in eine Kiste steigt, die aus vier Einzelboxen besteht, und gevierteilt wird. Dann gruppiert der Zauberer die Segmente neu und öffnet sie, um zu zeigen, dass der Körper unter Missachtung der Gesetze von Physik und Biologie neu zusammengesetzt wurde. Danach werden die Teile wieder in die richtige Reihenfolge gebracht und die Kiste geöffnet, und die Frau ist wieder ganz.

Nur dass ich noch nicht wieder ganz bin. Im Laufe meiner Reise mit der Juliette Society habe ich jede Menge durchgemacht, meine Welt wurde vollkommen umgekrempelt und ich total auseinandergenommen.

Wer wird am Ende von alldem stehen? Werde ich aus dieser Erfahrung ganz hervorgehen, erneuert?

27

Es gibt eine Sache, die auch meine schlimmsten Gedanken vertreiben und in Nichts verwandeln kann.

Sex.

Der große Gleichmacher.

Dominick und Anna halten sich noch immer in meinem Eingangsbereich auf. Sie haben mir Raum gelassen, sind aber in der Nähe geblieben, anstatt zu gehen. Darüber bin ich froh. Ich erzähle ihnen nicht, was ich beschlossen habe. Sie fragen nicht, haben vermutlich mehr als nur eine Ahnung, doch im Moment möchte ich das vergessen.

»Schlafzimmer. Sofort«, sage ich, und sie folgen mir wortlos und meinem Beispiel, als ich schon auf dem Weg dorthin meine Klamotten ausziehe, sodass wir alle nackt im Schlafzimmer ankommen.

Ich schiebe Dominick rücklings aufs Bett. Er ist bereits hart, vielleicht weil er gleich einen Dreier erleben wird oder weil Anna auf allen vieren übers Bett auf ihn zugekrabbelt kommt und über die Schulter zu mir schaut, während sie mir eine Vorstellung bietet. Sie spreizt seine Beine und beugt sich vor, leckt ihre Hände und reibt damit seine Hoden und seinen Schwanz ein, beginnt ihn zu wichsen.

Eine Weile gebe ich mich damit zufrieden zuzusehen, wie Anna die Position wechselt, ihre Muschi direkt an seinem Schaft positioniert und gemächlich darauf auf und ab gleitet, bedächtig, und seinen Schwanz mit ihren Säften zum Glänzen bringt.

Ich fasse ihre Haare zusammen und streiche sie ihr auf den Schultern zur Seite, sodass ich sie im Nacken küssen kann. Sie erschaudert, drückt sich fester auf Dominicks Schwanz und reibt sich nun leise stöhnend und keuchend heftiger an ihm. Er beißt die Zähne zusammen und stöhnt, während er mir über ihre Schulter hinweg in die Augen schaut. Ich frage mich, ob er spüren kann, wie Anna immer feuchter wird, dadurch, dass ich sie an den Haaren ziehe und am Ohrläppchen knabbere.

Sie greift hinter sich, und ihre geschickten Finger tasten nach meinem Kitzler. Dann massiert sie ihn im Rhythmus ihres auf Dominicks Schwanz kreisenden Beckens.

»Küss ihn«, sage ich zu ihr.

Sie beugt sich hinunter und stützt sich mit der Hand auf seiner Brust ab, mit weit gespreizten Fingern, als ihre Lippen sich treffen.

Aber ich will bloß, dass sie das tut, damit meine Lippen den Weg zu denen zwischen ihren Beinen finden. Als sie Dominick, nach vorne gebeugt, mit erhobenem Hintern küsst, ist sie offen, ihre Beine gespreizt, und ich lecke sie von hinten. Sie zuckt zusammen und keucht in Dominicks Mund, erneuert ihren Kuss mit einer Ekstase, die mir zeigt, dass es ihr gefällt, wie ich ihre Muschi lecke.

Ich mag, wie sie schmeckt, aber es versetzt mir auch einen Stich, und ich fühle mich leer und brauche etwas, das mich ausfüllt. Doch ich warte ab, schenke ihr noch mehr Aufmerksamkeit mit dem Mund, bis mir ihr Saft das Kinn hinuntertropft wie bei einem reifen Pfirsich.

»Anna«, sage ich. »Jetzt will ich, dass du Dominicks Gesicht fickst. Aber klettere so auf ihn rauf, dass du zu mir schaust.«

Dominick, der zufrieden mit meinen Vorgaben für dieses Spiel zu sein scheint, manövriert sie grinsend in die Position, in der ich sie beide haben möchte.

Ich schwinge ein Bein über seinen Körper und leite ihn zu meiner Öffnung. Dann lasse ich mich kraftvoll auf seinen Schwanz sinken, sodass sich meine Muschi mit einem harten Stoß füllt, im selben Moment, als Anna sich auf seinen Mund setzt. Er stöhnt in sie hinein, und es gefällt ihr so, dass sie die Hüften kreisen lässt, um die Schwingungen für sich zu nutzen. Ihr Schnaufen wirbelt meine Haare auf, als ihr Atem mein Gesicht trifft. Wir sind uns nahe genug, um uns zu küssen.

Also machen wir es.

Ohne es sehen zu können, zeigen mir Annas Bewegungen, dass sie entweder in brutalem Tempo auf Dominicks Mund galoppiert oder er sich so heftig an ihr reibt, dass es mich überrascht, wie sein Hals das überhaupt aushält, aber unser Kuss schließt sich dem Rhythmus bereitwillig an.

Ich hatte mir schon immer einen Dreier mit Anna vorgestellt – bloß war ich der Meinung, Jack, Anna und ich würden dafür die perfekte Verbindung abgeben, wie wir nebeneinanderliegen und unsere Köpfe im Schritt der anderen vergraben haben. Ich lutsche Jacks Schwanz, während er Annas Muschi leckt und sie meine. Wir bekommen alle eine Kostprobe der anderen. Jeder gibt und empfängt. Die Schlange, die ihren eigenen Schwanz verschlingt. Plötzlich brauche ich das mehr als alles andere in dieser beschissenen Welt, und ich sage ihnen, was ich will. Wir stehen auf und positionieren uns entsprechend. Was ist neunundsechzig plus neunundsechzig plus neunundsechzig?

Es ist genau so, wie ich es will. Jeder taucht sein Gesicht in den Schoß eines der anderen, saugt und leckt und reibt sich heftig am anderen, Anna nimmt einen Finger dazu und macht damit diese lockende Bewegung an meinem G-Punkt. Ihre dünnen, perfekten Finger lassen meine Hüften an ihrem Mund durchgehen und sorgen dafür, dass ich noch heftiger an Dominicks Schwanz lutsche, und er beklagt sich nicht darüber.

Ich schmecke ihn stärker, als der Lusttropfen aus seiner Eichel quillt und meine Zunge mit diesem erdigen Geschmack benetzt, der konzentrierter ist als das Sperma selbst. Ein Anfang ist immer wilder und lebhafter als ein Ende. Das Leben weltbewegender als der Tod.

Wir bewegen uns, getrieben von den Dingen, die wir empfangen und die wiederum bestimmen, was wir geben. Wir schenken das Beste von dem, was wir bekommen, zurück, wir wollen, dass sich die Person, an die wir unsere Aufmerksamkeit verschwenden, ebenso gut fühlt wie wir in genau diesem Moment. Es ist Dankbarkeit in einem Kreislauf der Lust, eine Batterie, die sich durch Reibung auflädt.

Ich kann es nicht oft genug sagen: Großartiger Sex zeichnet sich dadurch aus, dass man gar nicht über ihn nachdenken muss. Der Körper sollte wie automatisch übernehmen, wenn der Geist sich völlig entspannt und schließlich die Kontrolle abgibt, sodass die Schönheit des Körpers zum Tragen kommt und er die Erlösung findet, nach der er sich sehnt.

Das ist genau, was ich brauche. Das Züngeln und Lecken und Knabbern von Annas Mund fühlt sich so gut an, und ich hoffe, dass es Dominick genauso empfindet. Ich züngle jetzt an seinem Anus herum, während ich ihm gleichzeitig mit der einen Hand den Schwanz rubble und mit der anderen seine Hoden massiere, und auch darüber beklagt er sich nicht. Nein, er stöhnt in Annas Muschi, was sie dazu veranlasst, mich noch flinker zu lecken, und mich wiederum dazu treibt, ihn heftiger zu lutschen, und so stacheln wir uns alle wechselseitig auf und belohnen uns gegenseitig für einen guten Job.

Wir finden noch einmal zu einer neuen Position im Stehen.

Meine Möse ist an Annas Gesicht, und Dominick ist hinter mir, und dann ist da nichts mehr außer einem Schwanz, der von hinten in mich hineinstößt, während von vorne eine Zunge begierig an meinem Kitzler leckt. Meine Knie geben beinahe nach, während ihre Hände überall auf mir herumwandern und mir die kleine Flucht bescheren, die ich jetzt wirklich brauche und die meinen Kopf im Rhythmus unseres Liebesspiels ausschaltet.

Sie machen mich zum Star der Vorstellung und geben mir genau, was ich will. Was ich brauche.

Wir sind keine Menschen mehr, nur noch Körper. Das perfekte Zusammenspiel aus Stöhnen und Keuchen. Ein perfekter Rhythmus aus Stößen, Berührungen und Klapsen.

Wir sind reine Lust. Sie wollen, dass ich mich so gut fühle wie nie zuvor. Und ich will dasselbe für sie. Wir sind auf dasselbe Ziel ausgerichtet.

Und dann zerspringe ich wieder.

Und wieder.

Ich liege im Bett, bedeckt von Körperteilen und kühlen Laken. Anna und Dominick schlafen, doch ich bin hellwach und male mir aus, dass mein Leben von nun an so aussähe. Es wäre möglich.

Es ist ein schöner Gedanke.

Aber ich werde nicht mit dem Bild fertig, wie Mr. X Menschen weiter Leid zufügt. Kann man das Paradies etwa genießen, wenn gleich nebenan Menschen in der Hölle schmoren? Man will den Freifahrtschein für das Paradies schließlich nicht nur für sich allein, man möchte, dass alle hineinkönnen – und bloß einige Leute am Tor abgewiesen werden. Hier geht es nicht mehr nur um Moral und darum, das Richtige zu tun.

Ich muss die ganze Zeit an die Menschen denken, die sterben würden, wenn ich ihn leben ließe.

Aber bin ich wirklich fähig, jemanden umzubringen? Ich glaube nicht. Ich würde denjenigen lieber dazu bewegen, seinem Leben eine neue Richtung zu geben und noch etwas Gutes damit anzufangen, ungeachtet der Umstände. Wer würde einem Außenseiter nicht die Daumen drücken und ihm ein Comeback wünschen?

Nichtsdestotrotz muss ich etwas unternehmen, und zwar nicht, weil irgendeine Splittergruppe mich drängt, sondern weil ich es so will.

Vielleicht besteht noch die Chance, dass ich alles bekomme, was ich will, und mehr als das.

Es heißt, die Wahrheit mache frei.

Vielleicht ist das der Weg, X zur Vernunft zu bringen.

28

Ich hätte es mir denken können.

Bis zu dem Tag, an dem ich sterbe, werde ich die Ansicht verfechten, dass man Geschmack nicht kaufen kann.

Mr. X hat auf dem Gebiet der Kolonie ein freistehendes Anwesen mit perfektem Rasen und jeder Menge Fliesen mit Einlegearbeiten, die vermutlich mehr kosten, als die meisten Menschen in zehn Jahren verdienen. Es handelt sich um ein protziges Ungetüm des Reichtums ohne Persönlichkeit. Säulen, Türmchen, ich wundere mich beinahe, dass es nicht auch einen Burggraben gibt. Ich bin mir sicher, wenn er es noch hätte vergolden können, hätte er es getan, um ein Monument zu errichten, das seinem Ego entspricht.

Aber dazu bräuchte er vermutlich gleich ein ganzes eigenes Land.

Ich mache mir gar nicht erst die Mühe, anzuklopfen, als ich zur Tür komme. Sie ist nicht verschlossen. Meine Finger schließen sich fester um die Leine mit dem Geschenk, das ich ihm mitgebracht habe, und ich ermuntere das Geschenk, sich etwas schneller zu bewegen.

Auf allen vieren ist das nicht so einfach.

Innen ist es noch schlimmer als außen – eine weitere zutreffende Metapher für den Mann selbst. Marmor, Kristall und Leder in den protzigsten Kombinationen, als hätte ein Stylist von irgendeinem Kinderschönheitswettbewerb sich hier ausgetobt mit zeitgenössischen Kunstgegenständen, die er für stilvoll hielt, weil sie ein teures Preisschild trugen. Ich bezweifle, dass X auch nur eines der Bücher in den Regalen gelesen hat.

Meine Neugier lässt mich davor stehenbleiben, unfähig wegzusehen, wie bei einem Verkehrsunfall am Straßenrand. Ich muss es wissen.

Ich nehme eine ledergebundene Ausgabe aus dem Regal und kann schon anhand der makellos weißen Seiten und der Steifheit des Buchrückens sagen, dass dieses Buch noch nie aufgeschlagen wurde. Vermutlich wurde es bis zu diesem Moment auch noch nie in die Hand genommen.

Erbärmlich.

Ich schüttle mich und stelle das Buch wieder zurück.

Falls dieser unausgegorene, zusammengeschusterte Plan funktionieren soll, muss ich wirklich meine Bitterkeit und Verachtung zügeln, damit man es mir nicht an der Nasenspitze ansieht und das ganze Spiel misslingt. Ich ziehe leicht an der Leine, und meine Begleiterin kommt mir hinterhergekrabbelt. Wie besprochen, sagt sie kein Wort.

Ich gehe den Gang entlang, auf der Suche nach einem Büro. Ich weiß, dass es das Zimmer am Ende des Flurs sein muss, schon allein weil die Flügeltür die einzige geschlossene ist. Alle anderen stehen weit offen, damit ich mir den Augenschmaus seiner Besitztümer gönnen kann, bevor es dann in seinem Büro zur großen Offenbarung kommt.

Er ist so theatralisch wie ein Teenie.

Da ich wahrscheinlich eh von Kameras beobachtet werde, lasse ich mir Zeit, damit ich entspannt und verhalten neugierig wirke – und damit er einen Blick auf das wirft, was ich ihm mitgebracht habe. Wenn ich zu verächtlich wirke, könnten seine Gefühle verletzt werden – nicht dass ich einen Scheiß auf seine Gefühle geben würde, aber dann ist er mir gegenüber vielleicht verschlossener, und ich bekomme nicht, was ich will.

Schließlich erreiche ich seine Tür und klopfe an. Die Holzpolitur erinnert mich an das Orangenöl auf der Konferenz. Es gefällt mir viel besser als das Zitronenzeug, das ich zu Hause verwende. Dies hier ist süßer, milder, nicht so beißend wie die Zitronenvariante. Falls ich lebend rauskommen sollte, werde ich in Zukunft dieses hier verwenden.

Ich werde ohnehin vieles ändern.

Ich klopfe erneut zweimal an die Tür.

»Herein.«

Ich trete durch die Tür und muss mich zusammenreißen, damit ich nicht die Augen verdrehe. Sein Büro ist eine etwas kleinere Kopie von Tony Montanas aus *Scarface*, bis hin zu den gerüschten goldenen Vorhängen und dem roten Teppich, der zu seinem Schreibtisch auf einem erhöhten Podest führt.

Zwar fehlen, soweit ich sehe, der Kokainhaufen und die Maschinenpistolen, aber die Situation ist genauso aufgeladen. Die Luft knistert praktisch von der Energie, die zwischen uns pulsiert.

Sein Lächeln wirkt angespannt. »Komm rein.« Er winkt mich herbei, von dem Sessel hinter seinem Schreibtisch aus, der wie ein Thron aus irgendeinem exotischen Holz und Leder aussieht.

Den Boden unter dem Teppich, über den ich schreite, bilden Marmorfliesen – italienisch, nehme ich an –, und ich kann nicht sagen, wie groß die einzelnen Platten sind.

Keine Linien oder Kerben stören seine glatte Oberfläche. Haben sie ihn in so großen Platten aus einem Steinbruch gefördert und hierher verschifft? Oder gibt es auch einen in der Nähe? Falls der gesamte Boden aus einem Stück besteht, wäre sein Wert astronomisch.

Ohne es zu wollen, bin ich beeindruckt, und als ich ihn wieder anschaue, erkenne ich an seinem selbstgefälligen Lächeln, dass er mein Interesse bemerkt hat.

»Ich freue mich sehr, dass du gekommen bist«, sagt er und breitet dabei die Arme aus, als halte er eine Rede zum Thema Inklusion.

»Ich habe dieses Treffen angeleiert«, stelle ich klar, um ihn daran zu erinnern, dass ich, ungeachtet seines protzigen Büros, nicht hierher zitiert worden bin.

Sein Blick schnellt zu meiner devoten Begleiterin – einer Frau in einem engen roten Ganzkörperanzug aus Latex und einer schwarzen Maske über ihrem gesamten Kopf, die all ihre Sinne beeinträchtigt, und Stiefelchen an Händen und Füßen –, aber er stellt keine Fragen. Langsam fange ich an, sein Ego zu schätzen. Ich weiß, dass er neugierig ist, aber mich nach ihr zu fragen, würde mich in die überlegene Position bringen.

Er konzentriert sich wieder auf mich. »Da wären wir also. Worüber wollen wir uns unterhalten?« Er schwenkt ein alkoholisches Getränk in einem Kristallglas herum.

Mir gelingt ein Lächeln, ein echtes, aber bloß weil ich an die Situation denken muss, in der ich ihn das letzte Mal sah. »Ich würde gerne über die Tatsache reden, dass du ein kleiner Bastard von einem Mörder bist. Ein Feigling, der Frauen umbringen lässt.«

»Oh, die kleine Hure wird frech! Wer hätte das gedacht?«

Deshalb bin ich hier.

Seine Augen glühen wie die eines Fanatikers, der am Ende seine eigenen Lügen glaubt. »Du hältst dich für klug und unantastbar wegen Penelope. Aber sie ist ein Niemand. Sie war auch Inanas Freundin, weißt du? Oh ja.« Er unterbricht sich, als ich nach Luft schnappe. »Ich weiß, dass du es bereits ahnst, also erlaube mir, das klarzustellen. Ich habe Inana umgebracht, und es war kein Unfall. Es handelte sich nicht um eine Situation, die aus dem Ruder lief. Ich habe es auch nicht aus dem Grund getan, wie einige glauben – dass sie drauf und dran war, die Juliette Society zu outen. Ich tat es, weil sie eine wertlose kleine Nutte war.«

Ich kann die Fäuste nicht ballen, ohne dass er es sehen wurde, aber in meinen Schuhen bekomme ich fast einen Krampf, weil ich die Zehen so fest anziehe. Ich bin mit einer bestimmten Absicht hier, aber ich will, dass er redet, dass er mir alles erzählt, damit ich es aus seinem eigenen Mund höre und für immer weiß, warum ich ihn zum Wohle aller umbringen musste.

»Ich habe es getan, weil sie Max gehörte und ihn liebte, obwohl sie mir gehören sollte.«

»Man kann niemanden besitzen, der nicht besessen werden will«, rufe ich, denn Inana wollte Max gehören, als devoter Part, aber aus freien Stücken. »Vielleicht, wenn du sie nicht bloß als Spielzeug betrachtet und respektiert hättest, für das, was sie ...«

»Was denn? Für ihre Kunst vielleicht?«, spottet er. »Ihr kleines Hobby raubte ihr die Zeit, die sie besser auf Knien vor mir verbracht hätte.«

»Also hast du sie umgebracht und es dann von ihnen vertuschen lassen. Hast du sie dafür bestochen, das zu tun? Mit welchen weiteren Geheimnissen machst du noch andere Menschen zu deinen Geiseln? Ich kann mir nicht vorstellen, dass sie freiwillig zu dir gekommen wäre, wo sie jemand anderen liebte.«

Er zuckt mit den Schultern. »Das Einzige, was sie noch mehr liebte als Geld, waren Schwänze.«

Vielleicht, aber sicher nicht deinen. »Und die anderen haben einfach mitgezogen. Sogar Max soll es geglaubt haben.«

Er lächelt selbstzufrieden und nippt an seinem Drink. »Er hat schnell ein neues Spielzeug für sich gefunden. So ist das, Cathylein. Ihr seid alle hübsch und unterhaltsam und jederzeit ersetzbar. Glaubst du, Inana war die Einzige, die ich gebrochen und beseitigt habe?« Er lacht. »Anna, Lita, Triselle, Donya. An den Namen von der auf Hawaii kann ich mich nicht mal erinnern. Sie hatte Lutschlippen wie von einem Kugelfisch. Sie sahen großartig um meinen Schwanz herum aus. Sie sahen sogar an ihrer Leiche noch toll aus. Und dann war da dieser russische Junge. Ivan ... irgendwas. Ihr seid alle so zerbrechlich und wertlos. Niemand interessiert sich genug für euch, als dass er etwas unternehmen würde.«

Perfekt.

Es wäre doch gelacht, wenn ich nicht bekäme, was ich will. Die Wahrheit befreit einen eben.

Aber das bedeutet nicht, dass ich ihm die Wahrheit über die Gründe für meinen Besuch sagen werde – ihm erzählen werde, dass es da eine Splittergruppe gibt, die ihn außer Gefecht zu setzen versucht, und dass ich die Waffe bin, die ihn zerstören wird.

Die Wahrheit, die mich befreit, ist sein Geständnis. Ich zeichne unser Gespräch mit dem Handy auf. Ich erhoffe mir zwar nicht, ihn damit unter Druck setzen zu können, damit er sich selbst belastet. Aber wenn das alles hier vorbei ist, dann brauche ich vielleicht einen Beweis, der stichhaltiger ist als mein Wort gegen das eines Toten … allerdings hatte ich nicht erwartet, dass er gleich lospostaunt.

Er breitet alles vor mir aus.

»Also hast du die Mitglieder der Juliette Society davon überzeugen können, dass Inana sie outen wollte, und deshalb wurdest du nicht abgeknallt wie der tollwütige Hund, der du bist.«

Er stößt ein dröhnendes Lachen aus, das in einem Hustenanfall endet. »Schmeichel mir nicht.«

»Ich habe Inana geliebt. Ich habe Anna geliebt.«

Sein Lachen verstummt genauso plötzlich, wie es ertönt war, und sein Blick verwandelt sich in den eines toten Fisches. »Ich weiß. Und ihr werdet alle bald wieder vereint sein.«

Meine Arroganz verfliegt ein wenig, aber ich halte an meiner wagemutigen Strategie fest. »Ach? Willst du mich als Nächstes umbringen, X?«

Er starrt mich an, atmet ein paarmal und nippt an seinem Drink, während ich einfach abwarte. Er ergreift als Erster das Wort. »Du hältst dich für schlau, oder? Du glaubst, du kannst hier hereingetanzt kommen mit deinen großen Äuglein und frechen Titten, und schon kriegst du, was du willst.«

»Och, heißt das, dass du mich nicht anziehend findest? Hab ich etwas falsch gemacht oder etwas Falsches gesagt? Hat dir unser Treffen neulich denn nicht gefallen?«

Er windet sich auf seinem Stuhl, und ich bin überrascht, dass es ihm anscheinend wirklich gefallen hat.

Er mochte offenbar jede Minute von der Behandlung durch die Männer neulich. Ich beiße mir auf die Lippe und frage mich, was er im Schilde führt.

»Du bist nicht die Erste, die versucht, mich heimlich aufzunehmen – ich weiß genau, was du vorhast, und es wird nicht funktionieren. Los, guck auf dein Handy, Schätzchen. Wir haben doch keine Geheimnisse voreinander.« Seine Worte klingen freundlich, aber wenn Blicke töten könnten ...

Ohne es zu wollen, hole ich mein Handy heraus. Tot. Ich runzle die Stirn und versuche es wieder einzuschalten, aber es geht nicht. »Was hast du damit gemacht?«, frage ich, zum ersten Mal verunsichert, seit ich heute durch seine Tür getreten bin.

Er trinkt sein Glas aus. »Es ist durchaus von Vorteil, eine so gute Menschenkenntnis zu haben wie ich. Freunde von mir haben ihre Finger in allen möglichen praktischen Bereichen, auch in Technologie und Kommunikation. Eins muss ich dir immerhin lassen, du bist mutiger als die anderen.«

Seine Worte sollen mich kleinkriegen, aber ich bekämpfe die Todesangst, die mich plötzlich überkommt, mit Wut. Mein Magen krampft sich zusammen, und ich schlucke die Galle hinunter, die mir in der Kehle brennt. Inana war meine Heldin, meine Muse, und er hat sie umgebracht, als wäre sie niemand. Er glaubt, dasselbe auch mit Anna gemacht zu haben. Und mit seinen Designerviren hat er noch Tausende, wenn nicht Abertausende weiterer Menschen auf dem Gewissen.

Ich atme noch immer. Warum bin ich die Ausnahme?

Schicksal? Dämonen? Der Wille eines Tyrannen? Die Laune eines Gottes?

Ist es, weil er meine Angst auskosten will, bis zum letzten Tropfen, bevor er schließlich aufhört, mit mir zu spielen, und mich komplett aus dem Spiel nimmt? Mir war schon lange klar, dass seine wahre Schwäche ironischerweise darin liegt, dass er auf Macht steht. Eigentlich ist er ein Machtfetischist. Aber es scheint, als schlage sein Fetisch in beide Richtungen aus.

Anstatt mir vor Angst in die Hose zu machen, muss ich das zu meinem Vorteil nutzen. Denn nur, weil er mir meinen Mitschnitt vereitelt hat, bedeutet das ja nicht, dass ich es mir anders überlegt habe und ihn davonkommen lasse.

Unbeeindruckt ziehe ich meine Jacke aus, als sei der ganze Spuk schon vorbei. »Ich weiß nicht, ob ich mutiger bin als die anderen, aber ich bin anders als sie. Damit magst du recht haben. Ich bin hier, um mich zu entschuldigen und um dir zu sagen, dass ich deine Geschichte schreiben werde, aber ich würde gerne eine kleine Garantie bekommen. Dafür ist auch dieses Geschenk gedacht.« Sein Blick gleitet über meine Arme und meinen Körper, als ich meine Jacke zusammenfalte, sie auf einen Sessel in der Ecke lege und dann langsam zu meinem Stuhl zurückkehre.

Ich beschwöre jede einzelne Hollywood-Sexgöttin herauf, als ich die Beine überschlage und mich mit den Ellenbogen auf den Armlehnen aufstütze, denn er möchte eine Vorstellung geboten bekommen. Alle Männer wie er wollen eine Show geboten bekommen. Sie scheren sich nicht um unser wahres Ich – sie ziehen die Fantasievorstellung in jedem Fall vor, denn die erfüllt ihren Drang, ohne sie jemals zurückzuweisen. Die Fantasiegestalt hat auch nie Kopfschmerzen oder einen Freund, den sie mehr liebt als ihn.

Auf sie lassen sich immer sämtliche Wünsche projizieren. Genau wie auf Kellnerinnen, sexy Polizisten und alle weiteren Stereotypen in Uniform, von denen wir insgeheim träumen, während wir ihr wahres Wesen ausblenden.

Ich lächle. »Dir hat also gefallen, was ich neulich Nacht gemacht habe. Ehrlich gesagt, war ich nicht sicher, ob du damit umgehen kannst, X.«

»Ich kann mit allem umgehen«, faucht er. »Mit allem.«

Problematische Vaterbeziehung? Missbrauch? Sind es natürliche Veranlagungen oder Umwelteinflüsse, die dieses Ding da vor mir zu einer menschlichen Gestalt geformt haben? »Das habe ich gesehen«, räume ich ein. »Das hast du bewiesen.« Ich schlage die Beine wieder auseinander. Dabei beschere ich ihm einen kurzen Blick auf mein Höschen und wünschte, ich hätte keines an.

Es erfüllt dennoch seinen Zweck, und seine Hand greift hastig nach seinem Glas, bevor ihm bewusst wird, dass es bereits leer ist. Ich stehe auf, nehme die Karaffe und fülle ihm nach, damit er sich nicht machtlos und bedroht fühlt. Es ist ein heikler Balanceakt; eine winzige falsche Bewegung, und ich bin nicht gefickt, sondern tot.

»Ich habe nicht damit gerechnet, dass dir gefällt, was ich gemacht habe, X. Ich hatte erwartet, dass du wütend sein wirst. Aber das bist du nicht. Ich dachte, Inana war wie ich. Ich wusste nicht, dass es hier auf der Insel noch jemanden gibt, der meine Neigungen teilt. Es gibt eine Bezeichnung für Leute wie uns, X. Kennst du sie?«

»Sadomasochisten.«

Interessant – und in ungefähr das, wofür ich ihn halte. Ich reiche ihm mit gesenktem Kopf das Glas, sodass sich unsere Finger berühren. »Frei.«

Er kneift nachdenklich die Augen zusammen und nimmt einen Schluck. »Fahr fort.«

»Wir wissen beide, dass für uns Grenzen, die für andere bestehen, nicht gelten. Lust oder Schmerz. Dominant oder devot. Für uns wäre das, als hätten wir bloß einen Arm. Warum sollte man eine halbe Existenz fristen, nur weil einem beigebracht wurde, dass man sich im Leben für eine Seite zu entscheiden hat?« Ich muss auf alle Techniken zur Kontrolle meiner Körpersprache und meiner Emotionen zurückgreifen, die ich mir angeeignet habe, damit ich nicht meine tiefe Abscheu vor diesem Mann offenbare und ihn davon überzeugen kann, dass seine Macht anziehend auf mich wirkt.

Mir ist jetzt klar, dass mich eine Aufnahme seines Geständnisses sowieso nicht weiterbringen würde. Selbst wenn es mir gelungen wäre, hätte er mich eher umgebracht, als sich erpressen zu lassen. Zwar hat er sich von mir fesseln, sich eine Augenbinde verpassen, sich knebeln und dann von zwei Männern mit Riesenschwänzen in den Arsch ficken lassen, aber mir dauerhaft Macht über sich einzuräumen?

Undenkbar.

Solange es sich um Schlafzimmerangelegenheiten dreht, lässt sein Ego so etwas zu. Außerhalb würde er eher sterben.

»Hier ist dein Geschenk.« Ich präsentiere ihm meine Begleiterin, indem ich kurz an ihrer Leine ziehe. Zum ersten Mal sind seine beiden Hände sichtbar.

Natürlich hat er eine Waffe unterm Tisch, und bis jetzt hat er überlegt, ob er sie einsetzen soll oder nicht. Was auch immer es ist. Eine Pistole? Ein Messer? Gift in einem Glas?

»Du hast mir noch gar nichts zu trinken angeboten«, tadele ich ihn.

»Da kostet die Flasche vierzigtausend«, erwidert er.

Ich zwinkere ihm zu. »Dann schenk mir einen doppelten ein. Ich bin es wert.«

Und ich stütze die Hände auf die Armlehnen seines Sessels und drehe ihn vom Tisch weg, um ihn von dem zu trennen, was er darunter versteckt hat. Ich gehe langsam um ihn herum und präsentiere ihm meine Nippel, die stolz hervorspringen. Lasse ihn auch meinen knackigen Hintern sehen, während ich mit wiegenden Hüften für ihn laufe und dann mit den Fingern schnippe und auf seine Füße zeige. »Komm, Hundchen.«

Sie krabbelt auf ihren Stiefelchen, passend zu ihrem Latexanzug, zu uns herüber und macht zu seinen Füßen Platz.

Ich trete hinter ihn und fahre ihm mit den Fingern durchs Haar. »Hundchen würde gerne seine Füße benutzen. Warum ziehst du sie ihr nicht aus?«

Mit fummelnden Fingern befreit er sie aus ihren Stiefelchen, und die rosa Zehen mit den blutroten Nägeln meines Hundchens kommen zum Vorschein. Er schiebt ihre Zehen in seinen Schritt, und sie reibt durch seine Hose hindurch seinen Schwanz.

Ich flüstere ihm ins Ohr: »Ich wollte neulich noch so viel mehr mit dir anstellen. Leider musste ich gehen, anstatt zu bleiben und mir anzusehen, was diese Männer mit dir machten. Haben sie dich hart gefickt?«

Er nickt, und sein Schwanz lugt oben aus seinem Hosenbund heraus wie das Ungeheuer von Loch Ness, dessen hässlicher kleiner Kopf die Wasseroberfläche durchbricht. Er ruckelt seine Hose herunter, und sie kneift ihm mit den Zehen in die Haut seines Glieds. Er keucht auf, als sie seinen Schaft zwischen ihre Fußgewölbe nimmt und anfängt, ihm damit einen runterzuholen.

Ich grinse, ohne dass ich meine Freude darüber, dass er wegen mir hart gefickt wurde, vortäuschen muss. »Warst du am nächsten Tag richtig schön wund?«

Er nickt wieder und zieht mein Hundchen mit einem Ruck auf ihre Knie. »Benutzt Hundchen auch seine Zunge, wie eine brave Hündin?«

»Warum lassen wir sie nicht erst mal ihre Hände benutzen?« Ich befreie ihre Hände, und sie bewegt erst langsam ihre Finger, bevor sie nach ihm greift und mit fieberhaften kleinen Bewegungen seinen haarigen Schwanz massiert. Es schüttelt mich, doch ich ringe mir rasch ein Stöhnen ab, sodass er denkt, es sei aus Lust.

Wir sehen nur, was wir sehen wollen.

Ich schubse sie aus dem Weg und drehe ihn wieder herum, sodass ich hinter ihm stehe und mich über ihn beuge. Dann zwicke ich ihn brutal in die Nippel. Er zuckt zusammen und stöhnt hinter zusammengebissenen Zähnen.

»Ich will dein Arschloch ficken.«

»Ich will deins ficken«, kontere ich. »Das mit uns könnte eine richtig tolle Beziehung werden«, flüstere ich ihm ins Ohr und kneife ihm dann mit den Zähnen hinein. Er nickt.

Er ist in einer angreifbaren Position, und ich gebe es nur äußerst ungern zu, aber ich bin feucht. Nicht speziell wegen ihm, sondern weil eine solche Verbindung unter anderen Umständen mit jemand ganz anderem richtig geil sein könnte.

Was sagt das über mich aus?

»Hundchen? Steh auf.« Sie steht auf. Ich gehe um den Stuhl herum und achte dabei sorgfältig darauf, dass die Leine entwirrt ist, bevor ich sie ihr in die Hand drücke.

Und mit einem heftigen Ruck zerrt sie die Leine um seinen Hals fest und würgt ihn damit, während sie sich mit dem Knie gegen die Rückenlehne stemmt.

Seine Hände schnellen hoch, und er versucht die Finger unter das Leder zu bekommen, doch es gelingt ihm nicht, und er fängt an, leise röchelnde Geräusche von sich zu geben.

»Hundchen? Zeig dem Mann, wie hübsch du bist.« Ich ziehe ihr die Maske vom Gesicht, und sie beugt sich nach vorne über sein Gesicht.

Anna.

Ihr diesen Moment der Rache zu geben, gegen den Mann, der ihr das Leben genommen hat, scheint mir nur fair. Das nennt man ausgleichende Gerechtigkeit.

Doch dann macht sie ein seltsames Geräusch, und ihre Hände zittern.

»Catherine, ich kann's nicht. Ich kann nicht!«

Sie lässt die Leine los, und ich greife hastig danach. »Anna! Du wolltest das. Wir müssen das jetzt durchziehen.«

»Bitte«, flüstert sie, und Tränen laufen ihr die Wangen hinunter.

Ich bin hergekommen, um das zu tun, was getan werden muss. Um Anna zu rächen. Um die Existenz dieses schrecklichen Mannes zu beenden. Auch Anna war mehr als bereit dazu gewesen. Aber jetzt, wo die Würfel gefallen sind, hält sie irgendetwas zurück.

Mitleid? Bedauern? Was ist es, was sie und mich unterscheidet? Wir stehen uns so nah, sind uns so ähnlich, und trotzdem ringt etwas in mir stärker ums Überleben.

Der Teil von mir, der niemandem erlauben würde, meinen Tod auch nur vorzutäuschen, schiebt sich aus den Schattenbereichen meines Inneren hervor und hat ein Messer zwischen die Zähne geklemmt.

Ich kann das. Ich kann tun, was Anna nicht übers Herz bringt. »Vielleicht sind wir uns doch zu ähnlich, X. Es hätte sowieso nicht gehalten.« Ich küsse ihn auf die Stirn und ziehe ihm die Leine mit einem Ruck noch fester um den Hals, die Hände sicher hinter der Stuhllehne platziert, wo er sie nicht erreichen kann.

Überraschung und Enttäuschung flackern in seinen Augen auf, aber ich denke zurück an Bob, denke an Zeiten, als so was hier geil war, und Inanas Worte über das Sprengen unserer eigenen Grenzen kommen mir in den Sinn.

Und dann würge ich X, doch alles, was ich vor mir sehe, alles, woran ich mich erinnere, sind andere Momente, in denen ich andere gewürgt habe oder gewürgt wurde.

DeVille, der nach meinen Handgelenken greift, aber nicht, um einen weiteren Schlag von mir abzuwehren, sondern um sie hinunterzuziehen. An seinen Hals.

Er sagt: »Tauschen wir. Würg mich.«

Seine Hände sind auf meinen. Meine Hände sind an seinem Hals.

Er sagt: »Fester.«

Und ich drücke zu.

»Fester.«

Mein »fest« ist ihm offenbar nicht fest genug.

Er sagt es wieder, und diesmal schreit er es, immer und immer wieder. Wie ein Trainer, der seine Sportler anfeuert. Und ich brenne.

Ich drücke so fest zu, wie er es will, und jetzt schlagen X' Hände vergeblich nach mir, während ihm Äderchen in den Augäpfeln platzen und das Weiß rot durchziehen. Sein teurer, schwerer Bürostuhl stellt das perfekte Schild für mich dar. Ich bin sicher hinter seinem Rücken, und er blickt mit einem Anflug von Ehrfurcht zu mir auf.

Ich frage mich, was er sieht. Ich beuge mich ein wenig tiefer und versuche, meine Spiegelung in seinen Augen zu erkennen, will wissen, wie ich aussehe, während ich ihn umbringe.

Doch mein Geist wird überschwemmt von Erinnerungen an all die Male, als ich mich selbst würgte, und ein nostalgischer Schleier vernebelt mir den Blick.

Ich erinnere mich an Schwänze, die mich ganz hinten in der Kehle treffen, wenn der enthusiastische Empfänger eines Blowjobs ein bisschen zu tief oder zu plötzlich vorstößt, als dass ich es verhindern könnte.

Ich denke an Fantasien, in denen Männer mir einen Seidenschal um den Hals schlingen und mit meiner Atemluft spielen, als sei es ihr gottgegebenes Recht, sie mir zu rauben.

Ich erinnere mich wieder an mein unterdrücktes Interesse an autoerotischer Asphyxie, für deren Erforschung ich nie ausreichend Mut aufbrachte, aus Angst, zu weit zu gehen und nach dem Kommen nicht mehr aufzuwachen, um dann in einer verfänglichen Situation von einem geliebten Menschen oder einem Fremden gefunden zu werden.

Ich denke an all die in mir erstickten Worte, die ich nicht gewagt hatte, lieben Menschen gegenüber auszusprechen, und dass ich sie in Zukunft nie mehr herunterschlucken werde, da jeder Tag unser letzter sein könnte, und dass ich von heute an die Chance darauf, »Ich liebe dich« zu sagen, nutzen werde.

Diese Gedanken und mehr überlagern die Realität dessen, was gerade in diesem Raum geschieht. Ich denke sogar an die Situationen, in denen mir Dinge, die ich mir versagte, metaphorisch die Luft abschnürten, weil ich dachte, ich würde sie nicht verdienen, und das macht mich mehr als alles andere wütend auf mich selbst. Ich hätte mein Leben vergeuden und heute Abend wie nichts ausgelöscht werden können.

Aber das wird nun nicht geschehen, denn ich weigere mich, das Opfer dieser Strangulation zu werden.

Diese ganze Sache ist die reinste Metapher für mein Leben, meine Sehnsüchte, meine Wünsche und Bedürfnisse. Es ist schrecklich und wichtig zugleich und etwas, zu dem ich mich niemals fähig geglaubt hätte.

Es ist nötig.

In dem Moment gewinne ich wieder die Kontrolle. Es ist meine Botschaft ans Universum, dass ich nicht bereit bin, mich auslöschen zu lassen; dass ich kämpfen und ringen werde und, was auch immer mir das Universum zumutet, annehmen und noch mehr desselben zurückgeben werde, damit ihm klar wird, dass es sich besser nie wieder mit mir oder den Menschen, die ich liebe, anlegen soll.

Manche Menschen gehen aufs Nichts zu und schrecken zurück.

Ich gehe noch einen Schritt weiter.

Ich bin das Karma, das dem Leben und dem Universum Gleichgewicht bringt, also sieh dich vor.

Ich bin Kali. Macht, Veränderung, Zerstörung, Befreiung.

Catherine wird heute nicht sterben. Ich werde mich auch nicht verkriechen wie ein geprügelter Köter. Ich habe noch immer vieles zu sagen und Träume, denen ich Leben einhauchen möchte.

Ich atme durch und lächle, als die Spannung X' Körper verlässt und er in sich zusammensackt wie ein Fleischhaufen.

Die behelfsmäßige Schlinge ziehe ich gefühlte fünf Minuten länger zu, um sicherzugehen, dass sein Geist, falls er noch irgendwo lauert, weiß, dass er aus dieser Sache nicht mehr herauskommt.

Auch ich komme nicht mehr aus dieser Sache heraus.

Ich habe Unschuld gegen Erfahrung eingetauscht, bin von einem kleinen naiven Mädchen zu einem Sexgenie geworden. Und bei jeder meiner Erfahrungen hat mich meine Sexualität ermächtigt, anstatt mich in Gewissenskonflikte zu stürzen, und ich denke, diese Geschichte ist es wert, erzählt zu werden – eine positive Sache, in einer Kultur, die so wenig dazu beiträgt, junge Mädchen über ihren eigenen Körper und ihre Sehnsüchte aufzuklären; und gleichzeitig erwachsenen Frauen eine eigene Sexualität verweigert. Sex ist Macht. Es ist ermächtigend, jeden Zentimeter seiner selbst in- und auswendig zu kennen und die Dinge auszuschöpfen, die einem zur Lustbefriedigung dienen können ... oder als Waffe.

Offen und souverän mit dem umzugehen, was man über sich selbst lernt, führt dazu, dass es keiner gegen einen verwenden kann.

X wird nie mehr jemandem mit seinem Handeln, seinen Worten, seiner Macht oder seinem Reichtum schaden. Er ist ein Nichts. Die Welt, die er zu beherrschen glaubte, hat mich hervorgebracht und die Stärke in mir genährt, die dafür nötig war, dass ich das tun konnte, was getan werden muss.

Richtig oder falsch – es ist, was es ist.

Und ein Teil von mir gibt sich einem rauschhaften Rechtschaffenheitsgefühl hin und freut sich unbändig darüber, dass ich diejenige bin, die seiner scheußlichen Existenz ein Ende bereitet hat.

Falls dies ein Trost ist, war es höchstwahrscheinlich genau das Ende, das er sich gewünscht hätte. Nackt mit einem Ständer und stranguliert mit einer Leine von einer Frau, die halb so alt ist wie er.

Als ich mir sicher bin, dass Mr. X tot ist, und sich mein Herzschlag wieder in einem erträglichen Tempo eingependelt hat, setze ich mich auf X' Schreibtisch und greife zu seinem Telefon. Anna zittert am ganzen Körper, doch die Erleichterung und Dankbarkeit in ihrem Blick beglücken mich.

Ich tippe die Nummer ein, die mir gegeben worden war, und frage mich, ob es ihn wenigstens ein bisschen überraschen wird, von mir zu hören.

»Bob DeVille hier.«

Ich hole tief Luft und räuspere mich. »Hallo, Bob.«

»Catherine?«

»Ich brauche deine Hilfe.«

29

Langsam ließ das Adrenalin ein wenig nach. Anna und ich lehnen uns keuchend von innen gegen meine Haustür, nachdem wir sie hinter uns verschlossen haben, so hatte Bob es uns am Telefon geraten. Mir gefällt es nicht, dass wir X' Leiche zurücklassen mussten, denn irgendwie möchte ich, dass derjenige, der von Bob geschickt wird, um die Situation zu klären, weiß, dass ich das getan habe.

Wird Bob den Ruhm dafür selbst einheimsen? Ruhm, Schuld ... es klopft an die Tür.

Natürlich.

Anna zuckt vor Schreck zusammen und wimmert.

»Egal, was passiert, es wird alles gut«, flüstere ich voller Überzeugung.

Es ist komisch, dass sie sich vor Angst und Scham windet, obwohl ich doch diejenige mit dem schlechten Gewissen sein müsste. Bob hatte uns geraten, möglichst unauffällig vom Ort des Geschehens zu verschwinden. Da ich schon lange nicht mehr an Zufälle glaube, gebe ich Anna ein Zeichen, sich im Haus zu verstecken. Ich warte, bis sie sich sicher verborgen hat, und hole mir selbst eine schwere Bücherstütze, die ich als Waffe einsetzen könnte, bevor ich wieder zur Tür gehe. Ja, selbst nach dem, was ich gerade getan habe, würde ich es wieder tun, um sie – und mich – vor einem Vergeltungsschlag zu schützen.

Auf Zehenspitzen spähe ich durch den Türspion.

Draußen steht ein Mann mit tätowiertem Gesicht.

Dieser verdammte rosa Donut wird mich bis ans Ende meiner Tage verfolgen.

Ich grinse. Dann reiße ich die Tür auf, trete hinaus und ziehe sie schnell wieder hinter mir zu, damit Anna zwei geschlossene Türen zwischen sich und der Welt da draußen hat. »Bundy?«

Seine Augen weiten sich erfreut und überrascht, aber auch ein wenig bekümmert angesichts der Umstände unseres Treffens – für die seine Kleiderwahl höchst ungewöhnlich ist. Er deutet eine seltsam formelle Verbeugung an, als er mir einen Umschlag aus dickem Pergamentpapier überreicht.

Ich kann mir das Grinsen darüber, wie bescheuert Bundy Tremayne mit seiner Fliege, der braunen Anzugweste und den Satinshorts in Kombination mit langen Strümpfen aussieht, nicht verkneifen. Die Knie seiner weißen dürren Beine stechen hervor. Ich neige den Kopf zur Seite. »Hast du eine Wette verloren?«

»So was Ähnliches.«

»Hat das mit jemandem hier zu tun, oder war das schon, bevor du in die Kolonie kamst?«

Er kratzt sich grinsend das Gesicht. Die Lachfalten in seinem Gesicht sind etwas tiefer geworden, also scheint sein Leben nicht total schlimm verlaufen zu sein, seit wir uns das letzte Mal begegnet sind. Er verschränkt die Arme. »Ich soll dir nichts dazu sagen, damit es dich nicht auf die eine oder andere Art beeinflusst. Unter Umständen könnte es da einen Zwischenfall mit einer Ukrainerin und einer Salami gegeben haben, mehr wirst du von mir nicht darüber erfahren. Aber du sollst den Umschlag öffnen.«

Ihn wiederzusehen, verleiht mir ein leichtes Gefühl, als wäre ich nicht allein, auch wenn die Situation im Moment alles andere als unbeschwert ist. Es wirft bei mir die Frage auf, wer sich aktuell sonst noch hier in der Kolonie aufhält und Cocktails am Pool schlürft und wer sich vielleicht auf den Partys hier befunden haben könnte, die ich besucht habe.

War Bundy schon auf der Party, die Penelope für mich geschmissen hat?

Verbarg sich Kubrick hinter einer der Masken auf der Surrealismus-Party? Vielleicht hat er dort mit jemandem gefickt. Vielleicht hat er dabei eine Gorillamaske getragen. Verdammt, vielleicht wurde er sogar von jemandem mit einer Gorillamaske gefickt. Beide Szenarios sind gleich wahrscheinlich.

Ich öffne schmunzelnd den Umschlag und will Bundy schon nach gemeinsamen Freunden fragen, verkneife es mir dann aber doch.

Es ist eine Einladung, in kunstvoller Schrift verfasst. Ich wollte schon immer Kalligrafie lernen, habe aber nie die Zeit dazu gefunden ... oder die Geduld. Es gibt eine Menge Hobbys, die mich interessieren und denen ich mich nie widmen konnte. Und es gibt noch viel mehr, was mich lose interessiert.

Jonglieren mit Feuer. Serviettenfalten. Skulpturen aus kinetischem Sand. Werde ich all das jetzt nie mehr ausprobieren können, falls ich für die Ermordung von X bestraft werden sollte, auch wenn ich richtig gehandelt habe?

Es gibt nur einen Weg, das wirklich herauszufinden.

Neugierig und wohl wissend, dass das Timing zählt, beschließe ich, mit Bundy mitzugehen. Er dreht sich um, und als ich ihm folge, fällt mir der Schwanz auf, der hinten an seiner kurzen Hose befestigt ist. Ich will gerade leicht daran ziehen, da merke ich, dass er durch den Saum am Hintern der Shorts herauskommt.

Es ist ein Buttplug mit einem üppigen Kunstpelzschwanz daran, der bei jedem seiner Schritte hin und her schwingt.

Bundy muss wirklich etwas sehr Unartiges gemacht haben, wenn er wie ein Schoßhündchen auf diese Weise bestraft wird. Für jemanden, der lieber oben ist, ist so eine Bestrafung gegen seine Natur. Aber er nimmt es mit Haltung und federndem Schritt.

Weiß er, dass Anna lebt? Ich frage ihn nicht, denn das würde offenbaren, dass sie hier ist, und wenn er es nicht weiß, dann hat das sicher Gründe.

Abgesehen davon steht es mir nicht zu, dieses Geheimnis zu lüften.

Aber ich kann mir nicht vorstellen, dass er weiß, dass sie hier ist – und was wir gerade getan haben –, ohne es zu erwähnen. Vielleicht sind seine Befehle bei aller Frivolität strenger, als ich dachte.

Bundy führt mich schweigend zur schlichtesten Villa der Straße, und ich weiß, wer auch immer hier wohnt, ist wichtig. Denn wie bei Indiana Jones' Suche nach dem Gral hütet sich derjenige, der hier das Sagen hat, davor, seinen Reichtum zur Schau zu stellen. Solche Leute versuchen nicht, andere mit ihren Besitztümern und oberflächlichem Pomp zu beeindrucken. Dass wir alle hier sind, ist für sie der beste Ausdruck ihres Einflusses und ihrer Macht.

Bundy öffnet die Haustür, führt mich durch den dunklen, kühlen Flur in eine Kammer, die an den Beichtstuhl in einer Kirche erinnert, und schließt deren Tür hinter mir.

Umgeben von Dunkelheit, nehme ich auf der samtbezogenen Bank Platz und warte. Ich bin überraschend ruhig, aber vielleicht liegt das daran, dass mein Körper und mein Hirn den Sättigungspunkt erreicht haben und auf keine weiteren Schocks reagieren können.

Einen Moment später vernehme ich ein leises Klacken, als sich die Tür auf der anderen Seite der geschnitzten Trennwand öffnet und wieder schließt. Dabei fällt etwas Licht herein und offenbart mir einige Details des Raumes. Die Schnitzereien der Trennwand sind so fein, dass ich sie vermutlich mit dem Finger durchstoßen könnte wie Seidenpapier, aber aus naheliegenden Gründen unterlasse ich es.

Dann öffnet sich auch die Trennwand, und zum Vorschein kommt das lächelnde Gesicht von ... Bob DeVille. »Catherine.«

»Bob, ich ...«

»Komm mit mir. Du musst nicht nervös sein, Penny ist hier«, unterbricht er mich und schiebt mich durch die Trennwand in einen größeren Raum mit einem großen Stuhl und zwölf etwas kleineren, die im Kreis um ihn herum aufgestellt sind. Alle Stühle bis auf zwei sind besetzt.

»Meiner und deiner«, sagt er und nimmt Platz.

Auch ich setze mich und vermeide es zunächst, irgendjemanden hier anzusehen außer Penny und Bob. Ihre durchdringenden, prüfenden Blicke geben mir das Gefühl, ein Käfer in einem Glas zu sein, was mich ärgert, also werfe ich die Schultern zurück und schaue ihnen mutig in die Augen. Ich bin schließlich kein verängstigtes kleines Mädchen, das sie einschüchtern können. Was auch immer sie vorhaben, ich kann damit umgehen.

Die Frau auf dem prunkvollsten Stuhl in der Mitte nickt mir zu. »Willkommen, Catherine.« Ihre Stimme klingt warm und gehaltvoll wie geschmolzene Butter. »Es ist mir ein Vergnügen, dich endlich kennenzulernen.« Sie ist Ende vierzig und hat ein herzförmiges Gesicht, seidige, schokoladenfarbige Haut und große braune Augen, die mich an Inana erinnern. Ihr Haar ist zu einem perfekten Dutt zurückgebunden, und ihre Kleidung strahlt Klasse und Reichtum aus, ohne die Tatsache, dass sie hier die Anführerin ist, zur Schau zu stellen.

Ich bin eigentlich recht entspannt, muss allerdings zugeben, dass sich mein Puls vielleicht deshalb ein wenig erhöht, weil sie nicht irgendein Geschäftsmannarschloch in einem Anzug ist. Andererseits ist das hier auch die *Juliette Society* – also was habe ich anderes erwartet als eine Frau an der Spitze? Der Name war von Anfang an ein Hinweis darauf.

Ich beuge mich etwas zu ihr vor. »Danke.« Ich lächle. »Ihr Botenjunge hat mir gefallen.«

Sie schmunzelt. »Ah ja, Bundy und du, euch verbindet eine Geschichte. Ich hatte gehofft, es würde dich amüsieren.«

Ich grinse schief. »Sie haben ihn hoffentlich nicht für mich dazu gezwungen, diesen Schwanz zu tragen.«

»Nein, das war zur Wiedergutmachung für andere Aktionen, die er selbst zu verantworten hat. Er ist fast erlöst und wird schon bald wieder sein Unwesen treiben können. Ich würde ihm das nie sagen, aber er sorgt hier bei uns immer wieder für Unterhaltung.«

Jetzt fühle ich mich etwas besser, was meinen ... nun ja, ich würde ihn nicht gerade als Freund bezeichnen, doch die Vorstellung, er müsste sein restliches Leben irgendeinem Arschloch wie X dienen, hätte mir überhaupt nicht gefallen. Er verdient es, die Sau rauszulassen an einem solchen Ort, wo die Mädels zum Ficken keine Drogen brauchen, außer es handelt sich um diese Art von Party. Vielleicht hat er ja die große Frau mit Schamhaaren wie aus den Siebzigern gefunden, von der er immer geträumt hat.

Aber ich bin sicher nicht hergekommen, um über alte Bekannte zu plaudern oder für einen Tratsch unter Mädels. »Also das hier ist Ihres?«, frage ich und meine damit so viel mehr als nur das Haus, in dem wir uns gerade befinden.

»Sozusagen. Wenn ich dir sagen würde, dass es aktuell meines ist, aber nicht für immer, dann wäre das zutreffender.«

»Wussten Sie schon die ganze Zeit von mir?« Irgendwie fühlt es sich ganz natürlich an, sich vor all den anderen hier zu unterhalten, so als gäbe es dieses Publikum gar nicht.

»Nicht viel entgeht meiner Kenntnis, was die Welt betrifft, die wir geschaffen haben.«

Aus irgendeinem Grund macht mir ihr Geständnis keine Angst. Es fühlt sich eher an, als hätte ich in ihr einen Schutzengel, der über mich wacht, auch wenn sie die Aufgabe, mich vor Schaden zu bewahren, nicht immer hervorragend erfüllt hat. Wo wir gerade von X reden …

»Sie haben mich doch herbringen lassen, um etwas Bestimmtes mit mir zu besprechen.«

Ihr Lächeln kann ich am Klang ihrer Worte erkennen. »Ich mag deine Direktheit wirklich sehr, Catherine. Mir wurde zugetragen, dass wir ein … gemeinsames Problem haben.«

»Wenn Sie damit ein gewisses überhebliches Arschloch meinen, dessen Name nur aus einem Buchstaben besteht, dann habe ich mich bereits darum gekümmert.« Meine Ungeduld holt mich ein. »X hat Menschen getötet. Er hat einige unserer Mitglieder auf dem Gewissen. Und er wollte auch mich auslöschen, indem er meine Karriere und meinen Ruf zerstört hat.«

»Nicht alle, die tot sind, bleiben es auch.«

Mir gefriert das Blut in den Adern. Habe ich ihn etwa nicht umgebracht? Habe ich zu früh von ihm abgelassen, fing sein Herz wieder an zu schlagen, nachdem Anna und ich weg waren? Unmöglich. »Ich weiß, dass er tot ist.«

»Ich sprach von dir, nicht von ihm.«

Ich löse meine geballten Fäuste und schlage die Beine auseinander. »Wovon reden Sie?«

»Du bist schon ein paarmal fast so weit gegangen, doch irgendetwas hielt dich immer vom letzten Schritt zurück. Der Einsatz war immer der gleiche – es ging immer um Leben oder Tod.«

Sie wussten die ganze Zeit über, dass ich in Gefahr war, aber dachten gar nicht daran, einzuschreiten? »Sie haben doch sicher Leute, die ... die Bedrohung hätten beseitigen können?«

Bob lacht leise auf und sagt mir, dass es nicht bloß darum ging, X unschädlich zu machen. »Es war eine letzte Initiation – es ging darum, ob oder ob du nicht bereit dazu bist, deinen rechtmäßigen Platz an der Macht einzunehmen.«

Ich runzle die Stirn. »Meinen rechtmäßigen Platz?«

Die Frau nickt. »Wir beobachten dich schon lange – und deine Entscheidungen. Wir finden, dass du dich als würdig erwiesen hast.«

»Was ist mit Anna?«

Sie lächelt. »Deine Freundin ist die Favoritin von vielen von uns, aber du musst doch zugeben, dass ein fundamentaler Unterschied zwischen dir und ihr besteht.«

Vorhin bei X servierte ich Anna die Möglichkeit ihrer Rache beinahe auf dem Silbertablett, und sie war nicht fähig, sich das zu nehmen, was ihr zustand. »Sie wusste dasselbe über X wie ich und war dennoch nicht in der Lage, das zu tun, was ich tat.«

»Eben.« Die Frau zeigt auf die anderen Versammelten. »Nicht jeder eignet sich für diese Lebensweise. Wenige sind fähig, das zu tun, was wir tun, um die Juliette Society zu schützen und ihren Bestand zu sichern. Aber du, Catherine, hast dir deinen Platz hier verdient – wenn du ihn willst.«

Es hat etwas von ausgleichender Gerechtigkeit, wenn man der Hydra einen Kopf abschlägt und dann sieht, dass ihr der eigene nachwächst. Indem ich X tötete, habe ich die Möglichkeit gewonnen, selbst das Ungeheuer zu werden, mit ihm zu verschmelzen und stärker zu werden.

Ich schaue Bob an, und sein Lächeln ist geheimnisvoll. Penny nickt, als hätte sie immer gewusst, dass ich hierhergehöre. Jede Person in diesem Raum hat Macht. Jede Person in diesem Raum weiß genau, wer sie ist.

Keine Angst, kein Bedauern, keine Entschuldigungen. Alle hier würden tun, was nötig ist, damit sie bekommen, was sie wollen, und um die Menschen zu beschützen, die sie lieben. Sie würden sich immer treu sein, auch wenn das nicht immer der leichte Weg ist.

Und sie glauben, dass ich eine von ihnen bin.

Ich lehne mich auf dem Stuhl zurück und lasse meine Hände mit einem Lächeln über die Armlehnen gleiten, denn ... sie haben recht.

Epilog

Manchmal hat das Handeln Konsequenzen, die man sich nie hätte träumen lassen. Selbst wenn man mit etwas davongekommen ist, kann es sich anfühlen, als schwebe das Damoklesschwert ständig über einem. In diesem Fall geht es nur um Vorfreude, obwohl es das eigentlich nicht ist, denn man freut sich auf alles, was da kommen wird.

Und manchmal passiert auch gar nichts, abgesehen von den Veränderungen in einem selbst, die für die restliche Welt unsichtbar sind. Man lebt einfach weiter vor sich hin, Tage, Wochen, Monate und Jahre. Man lebt das Leben so, wie man es leben will.

Keine Angst, kein Bedauern. Bis man eines Tages zurückblickt und einem klar wird, welche der Entscheidungen, die man getroffen hat, richtig und welche falsch waren. Welche Dinge man anders hätte machen sollen, damit man etwas schneller dort angekommen wäre, wo man idealerweise sein möchte.

Und dann wünscht man sich, seine hart erkämpften Lektionen mit Leuten zu teilen, die dieses Wissen wert sind.

Und das ist der Grund, warum Sie hier sind.

Aber bevor wir weitergehen, lassen Sie uns eines klarstellen: Ich möchte, dass Sie drei Dinge für mich tun.

Wenn Sie das wollen.

Erstens: Lassen Sie sich von dem, was Sie gleich lesen werden, nicht aus der Fassung bringen.

Zweitens: Legen Sie all Ihre Hemmungen ab.

Drittens und ganz entscheidend, also passen Sie gut auf: Alles, was Sie von jetzt an sehen und hören, muss unter uns bleiben.

Okay. Dann kommen wir zur Sache.

Als ich Ihnen erzählte, dass es einen geheimen Sexclub gibt, dessen Mitglieder aus den Mächtigsten der Gesellschaft bestehen – Banker, Superreiche, Medienmoguln, Vorstandsvorsitzende, Anwälte, Richter, Waffenhändler, Top-Militärs, Politiker, Regierungsbeamte, hochrangige Vertreter des Klerus –, haben Sie mir da geglaubt?

Oder dachten Sie, dass ich es bloß hypothetisch meinte?

Ich sprach nicht etwa von den Illuminaten. Oder den Bilderbergern oder Bohemian Grove oder von irgendwelchen abgeschmackten Komplottbausteinen, die den kommerziellen Erfolg einiger durchgeknallter Verschwörungstheoretiker befördern sollen.

Nein, dieser Club ist viel harmloser – oberflächlich betrachtet.

Aber nicht dahinter, nach Abzug aller Lügen, dort, wo ich Ihnen die Wahrheit gezeigt habe.

Dieser Club trifft sich unregelmäßig an einem geheimen Ort. Manchmal abgeschieden und manchmal heimlich vor aller Augen. Aber nie zweimal am selben Ort. Normalerweise nicht einmal in derselben Zeitzone.

Wir nennen ihn die Juliette Society.

Vielleicht verstehen Sie jetzt, worauf ich hinauswill. Vielleicht begreifen Sie jetzt, dass diese Geheimgesellschaft, die Juliette Society, nicht so harmlos ist, wie es scheint.

Und als ich Ihnen berichtete, dass es mir gelungen sei, in ihren inneren Kreis einzudringen – entschuldigen Sie meine Wortwahl –, haben Sie mir da geglaubt? Und wie steht es jetzt darum, nach allem, was ich Ihnen offenbart habe? Macht es Ihnen Lust auf mehr? Was ist Ihnen Erfahrung wert? Und was kostet sie Sie?

Denn das ist überhaupt nicht dasselbe. Das eine hat mit Bedeutung zu tun, das andere mit Opfern.

Wir sind so daran gewöhnt, für alles einen Preis zu bezahlen – für den Wocheneinkauf, unsere Gesundheit, unsere Fehler, unsere Fehltritte und andere Übeltaten, für die Affronts und kleinen Verfehlungen –, ohne jemals in Frage zu stellen, wie hoch der Preis ist oder wer darüber entscheidet, welchen Preis man zu zahlen hat und warum. Und als Gesellschaft scheinen wir wie besessen davon, was wir verloren haben, ob es sich nun um Unschuld handelt, Privatsphäre, Privilegien, Sicherheit oder Respekt, und weniger davon, was wir gewinnen können.

Aber niemand kann mir sagen, was meine Erfahrung wert ist. Nur ich selbst. Nur ich selbst kann sie verstehen, erfassen oder fühlen. Nur ich selbst kann sie abwägen, bemessen und beziffern. Ich kann entscheiden, ob ich sie an andere weitergebe oder sie für mich behalte. Und das ist allein meine Entscheidung. Es steht mir frei, darüber selbst zu entscheiden. Es liegt in meiner Verantwortung, sie zu pflegen.

Ich will kein Blatt vor den Mund nehmen. Wir reden hier von Sex. Vom Ficken. Jeder tut es, ob öffentlich oder privat. Seltener oder öfter. Straight oder schräg. Allein, zu zweit oder in Gruppen. Mit dem anderen Geschlecht oder dem eigenen. Und letztlich normalerweise in einer Kombination aus mehreren der oben erwähnten Optionen. Unsere Sexualität ist mindestens so komplex wie unsere Persönlichkeit, vielleicht sogar noch mehr, denn sie schließt auch unseren Körper mit ein, nicht bloß unseren Verstand.

Hier geht es nicht um Wissenschaft, sondern ums Sein. Und deshalb vertraue ich nicht so sehr auf die Schlussfolgerungen von Dr. Kinsey oder Freud oder ähnlichen Leuten, vor allem wenn es um Frauen geht. Denn wie lässt sich Begehren messen oder kategorisieren? Wie kann man Werturteile darüber fällen, was für die Leute gut oder schlecht ist, für den Einzelnen auf Basis seiner Gefühle und seiner Art zu vögeln?

Wir sind alle Freaks. Insgeheim. Unter der Haut. Im Bett. Hinter verschlossenen Türen. Wenn niemand zusieht. Aber wenn man dabei beobachtet wird oder jemand es weiß, dann muss man einen Preis dafür zahlen. Einen Preis, der uns gnadenlos vorgeschrieben wird. Und dieser Preis kann viele Namen haben, aber eigentlich ist er bloß eins.

Scham.

Mittlerweile sollten Sie begriffen haben, dass Scham nichts als eine Konstruktion bezeichnet, die uns davon abhalten soll, unsere Macht für uns zu beanspruchen. Einigen von uns gelingt es, die Fesseln abzuschütteln, diese Denkweise, mit der sie versuchen, uns klein zu halten.

Mir ist es gelungen.

Auch Inana in ihrer Zeit.

Und Anna.

Die Diskussion darüber, welche Rolle dabei Veranlagung und Umwelteinflüsse spielen, könnte endlos geführt werden, aber ich für meinen Teil weiß, dass ich nicht mit diesem Talent geboren wurde. Nein, es ist etwas, das ich im Laufe der Zeit erkannt habe. Es hatte mich schon lange begleitet, fest eingebaut, wie der Aktivierungsschalter für einen Schläfer.

Ich erkenne in Ihnen dasselbe Talent.

Jetzt ist die Zeit der Entscheidung gekommen. Diese Geschichte dreht sich jetzt um das, was Sie wollen. Wie weit Sie gehen werden.

Wissen Sie noch die drei Stufen der Initiation? Lassen Sie sie mich Ihnen in Erinnerung rufen.

Verwirrung der Sinne. Körperlicher Rausch. Orgiastischer Sex.

Jeder hat andere Perversionen. Ultimatives Risiko einzugehen bedeutet für manche nicht, sich bis zur Bewusstlosigkeit würgen zu lassen. Manchmal ist ultimatives Risiko auch schon gleichzusetzen damit, einfach nach jemandem die Hand auszustrecken.

So wie ich es mit Ihnen getan habe.

Sie sind jetzt hier und lesen diese Worte, weil Sie wissen wollen, wie es sich anfühlt, sein Leben so auszukosten. Aber Sie müssen sich selbst fragen: »Was ist Erfahrung wert? Und was kostet sie mich?«

Das ist meine Erfahrung mir wert: Ich verstehe das Zusammenspiel von Sex und Macht jetzt besser, als es viele Menschen je in ihrem Leben begreifen werden. Und ich wusste nicht, was mir bevorstand, als ich Mr. X umbrachte, aber eines war mir immer klar: Ich bin kein Whistleblower.

Mein Überlebensimpuls war und ist viel stärker als mein Wunsch, die Welt zu retten. Ich könnte die Heldin spielen, aber möchte ich bis ans Ende meines Lebens dafür bekannt sein? Bin ich bereit, mit den Konsequenzen zu leben? Wie wäre mein Leben dann? Geheimnisse sollten besser bewahrt als offenbart werden. Dieses hier habe ich für mich behalten, doch ich beanspruche das Recht, jederzeit meine Meinung zu ändern.

Was hätten Sie an meiner Stelle getan?

Möchten Sie es herausfinden?

So läuft das nun mal. Das müssen Sie wissen. Niemand hat einen Anreiz, damit an die Öffentlichkeit zu gehen. Das liegt in niemandes Interesse.

Das ist das wahre Wesen der Macht. Das dunkle Wesen der Macht. Sie agiert im Verborgenen und bleibt verborgen. Also wird die Juliette Society einfach weiter operieren. Mädchen wie Anna werden weiterhin verschwinden. Oder auf Inseln in einem anderen Land wieder auftauchen.

Und fiese Mistkerle wie X werden zur Strecke gebracht werden, wie es sich für solche Hunde gehört. Denn sie sind gefährlich und wissen nicht genug über das große Ganze, als dass sie sich darüber im Klaren wären, dass auch sie ersetzbar sind. Letzten Endes war er nur ein Glied in der Kette und konnte leicht ausgetauscht werden. So war es schon immer, und so wird es immer bleiben. Von wechselseitig zugesicherter Zerstörung profitiert am Ende niemand.

Und was ist mit mir?

Was ziehe ich aus alldem? Was ist der Preis, den ich zahlen muss, und wie hätte ich es wissen sollen? Ich meine, im Vorfeld, nicht hinterher, denn Sex ist kein Supermarktregal, wo sich alle unterschiedlichen Möglichkeiten durchstöbern lassen und man den Preis dafür bereits kennt, bevor man seine Wahl trifft. Also nehmen wir an, ich war mir vollkommen bewusst über alles, was ich getan habe, und die Gründe dafür. So ist es gleich viel interessanter, oder? Dann gibt es nichts zu entschuldigen. Und keiner ist schuldig.

Es geht hier nicht nur um die Dinge, die ich getan habe, sondern auch um jene, die ich mir in meiner Fantasie ausgemalt habe. Die Orte, an die mich mein Unterbewusstsein geführt hat. Denn im Kern hat doch alles denselben Ursprung.

Warum soll ich etwas einreißen, das jemand anderes auf meinem Fundament errichtet hat? Wenn ein Baum krank ist, dann schneidet man ja auch nur vorsichtig die betroffenen Äste ab, anstatt ihn gleich zu fällen und anschließend zu verbrennen. Aber von Zeit zu Zeit muss man neue Samen aussäen, damit etwas Neues wachsen kann. Bäume sind gut, Wälder sind besser. Viele zu sein, bringt Sicherheit. Viele zu sein, sorgt für Erfahrung.

Wissen ist Macht. Sex ist der große Gleichmacher.

Und ich habe dieses Buch aus einem bestimmten Grund geschrieben. Weil ich in Ihnen dasselbe erkenne, was Sie in mir gesehen haben.

Also, was sagen Sie? Haben Sie das Zeug dazu, den nächsten Schritt zu gehen? Ich werde Sie im Geiste begleiten, denn ich habe all das hier schon hinter mir. Für Sie sind diese Ereignisse frisch, für mich alte Geschichten. Ich habe mich bereits anderen Dingen zugewendet.

Und die Juliette Society? Meine Reise endet hier, aber Ihre steht erst am Anfang …

Sind Sie bereit dafür?

Danksagung

Ich danke allen, die an diese Trilogie geglaubt und sie mit mir durchgezogen haben, und den Fans, die Catherines Geschichte mit anhaltender Leidenschaft verfolgt haben. Diese Geschichte sollte niemals ein herkömmlicher Liebesroman sein, also kann die Unterstützung all derer, die *Die Juliette Society* verstanden haben, auch als eine Hommage an die klassische erotische Kunst gesehen werden. Danke an Marc Gerald, Peter McGuigan und Kirsten Neuhaus für ihr stetiges Vertrauen in mich und ihren Einsatz. Cobra Verde. Tamara. Ich danke meinem Mentor Anthony D'Juan, dafür, dass er nie zugelassen hat, dass ich mich mit weniger zufriedengebe oder Ausflüchte finde. Meiner Familie und meinen Freunden, dafür, dass sie immer an mich glauben. Und zu guter Letzt meinem Team bei Little Brown, Cleis Press, Grijalbo, Livre De Poche, Audrey, Heyne Hardcore und Markus Naegele für die Liebe zur Literatur.